KB162823

공 작 영 애 의 소 양 4

Yuri
[유리]

Edward
[에드워드]

Iris
[아이리스]

목 차

공작 영애의 소양 4

Illustration / 후타바 하즈키

레이아
Reia

루체
LUCE

디더

아이리스의 호위.
어릴 적 아이리스가 거둬들인 아이 중 한 명.

라일

아이리스의 호위.
어릴 적 아이리스가 거둬들인 아이 중 한 명.

아이리스 라나 아르메리아

아르메리아 공작가의 영애.
전생의 기억이 되살아난다.

레메

아르메리아 공작가의 도서관을 관리한다.
어릴 적 아이리스가 거둬들인 아이 중 한 명.

타냐

아이리스의 전속 시녀.
어릴 적 아이리스가 거둬들인 아이 중 한 명.

딘

아즈타 상회에서 부정기적으로 일한다.
매우 유능하다.

메를리스 레제 아르메리아

아르메리아 공작부인.
아이리스의 어머니이자 사교계의 꽃.

하피즈 벤트 마시드

아이리스의 나라를 방문한
아카시아국의 사자.

레티시아

딘의 여동생.
총명하고 실무능력이 뛰어나다.

베른 타아시 아르메리아

아르메리아 공작가의 적자.
유리를 좋아한다.

루이 드 아르메리아

아르메리아 공작가의 가주이자 재상.
아이리스의 아버지.

루디우스

타스멜리아 왕국 제1왕자 알프레드의
소꿉친구이자 보좌역.

미모사 던글리

아이리스의 친구.
학원에서 같은 반이었다.

에드워드 톤 타스멜리아

타스멜리아 왕국 제2왕자.
아이리스와 파혼하고 유리와 약혼 중.

유리 노이어

노이어 남작가의 영애.
사실상 제2왕자비로 행세한다.

character
공작영애의 소양
인물소개

가젤 더즈 앤더슨
앤더슨 후작가의 전 가주이자 장군.
메를리스의 아버지.

모네다
아르메리아 공작령 은행 총책임자.
아이리스가 거둬들인 아이 중 한 명.

도르센 카타벨리아
기사단 단장의 자제.
유리를 좋아한다.

라프시몬즈
다릴교 사제.
친 아이리스 파.

아이리야 폰 타스멜리아
태후.
별궁에서 은거하고 있다.

엘리아
현 국왕의 측실.
에드워드 왕자의 어머니.

18장
공작 영애, 일상을 영위하다

"……뭐랄까, 익숙해진다는 건 무서운 거네."

서류에 둘러싸여 혼잣말을 중얼거렸다.

사각사각 깃털 펜으로 글씨를 쓰는 소리가 울려 퍼졌다.

책상 위에는 수많은 서류의 산.

다발이 아니라 산이다.

통상 업무 결재 서류에다 얼마 전 소동이 벌어진 동안 쌓인 것도 있다.

……그래도 지난번 교회 파문 소동 때보다는 나은 편인가?

그 후로 늘 무슨 일이 벌어질 때를 대비해 왔다.

아무 일도 일어나지 않았으면 좋겠다고 생각하면서, 그래도 만약의 경우를 위해서.

"됐다, 끝……."

슬프게도 이번에는 그 대비 덕분에 큰 도움을 받았다.

"세바스도 고마워."

"인사라면 딘에게 하십시오. 돌아가기 전에 대충 지시와 처리를 해 놓고 갔으니까요."

"어머나……. 그렇게 황급히 돌아갔으면서. 고마워라."

그의 이름을 들은 순간 마음속으로 반응해 버리고 말았지만 다행히 밖으로 드러나지는 않은 모양이다.

"실례합니다, 아가씨."

문득 노크 소리와 함께 타냐가 들어왔다.

조금 당혹스러워 보이는 표정이었다.

"보고드릴 게 있습니다. 지금 괜찮으신지요?"

"응. 일은 대충 끝났으니까 괜찮아. 그런데 무슨 보고?"

"두 가지 보고가 있습니다……. 첫 번째는 도르센이 기사단을 그만뒀다고 합니다. 또 카타벨리아 백작가에서 그와 절연하려는 것 같습니다. ……아마도 후자는 후에 아르메리아 공작가에 정식으로 통보가 올 겁니다."

"그렇군……. 도르센의 움직임은?"

"왕도로 돌아간 후 모습을 감췄습니다. ……뒤를 쫓을까요?"

"됐어. ……지금 그에게는 아무것도 남지 않았으니까. 부도, 명예도. 남은 건 지금까지 쌓아 온 실력뿐. 그 실력도 라일과 디더가 있으면 문제없을 거야. ……그러니까 그를 쫓지 말고 대신 왕도의 움직임을 살피는 쪽으로 인원을 돌려 줘."

"알겠습니다. 그렇게 조치하겠습니다."

"부탁해. 그럼 또 하나의 보고는?"

"반과 이번 일에 가담한 귀족들의 처분이 결정되었습니다. 반은 전 교황과 마찬가지로 독배를 받게 될 것 같습니다. 그리고 가담한 귀족들은 가주 자리에서 쫓겨나 평생 칩거하게 될 거라고 합니다."

"그렇군……."

"······별로 놀라지 않으시네요?"

"국가에 신병을 넘겼을 때 어느 정도 예상했으니까."

나도 모르게 쓴웃음을 지었다.

반은 이미 뒷배고 뭐고 아무것도 없는 평민.

귀족······. 그것도 공작가의 일원인 나를 상대로 모략을 꾸미려고 한 이상 무사할 수는 없다.

그걸 눈감아 주면 이 나라의 신분 제도를 뿌리째 뒤엎는 것이나 다름없기 때문이다.

지금까지는 다릴교가 그를 지켜 줬지만 이제 전 교황의 피를 이어 받은 그는 그들에게도 눈엣가시 같은 존재.

엘리아 왕비도 쓸데없는 소리가 나오기 전에 빨리 처단해 버리고 싶을 것이다.

"너무 빨리 결정돼서 좀 놀랍지만······. 나는 이렇게 될 거라는 걸 알면서도 그를 국가에 넘긴 거야. 그에게는 도움의 손길을 한 번 내밀어 줬어. 그걸 거절한 건 다름 아닌 그야. ······그렇다면 원래 예정대로 방해되는 다른 귀족들을 없애기 위해 그를 제물로 바쳐도 상관없잖아?"

무엇보다 이번에 반과 함께 처분을 받은 귀족들 역시 엘리아 왕비에게는 도마뱀의 꼬리 같은 말단뿐이지만.

그래도 아르메리아 공작가 북쪽에 위치한 영지의 가주도 처벌을 받게 되었으니 반은 충분히 미끼 역할을 해 준 셈이다.

······그곳 영주는 관세를 올린 후에도 몇 번이나 수작을 부리는 바람에 귀찮아서 견딜 수 없었으니까.

"그건 그래요. 이 손으로 없애지 못한 건 아쉽지만 아가씨를 위해 도움이 되었다니 그냥 넘어가 주기로 하죠."

나는 너무나도 타냐다운 말에 무심코 웃었다.

"보고 고마워. 형이 확실하게 집행됐는지 그것만 확인해 줘. 사실은 살아 있습니다, 이렇게 되기라도 하면 무슨 일이 일어날지 모르니까. 그리고 타냐, 잠시 휴식 겸 살롱에서 차를 마시고 싶은데."

"알겠습니다."

타냐는 환한 미소를 지었다.

내 몸을 걱정하기 때문일까. 그녀는 내가 자진해서 잠시 쉬겠다고 하면 지금처럼 몹시 기뻐하며 미소를 지었다.

그 웃음에 나는 가슴속에 남은 질척거리는 감정을 무시하고 자리에서 일어섰다.

방에서 나와 짧지 않은 시간을 걸어서 살롱에 도착했다.

의자에 앉은 후 얼마 기다리지 않고, 타냐가 끓인 차가 눈앞에 놓였다.

"음…… 맛있어."

"감사합니다. 그럼 저는 일단 실례하겠습니다. 무슨 일이 있으면 대기 중인 사람에게 전해 주세요."

"응, 고마워."

그녀가 발소리 하나 내지 않고 방에서 나간 후, 나는 참았던 숨을 내뱉었다. 그리고 다시 한번 커다랗게 숨을 들이마셨다.

숨을 들이마신 순간, 허브티 향기가 코를 간지럽혔다.

……아아, 마음이 진정된다.

……타냐가 반이 사형 선고를 받았다고 말한 순간.

기쁨, 안도, 분노, 그리고 괴로움.

여러 가지 감정이 한꺼번에 밀려왔다. 마치 온갖 색을 마구 뒤섞어서 추한 색으로 변해 버린 듯한, 뭐라 형용할 수 없는 질척한 감정이 가슴속을 가로질렀다.

그런데도 이상하게 머릿속은 묘하게 싸늘했다.

어차피 여기서 한숨 돌리고 나면 가라앉을 일시적인 기분이었던 모양이지만.

주위의 꽃들과 녹음으로 시선을 돌리자 피로했던 눈이 조금 치유되었다.

서류를 볼 때는 의식하지 못하지만 이렇게 녹음을 보면 눈이 지쳐 있다는 사실을 자각하게 된다.

시력이 나빠지지 않도록 조심해야지……. 이 세계에는 콘택트렌즈가 없으니까.

그렇게 생각하며 눈에 보이는 풍경을 마음껏 즐겼다.

아르메리아 공작가에는 물론 전속 정원사가 있다.

이 풍경은 그들이 치밀하게 계산하여 만들어 내고, 또 그 아름다움을 유지할 수 있도록 가꿔 준 것이다.

가까운 곳에서 이토록 아름다운 풍경을 볼 수 있다니, 정말 고마운 일이다.

……참, 그리고 보니. 나는 멍하니 앉아서 생각의 파도에 잠겼다.

꽤 오래전에 미모사한테 편지가 왔었지.

놀랍게도 약혼을 전제로 교제하는 사람이 생겼다나.

정세를 신경 쓰느라 좀처럼 한 걸음 앞으로 내딛지 못하더니 역시 사랑의 힘은 굉장하다. 아니, 무섭다고 해야 하나.

일단 축하의 말과 함께 어떤 사람인지 가르쳐 달라고 편지를 썼지만 그 후 답장은 오지 않았다.

보르틱 패밀리 문제로 정신이 없어서 그 뒤로 연락을 못 했는데……. 다시 한번 편지를 써 볼까?

그런 생각을 하고 있을 때, 문득 디더의 모습이 눈에 들어왔다.

"……어라, 디더."

"안녕, 공주님. ……쉬는 중이야?"

"응."

"그래? 그럼 나중에 세바스 씨한테 서류를 넘겨 줄 테니까 확인해 줘. 내용은 경비대 운영에 대한 거야. 난 이제 나가 봐야 되지만 대신 라일이 돌아올 테니까 무슨 일이 있으면 라일한테 전해 줘."

"응, 알았어. 지금 바로 나가려고?"

"아니……. 지금 당장은 아니지만."

"그럼 너도 잠시 쉴 겸 차를 마시지 않을래?"

"고맙게 받아들이지요."

디더는 씨익 웃으며 내 앞에 앉았다.

내가 시선을 던지자 말을 꺼내기도 전에 옆에 서 있던 시녀가 찻잔을 내려놓고 차를 따랐다.

그녀는 견습 시녀.

고등부와 초등부 중간 수준으로 설립된 직업 훈련 학교 학생이다.

현재 직업 훈련 학교는 의료과를 비롯하여 고등부에 입학하기 위해 그들과 똑같은 수업을 받는 전문과, 교육과, 집사·시녀과, 경비과 등으로 이루어져 있다.

마지막 두 과는 공작가에서 자금을 대고 설립했다.

의외로 집사·시녀과가 인기가 많아서 입학하려면 상당히 높은 경쟁률을 뚫어야 한다.

가장 큰 이유는 예법을 배울 수 있기 때문이라고 한다.

집사·시녀과에는 교대제로 이 저택에 와서 실전 경험을 통해 배우는 기간이 있는데, 현재 시녀과에서 온 여학생이 타냐를 보좌하며 일을 배우고 있다.

"어라? 이거 타냐가 끓인 건가?"

"잘 아네."

내 지적에 그는 쑥스러운 듯이 쓴웃음을 지었다.

"그야, 뭐. ……그보다 공주님, 왜 나를 붙잡은 거야?"

"보고……까지는 아니지만 너한테 전해 줄 말이 있어서."

차를 모두 마신 후, 나는 찻잔을 테이블 위에 내려놓았다.

시선을 돌리자 디더는 어느샌가 자세를 바로하고 있었다.

"그렇게 딱딱하게 굴지 않아도 돼."

"그럼 공주님도 그렇게 심각한 얼굴 하지 마."

"아…….."

생각지도 못한 지적에 나는 웃고 말았다.

그 녀석 이야기를 하려다 보니 그만 습관적으로 얼굴이 굳어 버린 모양이다.

"미안해. 아무튼 할 얘기가 뭐냐면, 실은 도르센이 기사단을 그만 둔 모양이야."

디더는 할아버님이 계신 곳에서 몇 번인가 도르센을 만난 적이 있고, 보르틱 패밀리 사건 때도 같이 잡혀 있었다. 따지고 보면 나름대로 인연이 있는 사이라 먼저 말해 줄 생각이었다.

"……그렇군."

디더의 반응은 생각보다 지극히 담백했다.

마치 그게 당연하다는 것처럼.

"생각보다 안 놀라네. 혹시…… 알고 있었어?"

"아니, 몰랐어. 하지만 대충 예상하고 있었어."

"흐음……. 어째서?"

"그 녀석, 전에 나한테 이런 말을 한 적이 있거든. '기사란 뭘까?' 라고."

"만난 적이 있어?"

"영지를 떠날 때. 감시를 겸해서 배웅해 줬지."

"그렇구나. 그런데 기사가 아닌 너한테 기사란 무엇이냐고 물었단 말이야?"

"'당신이나 라일 경이 나보다 훨씬 내가 꿈꾸던 기사답다.' 라고 하더군. 무슨 소린지 잘 몰라서 '알게 뭐야.' 라고 대답했지."

"어머나……."

"'명성에 집착하고, 교만하고, 본래의 모습에서 멀어져 버리고 말았다.' 그 녀석은 그렇게 말했어."

"넌 뭐라고 대답했는데?"

"'본래의 모습이란 게 뭔데?' 라고. ……솔직히 그렇잖아? 아무리 노력해도 나는 나밖에 될 수 없어. 물어야 하는 건 '나는 어떤 내가 되고 싶은가?' 야. 그러기 위해 어떻게 해야 하는가? 어떻게 하고 싶은가? 그걸 쌓아 나가야 하는 거 아닐까? 그 녀석에겐 어떻게 하고 싶은지, 어떻게 되고 싶은지, 확고한 '나 자신'이 없어 보였어. 뭐랄까, 자신이 어떤 위치인지 모르고 이상만 추구하는 느낌? 그래서 기사단이라는 이름에 집착하고, 백작가의 적장자라는 위치에 오만해졌던 거 아닐까? 뭐 귀족 도련님이나 아가씨들은 대부분 그렇지만."

"혹독한 평가네. 그거, 전부 도르센한테 말했어?"

"뭐, 비슷한 말을 하긴 했지. 그랬더니 '이곳에 와서 많은 걸 생각했다. 내가 저지른 죄는 무겁고, 과거로 돌아갈 수 없는 이상 그 죄는 미래에도 영원히 존재하겠지. 나 하나만이라면 몰라도 기사라는 존재에도 흠집을 내고 말았다. 그러니까 나는 속죄하지 않으면 안 돼. 속죄하고 다시 한번 내가 동경하던 모습을 떠올리며 목표를 향해 나아갈 생각이다.' 라고 하더군."

"흐음……. 뭐 잘됐네."

"공주님이야말로 너무 담담한걸. 그 녀석에겐 분명히 무거운 결단이었을 텐데."

"관심이 없으니까."

"꽤나 차가운 말이네."

"나도 그렇게 생각해. 하지만 그렇게밖에 표현을 못 하겠는걸. 애초에 그의 소신을 듣고 뭘 어쩌라고? 나한테…… 이 영지에 무슨 짓을 저지르지 않는 이상 그가 어떻게 되건, 뭘 하건 상관없어. 솔직히 과거 일도 아무래도 상관없다는 느낌이야."

"용서한 거야?"

"……그때 그 일을 없었던 걸로 할 수는 없어. 나도 그 경험을 통해서 변해 버렸으니까. 좋은 의미로든, 나쁜 의미로든. 하지만 이미 지난 일이야. 내겐 과거에 얽매이는 것보다 중요한 게 있으니까."

바쁜 나날을 보내는 동안 아득한 과거를 넘어 아예 남의 일처럼 느껴지게 되었다.

그런 것에 구애되는 것보다 소중한 게 있으니까.

물론 그때 그 일은 내 가슴에 깊게 새겨져 있지만.

전생의 나와 지금의 내 인격이 융합했기 때문일까? 여러모로 트라우마 같은 상처가 남아 있다.

"저쪽은 적극적으로 공주님을 적대할 생각인가 보던데……."

"그게 요즘 내 고민이야. 그리고 그가 그렇게 큰 결의를 품었다면, 더더욱 중요한 건 이제부터일 거야. 내가 목표로 하는 건 어떤 모습일까? 늘 의문을 던지게 되지. 나도, 타인도. 여태껏 그랬으니까."

디더가 내게 목표를 물어봤을 때가 그 좋은 예다.

그때 디더는 내가 목표로 하는 것과 내가 목표로 하는 영지의 모습을 물어봤다.

나 자신은 '이거다' 라고 생각하면서도 어느 순간 의문을 품고, 잃어버리고, 다시 마주할 때가 온다.

인간은 편한 길을 선택하고 싶은 유혹에 약하니까.

……물론 나를 포함해서.

"그러니까 그가 그 목표를 이룰 수 있을지, 실패해도 다시 일어서서 계속 목표를 향해 나아갈 수 있을지, 아마 그게 제일 어렵고 중요한 일일 거야."

"그야 당연히 어렵겠지. 나도 헤맬 때가 있고 실패할 때도 있으니까."

디더는 그렇게 말하며 킬킬 웃었다.

"뭐……. 어쨌든 무슨 얘긴지는 알겠어. 고마워, 디더."

"고맙긴. ……자, 그럼 난 슬슬 가 볼게."

"응. 붙잡아서 미안해."

"아니야. 그럼 이만 실례."

나는 혼자 남아서 또다시 차를 마셨다.

어느새 꽤 긴 시간이 흘렀는지 노을이 나뭇잎을 물들이고 있었다.

조용한 시간. 언제까지나 이런 시간이 계속되었으면 좋겠다고 진심으로 생각했다.

"……지금 돌아왔습니다, 아가씨."

문득 타냐가 소리 없이 나타났다.

"어서 와, 타냐."

"전부 아가씨께서 말씀하신 대로 지시를 내렸습니다. 다시 움직임이 포착되면 보고 드리겠습니다."

"응, 부탁해."

† † †

"……재해 대책은 꽤 많이 진행된 모양이네. 전부 할아버님 덕분이야."

나는 공사 하청을 맡은 상인의 보고를 들으며 손에 들고 있는 자료를 읽었다.

바다와 인접해 있고, 영지 안에 몇 줄기 강이 흐르는 아르메리아 공작령에서 수해 대책은 매우 중요한 일이다.

할아버님은 일찍부터 어떻게든 수해의 피해를 최소화하기 위해 시책을 진행하셨다.

어떻게 하면 우리 영지가 보다 풍요로워질까, 보다 발전할까……. 그걸 위한 시책을 생각하는 사람은 있어도 일어날지 모르는―그러나 몇 십 년, 몇 백 년 동안 일어나지 않을지도 모르는― 리스크에 대비하여 대책을 생각하고 실행하는 사람은 이 세계에 그리 많지 않다.

특히 자연재해는 일어나면 '어쩔 수 없다.' 라는 생각이 일반적이다.

자연이라는 거대한 힘 앞에서 인간의 힘으로는 어쩔 수가 없다고.

일어나지 않을지도 모르는, 아니, 일어난다는 것 자체를 생각할 수 없는 현상이기 때문에 보통은 문제를 뒤로 미루기 마련이다.

……일찍부터 어떻게든 해결할 수 없을까 고민하며 대책을 세웠

던 할아버님은 정말로 영지민을 생각하고, 영지를 사랑하는 분이셨다.

그 후 아버님이 그 뜻을 이어받았고, 지금은 내가 그 시책을 보완하고 있는 것이다.

"……이상 보고 끝입니다."

"알았어, 고마워. 심의하고 나서 다시 지시를 내리도록 할게."

"……아이리스 님, 한 가지 여쭤봐도 될까요?"

"뭐지?"

"일을 맡고 있는 입장에서 매우 어리석은 질문입니다만……. 이 공사, 정말로 필요한 겁니까?"

"무슨 뜻이지?"

"현재 공사하고 있는 두 강은 지금까지 범람한 적이 없습니다. 그런 강을 공사하는 것보다는 차라리 북부 개간에 보조금을 지원하거나, 항구 확충에 자금을 할당하는 게 좋지 않을까요? 그 편이 이 영지를 더욱 풍요롭게 만들 거라고 생각합니다."

그가 말을 하는 도중, 노크 소리와 함께 레메가 들어왔다.

"범람이 일어난 적이 있어요오. 150년 전이랑 100년 전에 각각 한 번씩."

갑자기 나타난 제3자의 말에 상인은 놀란 듯이 레메를 바라보았다.

"실례합니다, 아이리스 님. 회의 준비가 끝나서 보고 드리러 왔어요오."

"어머, 그래? 고마워, 레메."

"……레메 씨? 실례지만 방금 그 말은 어디서 들으셨습니까?"

"역대 당주의 수기와 당시 보고서에서 봤거든요오? 특히 보고서에는 당시 얼마나 큰 피해를 입었는지, 그리고 그 구조책에 대해 적혀 있어서 제법 읽는 보람이 있었답니다아."

"……150년이나 된 보고서를 읽었단 말입니까? 100년 전까지 합치면 대체 얼마나 엄청난 양일지……."

"아뇨, 그뿐만이 아닌걸요? 초대 아르메리아 공작님이 이 영지를 하사받은 후부터 남아 있는 자료를 전부 읽었어요오."

"설마……."

그가 놀라는 것도 무리는 아니다.

레메는 현존하는 것만으로도 수백 년 분량의 자료를 읽은 셈이다.

상상하는 것만으로도 정신이 아득해질 만한 양을 기뻐하며 읽을 사람은 오직 레메뿐이다.

"특히 피해가 컸던 150년 전 범람이 일어났을 때에는 마을 두 개가 물밑에 가라앉았죠. 작물도 당연히 몽땅 못쓰게 되는 바람에 국가와 다른 영지에서 원조를 받아 간신히 기아를 해결했대요오."

"물론 당신 말대로 자금을 개발로 돌리면 영지는 보다 풍요로워질지도 몰라. 하지만 과연 앞으로 재해가 일어나지 않을 거란 보장이 있을까?"

"그건……."

그는 내 물음에 아무런 대답도 못했다.

"물론 당신 대에서는 일어나지 않을지도 몰라. 하지만 당신의 아이들 대에는? 당신의 손주들 대에는? ……일어나고 난 후에는 막을 수 없어. 나는 그때 '이렇게 했으면 좋았을걸', '저렇게 했으면 좋았을걸' 하고 후회하기 싫어. 당신이 지금 움직이면 장래 당신의 가족들을 지킬 수 있을지도 모르는데, 그 선택지를 버릴 셈이야?"

"……장래에 일어날지도 모르는 리스크를 줄인다, 그 말씀이군요. 알겠습니다. 영지 관리도 아니면서 주제넘는 질문을 드려서 정말 죄송합니다."

"괜찮아. ……책망 받아야 할 사람은 오히려 나야. 내가 지금 진행하고 있는 사업의 진정한 의미를 제대로 전달하지 못해서 그런 거니까. 앞으로도 궁금한 게 있으면 모두 물어봐 줘."

"네."

"그런데 당신…… 무척 훌륭한 안목을 갖고 있네. 그럴 수만 있다면 관리로 발탁하고 싶을 만큼. 상인이라기보다는 영지 관리 같은 시점인걸."

"사실 전 아버님의 지시로 학원에 다녔던 적이 있습니다. 물론 상과였지만 가끔 영지 관리과 수업에 몰래 숨어들어서 수업을 들었죠. 흥미가 있었거든요."

"어머나……. 그랬구나. 후후후. 학원도 큰 역할을 하고 있나 보네. 그렇다면…… 조금만 더 시간을 내줄래? 회의 모습을 보여 줄게."

"앗, 그래도 됩니까?"

그가 눈을 빛내며 당장 달려들기라도 할 기세로 말했다.

"물론이지."

회의의 내용은 현재 그가 손에 들고 있는 용지에 적혀 있는 것이다.

보여 줘서 곤란할 내용은 아무것도 없다.

"……레메, 자리 하나를 더 준비하라고 전해 줘."

"알겠습니다아."

일단 집무실에서 나간 그녀는 몇 분 뒤 다시 준비가 끝났다는 것을 알리러 돌아왔다.

나는 그를 재촉하며 자리에서 일어났다.

저택 한편, 건물 하나를 통째로 영지정책을 위해 개방하고 있다.

그곳에서 많은 관리들이 분주하게 일하고 있다.

그는 내 뒤를 따라 걸으며 그 광경을 흥미진진하게 바라보았다.

이윽고 도착한 회의실에는 이미 다섯 명의 노년 남성과 두 관리가 자리에 앉아 있었다.

"여러분, 오늘 이렇게 모여 주셔서 고맙습니다. 그럼 곧바로 회의를 시작하도록 하죠. 앞에 놓인 자료를 봐 주세요. 뭔가 의견이 있으시면 발언해 주시기 바랍니다."

"……예정대로 진척되고 있군요. 현장을 확인했습니다만, 형태는 지시한 그대로입니다."

"한데 제방 이쪽을 조금 더 빨리 진행하는 게 좋지 않겠습니까? 이대로 가면 반대쪽에 부하가 걸려 버립니다."

다섯 명의 노년의 남성들이 현재 진행 중인 공사 보고서를 훑어보며 이러쿵저러쿵 의견을 나눴다.

……내게는 부족한 지식이 너무 많다.

일본에서 좀 더 지식을…… 기능을 습득할 걸 그랬다고 후회할 만큼.

하지만 후회하며 멈춰 설 시간은 없다.

내 손과 눈은 한 쌍밖에 없고, 머리도 하나밖에 없다.

이제부터 모든 걸 배울 수는 없다.

그래서 이렇게 부족한 부분을 보충해 줄 사람들을 모은 것이다.

사람의 흥미는 제각각 다르다. 무엇이 지식욕을 자극하는지는 사람마다 다르다.

즉 무슨 말을 하고 싶은가 하면, 크게 주목받지 못했던 치수(治水)

에 대해 과거 실제로 일어난 사건을 검토하고 연구하는 사람도 있고, 경험을 통해 논밭에 물을 대는 수로를 꿈꾸는 사람도 있다.

그런 사람들이 모여서 이렇게 의견을 나누고 있는 것이다.

다행히 학원을 설립한 덕분에 지적 탐구자들을 모으기도 쉬워졌다.

정확하게 말하자면 루카 학원장이 학원 도서실을 개방하면 어떻겠냐는 시책을 제안하고 실행에 옮겨 준 덕분이다.

……이 회의도 벌써 열 몇 번째에 접어드는데, 처음에는 이렇게 활발한 토론이 이뤄지지 않았다. 하지만.

내가 그리던 꿈이 현실이 된다.

내가 연구해 온 것들이, 생각했던 구상이 빛을 보게 된다.

그 길이 보이기 시작하자 다들 눈을 반짝이며 의견을 내놓기 시작했다.

그리고 서로 의견을 부딪치고 맞춰 가면서 보다 좋은 것을 만들고자 애쓰게 되었다.

열의가 너무 지나쳐서 엉뚱한 곳으로 탈선하지 않도록 회의를 컨트롤하는 것이 이 자리에서 내가 맡은 역할이다.

어느 정도 의견이 정리될 무렵 회의의 끝을 알렸다.

"서둘러 지시를 내리도록 하죠. 마침 하청을 맡은 상회에서 나온 분이 함께 계셔서 확인하겠습니다만, 인원 보충은 어떻게 되어 가고 있나요?"

갑작스러운 질문이었지만 회의실까지 따라온 그는 동요하는 기색도 보이지 않고 곧 입을 열었다.

"조성금을 어느 정도 융통해서 일용직으로 사람을 고용하고 있습니다. 그래 봤자 최소한 꼭 필요한 인원이긴 합니다만. 더 서둘러야 한다면 보다 많은 인원이 필요해질 겁니다."

"보르사(재무부) 입장에서 말씀드리자면 이 공사에 더 이상의 예산은 분배하기 어렵습니다."

"그렇군요. ……다만 역시 익숙하지 않은 작업이기 때문인지 사고가 발생해서 부상을 당하는 사람도 있습니다. 부상이 크면 그만큼 인원이 줄어들기 때문에 보충할 수 있도록 대비해 두고 싶은 게 솔직한 심정입니다."

"부상당한 사람들은 어떻게 지내고 있지?"

"각자 집에서 요양하거나 병원에 있습니다."

"치료비는?"

"그건 자기 부담이죠, 물론."

그는 '무슨 당연한 소리를.'이라고 말하는 듯한 얼굴로 고개를 갸웃거렸다.

"그렇군……. 그 대책은 이쪽에서도 생각해 보도록 하겠습니다. 오늘은 이만 회의를 마칩니다. 여러분, 감사합니다."

해산을 선언하자 다들 마른 목을 축였다. 오늘도 열띤 토론을 벌였으니 분명히 목이 마를 것이다.

모두 커다란 잔에 든 음료수를 벌컥벌컥 단숨에 들이마신 후 자리에서 일어나 밖으로 나갔다.

"어땠나요?"

회의실로 데려온 그에게 물어보자 그는 흥분한 듯이 나를 바라보았다.

"정말 좋은 공부가 됐습니다. 모두의 열의에 제 가슴마저 뜨거워지는 것 같았습니다."

"그래? ……다행이네."

그의 올곧은 눈과 목소리에 나도 미소를 지었다.

"귀중한 경험을 하게 해 주셔서 감사합니다."

그가 돌아간 후 나는 또다시 손에 들고 있는 자료를 바라보았다.

"부상당한 사람들이라……."

"왜 그러신가요오, 아가씨?"

옆에 있던 레메가 내 혼잣말에 반응했다.

"아무것도 아니야, 조금 생각할 게 있어서 그래."

"궁금한 게 있으면 뭐든지 물어보세요. 그러고 보니 재해 말인데요, 올해는 조금 조심하는 게 좋을지도 모르겠네요오."

"설마 이 영지에 이미 그 조짐이 보여?"

"아뇨, 그건 아니구요오. 몇 달 동안 더위가 계속됐잖아요……. 이 나라는 그다음에 큰 비가 쏟아지는 경우가 많거든요. 특히 서부 쪽으요. 대체로 100년 주기쯤? 해마다 아르메리아 공작령에는 딱히 영향이 없으니까 별 상관은 없지만, 일단 말씀드리는 게 좋을 것 같아서요오."

"고마워. 그 문제는 일단 나중에 나한테 관련 자료를 전해 줄래?"

"물론이죠오."

"부탁해. ……앞으로도 너만 믿을게, 레메."

† † †

자료를 세세한 부분까지 읽어 보고 서류에 첨삭하거나 사인해 나갔다.

"아가씨 앞으로 편지가 도착했습니다."

책상에서 시선을 떼고 타냐가 건넨 편지를 받아 들었다.

"어머, 누가 보낸 걸까……? 어라, 아버님이다. 그리고 카타벨리아 백작가 가주의 편지도 함께 들어 있네?"

그 이름에 타냐가 움찔 반응을 보였다.

타냐는 미간을 살짝 찡그리며 신경질적인 표정을 짓고 있었다.

카타벨리아 백작가 가주란, 말하자면 도르센의 아버님이다.

아마 타냐는 무슨 내용일지 경계하고 있는 모양이다.

나는 그녀의 반응에 쓴웃음을 지으며 먼저 아버님의 편지를 읽기 시작했다.

"아버님이 '이걸로 합의를 보겠다.'라고 하시는데……. 합의?"

다음으로 카타벨리아 백작의 편지를 읽었다.

"어머나……!"

편지를 읽다가 너무 놀라서 나도 모르게 큰 소리를 내고 말았다.

"어떤 내용인지 여쭤봐도 될까요……?"

"간단히 말하자면 사죄의 편지? 예법도 형식도 아무것도 없는, 직설적이고 절박한 문장이네. ……왜 전에 도르센이 아르메리아 공작령을 찾아왔을 때, 그의 행동에 대해서 아버님이 카타벨리아 백작가에 정식으로 항의했잖아? 그 답장이라고 해야 하나……. 일단 본인은 기사단을 그만뒀고, 도르센에게서 적자의 권리를 빼앗은 후 가문에서 내쳤으니 분노를 풀어 달라는 내용이네. 아버님, 대체 뭐라고 항의하셨길래……?"

"본래 가주님과 마님은 파혼 사건 때, 제2 왕자를 제외하면 특히 도르센에게 가장 크게 분노하셨던 모양이니까요."

타냐의 정보에 나는 깜짝 놀랐다.

그 후로 꽤 많은 시간이 흘렀는데 이제야 알게 된 사실이다.

"어머, 그랬어?"

"그야 당연하죠. 숙녀이신 아가씨를 찍어 누르고 실력 행사를 해서 상처를 입혔으니까요. 제2 왕자가 뭐라고 하건 정식 통보를 한 건 아니니까 그 시점에서 아가씨는 제2 왕자비…… 즉, '미래의 왕족'이었는데 말이지요."

"그건 그래."

그 직후, 왕궁에서 정식으로 파혼 통보를 받았다.

유리가 엘리아 왕비를 포섭한 시점에서 나와의 파혼은 정해진 셈이니 어차피 미리 결정된 것이나 다름없지만.

그래도 그 시점에서는 아직 공작 영애이자 미래의 왕족이었다.

"그런 의미에서 도르센은 그때 이미 저질러서는 안 되는 죄를 저지른 셈이죠. 그런데도 카타벨리아 백작이 훈육이라는 명목으로 재빨리 자기 밑에 둔 것은 온정이라고 해야 하나……. 어떤 의미로 그를 지키기 위해서였죠. 그래서 가주님은 화가 나셨던 거예요. 특히 마님의 분노는 그야말로 무시무시했다고 에를르 씨께 들었답니다."

"어머나……."

"마님께서는 공작가로 시집오기 전에 사부님을 존경하는 기사들과도 교류가 있었다고 하더군요. 그렇기 때문에 기사단을 그런 식으로 이용하는 것에 다른 사람들보다 더욱 큰 분노를 느끼셨겠죠. '기사도 운운하면서 기사로서 상종 못 할 자로군요. 연약한 여인에게 힘을 휘두르는 게 기사인가요? 그런 자를 기사로 맞이하는 게 기사단장다운 판단인가요? ……직접 훈육하시겠다? 지금까지 십수 년을 키운 결과가 이 모양인데 무슨 잠꼬대를 하시는 거죠? 결국 그는 그가 원하는 직위를 얻고, 그동안 꿈꾸던 미래를 손에 넣었잖아요? 한마디로 전부 없었던 일로 만드는 것이나 다름없지요. 언제부터 우리 가문이 그리 우스워 보이게 된 걸까요?' 그렇게 중얼거린 후 마님께서는 카타벨리아 백작가가 주최하는 파티와 그들이 참석하는 파티는 모조리 불참하겠다고 선언하셨답니다."

"어머님……."

어머님의 말을 전하는 타냐의 담담한 어조가 오히려 어머님의 분노를 더욱 뚜렷이 느끼게 해 줬다.

"그보다 카타벨리아 백작이 기사단을 그만뒀단 말이죠……. 그럼 후임은 부단장일까요?"

"만약을 위해 확인해 주겠어? 아, 그리고 이 서류도 가져가 줘."

"알겠습니다."

타냐가 나간 후 나는 깊은 한숨을 쉬었다.

새삼 알게 된 사실이 그저 놀랍기만 했다.

하지만…… 그 이상으로 기뻤다.

참으려고 해도 입꼬리가 멋대로 올라가서 자꾸 웃음이 나올 만큼.

아버님이 당시 '나를 위해서' 화를 내셨다고?

버림받아도 어쩔 수 없다고 생각했는데.

나는 가문의 명예에 지독한 먹칠을 했으니까.

영주 대행을 맡고 나서 필사적으로 일했던 것도 당시에는 더 이상 기대에 부응하지 못하고 실망시켜드리고 싶지 않았던 게 가장 큰 이유였다.

……물론 지금은 다른 이유 때문이지만.

나는 뒤틀린 인간이다.

다른 사람이 궁지에 몰렸는데도 그 이유를 듣고 기뻐하는 걸 보면.

이 상황에서 가족의 사랑을 느끼고 말았으니까.

생글생글 웃는 나를 질책하듯 목에 걸린 회중시계가 잘그락 흔들리는 소리가 들려왔다.

동시에 조금 전까지 느꼈던 어두운 기쁨과 흥분이 가라앉았다.

……이 일은 이제 그만 생각하자. 나는 곧 그렇게 결심했다.

그들을 동정하진 않지만 그렇다고 너무 기뻐하는 것도 좀 그렇지 않은가.

나는 가슴에 걸린 회중시계를 어루만졌다.

가슴속에서 솟아오르는 따뜻한 감정에 조금 전과는 또 다른 미소가 떠올랐다.

그는 뭘 하고 있을까?

고맙다는 말도 제대로 하지 못했다. 언제나 도움만 받을 뿐.

일뿐만 아니라 내 마음도.

의지하고, 또 의지하고…… 기대고.

책임의 무게는 영지민들의 내일로 이어지는 것. 그렇게 생각하면 사랑스럽게 느껴지기도 하지만, 때때로 그 무게에 짓눌려 움직일 수 없게 될 때가 있다. 그때마다 나를 일으켜 세워 주는 그.

그러니까 그에게 부끄럽지 않은 내가 되고 싶다.

여자로서 함께할 수는 없지만.

그렇게 생각한 나는 전부터 생각하던 안건을 적어 둔 서류를 끄집어냈다.

마침 그때.

"오랜만입니다, 아가씨."

노크 소리와 함께 딘이 들어왔다.

"디, 디…… 딘!"

"네, 딘입니다. 왜 그러십니까? 그렇게 놀라다니. 설마 제가 별로 좋지 않은 타이밍에 찾아온 겁니까?"

딘의 얼굴이 어두워졌다.

"아니, 그렇지 않아. 이, 일단 거기 앉아. 잠시 의논하고 싶은 게 있어. 아, 먼저 차를……."

나는 차마 당신을 생각하고 있었다는 말은 하지 못해서 딘의 말을 슬쩍 흘려 넘기며 자리에 앉을 것을 권했다.

왠지 긴장해서 말이 제대로 나오지 않는다.

마음을 자각한 후에도 그동안 너무 많은 일이 일어나서 그런 걸 신경 쓸 여유가 없었으니까…….

"괜찮습니다. 여기 오기 전에 타냐와 마주쳤는데 인사하면서 2인분의 차를 가져다 달라고 부탁했으니까요. 그건 그렇고 아가씨, 정말로 무슨 일이 있는 것 아닙니까?"

"아니야……. 잠시 생각하고 있었어……."

뭐라고 대답해야 좋을지 몰라서 말꼬리를 흐리며 대답했다.

어색하다고 해야 하나……. 타냐, 제발 빨리 돌아와 줘.

그 소원이 통한 것일까. 다행히도 타냐가 차를 들고 방으로 들어왔다.

그녀가 끓여 준 허브티를 마시며 마음을 가라앉혔다.

"와 줘서 고마워. 아까도 말했지만 잠시 생각하고 있었어. 당신과 의논하고 싶다고 생각하던 참에 마침 당신이 나타나는 바람에 너무 놀라서……. 꼴사나운 모습을 보여서 미안해. 그리고 지난번에는 고맙다는 인사도 제대로 못 했고……."

마음에 뚜껑을 덮으며 냉정하게 말을 골랐다.

마음만 닫아 버리면 나는 그와 예전처럼 대화를 나눌 수 있다.

그렇게 하지 않으면 안 된다.

들킬 수 없으니까.

누군가에게 들키면 더 이상 함께 있을 수 없다.

좋아하기 때문에 나는 내 마음에 뚜껑을 덮는 길을 선택했다.

"아닙니다, 인사는 무슨……. 저는 제가 하고 싶은 대로 한 것뿐입니다. 그보다 갑자기 찾아와서 죄송합니다. 마침 이번에 다른 일로 근처에 왔다가 사건의 뒤처리는 어떻게 되어 가고 있는지 궁금해서 들른 겁니다. 그래도 먼저 연락했어야 했는데."

"아니야, 당신이 오면 무척 도움이 되니까 신경 쓰지 마. 그보다 의논하고 싶은 게 뭐냐 하면……."

나는 곧바로 내가 생각 중인 정책을 그에게 이야기하기 시작했다.

내가 생각 중인 정책이란 바로 보험 제도다.

전에 딘에게는 잠깐 말했던 적이 있다.

조금씩 구상하고, 서류를 작성하고, 그걸 되풀이해서 만든 것이 지금 손에 들고 있는 이 서류다.

일설에 의하면 보험 제도는 중세 유럽 길드의 전통적인 공제 사업이 그 기원이라고 한다.

부상을 입어서 일할 수 없게 되면 수입이 줄고, 집안의 재정도 큰 타격을 입는다.

그런 상황에서는 당연히 사기가 떨어진다.

사고가 일어나지 않도록 대비하는 것도 물론 중요하지만, 불의의 사고가 일어났을 때를 대비해 놓으면 보다 안심하고 일할 수 있지 않은가.

덤으로 이 영지에 보다 강한 귀속 의식을 갖게 되면 더욱 좋고.

어차피 시작할 거면 공사 현장뿐만 아니라 이 영지에 사는 영지민들 모두 미리 대비하게 만드는 건 어떨까?

"전에 말씀하셨던 그 정책 말이군요. 바로 지금이기 때문입니까?"

"응. 전에 말했을 땐 그보다 먼저 개혁을 진행해야 했기 때문에 일단 이 얘기는 거기서 멈추고 말았지. 하지만 현재 다른 개혁은 이미 순조롭게 운영되고 있잖아? 이젠 그 제도가 필요한 상황이지. 물론 영지에서도 보조금을 낼 거야. 전에 누군가가 예산을 배분할 때 필요 없는 부분을 잘라내 준 덕분에 그 정도는 확보할 수 있을 것 같아. 뭐…… 어디까지나 영지민들의 상부상조……. 모두 서로 돕는 게 제일 중요하지만."

"재미있군요."

딘이 눈을 반짝이며 씨익 웃었다.

마치 전에 보르사(재무부) 사람들을 논리로 무릎 꿇렸을 때처럼 상쾌한 표정이었다.

"동시에 어렵기도 합니다. 모두에게서 자금을 모으려면 공평하지 않으면 안 됩니다. 이번에는 영지 관리들에게 말을 꺼내기 전에 좀 더 자세한 규정을 정하도록 하죠. 일단 영지민들에게서 어느 정도 징수하는 게 좋을까요?"

"그 얘기는 전에도 했었지. 역시 수입에 따라 보험료도 단계적으로 늘어나는 게 좋을 거 같아."

"그렇군요. 호적 정비도 마쳤고, 영지 세금도 인두세가 아니죠. 이미 각 소득을 파악하고 있으니 그것도 가능할 것 같습니다."

"다음은 치료 방법이랑 약의 범위를 어디까지 적용할지……."

"그 문제는 전문가들과 이야기를 나눠보는 게 어떨까요? 다행히 이 영지에는 인재가 풍부하니까요."

"그렇구나! 그럼 루카 학원장에게 부탁해 봐야지……. 이 영지는 날마다 치료 방법도, 약도 진보하고 있으니까 정기적으로 대화를 나눌 필요가 있을 것 같아."

"확실히 그렇군요. 치료 방법은 기본적인 것은 보험 적용 범위로 삼고, 보다 좋은 치료나 서비스를 받고 싶다면 자신이 부담하는 게 좋을 것 같습니다. 전부 부담해 주면 곧 파산할 테니까요."

"그래. 그러면 지금까지 치료비는 각 병원에서 알아서 정하게 돼 뒀지만, 보험이 적용되는 치료는 균일하게 만들지 않으면 안 되겠네."

"네. 그 문제도 루카 학원장님과 의논해 보십시오."

나는 이야기가 진행됨에 따라 차츰 흥분했다.

"각 의사들의 지불 경로도 명확하게 만들어야 돼. 전에 얘기했던 길드 설립도 타진해 봐야겠군."

대화가 점차 뜨겁게 달아오르고 있을 때, 타냐의 냉정한 목소리가 들려왔다.

"아가씨, 슬슬 상회 회의 시간입니다. 어떻게 하시겠습니까?"

"아…… 그렇지."

시간을 잊고 대화에 열중하고 말았다.

"그럼 저도 그동안 뒤처리를 확인하겠습니다. 그 김에 보르사(재무부)에 들러서 지난번 삭감한 예산이 어느 정도 남아 있는지 확인하고, 문무부에 가서 호적 정비를 확인해야겠군요."

"응, 부탁해. 나도 루카 학원장과 얘기해 볼게. 아직 자세한 건 정해지지 않았지만 일찌감치 얘기해 놓는 게 나중에 편할 테니까."

나는 곧 머릿속을 새롭게 정리하고 상회 운영에 관한 이야기를 나누기 위해서 타냐를 데리고 회의실로 향했다.

"……즐거워 보이시는군요, 아가씨."

그녀의 중얼거림에 움찔하고 과민하게 반응해 버렸다.

"뭐? 가, 갑자기 왜 그래, 타냐? 나, 나는 별로……."

겨우 냉정해졌건만 덕분에 또다시 평정을 잃고 말았다.

"영지민들을 생각하고, 그들을 위한 정치를 생각하고, 앞을 향해 나아가려고 하는 아가씨가 무척 즐거워 보인다……. 그렇게 생각한 것뿐이에요."

아, 그렇구나……. 나는 내심 안도의 한숨을 내쉬었다.

"응. 나는…… 이 영지를 사랑하니까."

많은 일이 있었다. 그걸 극복해 나갈 때마다 나는 자각했다.

나는 이 몸에 흐르는 피가 자랑스럽다고. 이 영지를 사랑하고 있노라고.

그러니까 행복하다.

설령 스스로 마음에 뚜껑을 덮지 않으면 안 된다 해도.

모든 걸 잃은 나를 받아들여 준 이 영지를…… 영지민들을 진실로 사랑하고 있으니까.

† † †

"……꽤 많이 정해졌네."

나는 손에 든 종이를 보며 만족스럽게 중얼거렸다.

회의를 마치고 영지 정책 업무를 끝낸 후, 나는 딘과 함께 줄곧 보험 제도에 대해 논의했다.

시간은 한밤중.

창문 너머 바깥의 풍경을 바라봐도 이제 불빛이 켜진 집이나 가게는 없는…… 그런 시간이다.

"네. 이제 남은 건 영지 관리와 상업 길드를 통해 각 상회, 그리고 의사들과 사전교섭을 하는 겁니다."

"그거 말인데, 딘. 그들과 사전에 논의하는 건 물론 당연하고, 영지민들과도 먼저 의논하고 싶어."

"영지민들 말입니까?"

"응. 지금 이 영지에서는 치수 공사를 하고 있는데 그게 왜 필요한지 충분히 설명하지 못했거든. 그래서 생각해 봤는데 역시 영지민들에게는 왜 그런 제도가 필요한지, 어째서 그 제도를 시행하려고 하는지 자세히 설명해 주는 게 좋을 거 같아. 납득하지 못하는 사람도 있을지 모르지만 아무것도 얘기해 주지 않아 모르는 것보다는 불만이 적을 거야."

"그렇군요. 무척 아가씨답습니다."

싱긋 웃는 그를 본 순간 내 마음의 뚜껑은 한순간 열릴 뻔했다.

생각해 보면 이런 깊은 밤에 그와 나 단둘뿐.

나, 지금까지 용케 아무렇지도 않았구나.

"나답다니……?"

그 마음을 떨쳐 버리기 위해 그와의 대화에 집중했다.

"당신은 비록 대행이지만 영주입니다. 명령을 내리면 그걸로 충분할 텐데. 당신은 정말로 이 땅에 사는 백성들을 사랑하시는군요."

그렇게 말하는 그의 얼굴에 한순간 그늘이 드리워진 듯한 기분이 들었다.

"딘……?"

"실례했습니다. 그렇다면 모두에게 알리는 게 좋겠지요. 말뿐만 아니라 어떻게든 글로 작성해서 퍼뜨리는 게 좋을 것 같습니다. 모든 사람을 모아놓고 말로 알리기엔 현실적으로 무리가 있고, 전언을 통해 퍼뜨리다 보면 중간에 낀 사람들의 사견에 따라 얼마든지 의미가 왜곡될 수 있으니까요. 무엇보다도 이 영지에는 학원 덕분에 글을 읽을 줄 아는 사람이 많습니다. 아이가 있는 가정은 확실하게 글을 읽을 수 있죠."

"그렇구나. 차라리 모든 가정에 취지를 적은 안내문을 배포하도록 할까? 정보지처럼 말이야."

"글쎄요. 왕도에서는 상류 계급만이 신사 숙녀의 소양으로 정보지를 읽습니다만……. 이 영지에서는 백성이 발신하는 백성을 위한 정보지도 가능할 것 같군요. 아니, 분명히 언젠가는 가능할 겁니다. 그만큼 이 영지는 교육이 발달되어 있으니까요."

"그러게. 그렇게 되면 얼마나 좋을까?"

"그걸 좋다고 말할 수 있는 건 아가씨와 영지민들의 관계가 양호하기 때문입니다. 다른 귀족들은 대부분 두려워하지요. 백성들에게 힘이 생기는 것을."

잔뜩 신난 내 목소리와는 대조적으로 그의 목소리는 진지함을 넘어 무서웠다.

"어머, 어째서?"

"전에 아가씨께서 말씀하셨지요. 지식이란 힘이라고. 바로 그렇습니다. 지식은 일종의 특권이라는 게 현재 이 나라의 모습입니다. 지식을 지닌 자들이 백성들을 억누르고 지배하고 있지요. 즉 아가씨는 나라 신분 제도의 한 부분을 무너뜨리려 하는 겁니다."

"어머…… 후후후."

내가 웃음을 터뜨리자 딘은 진의를 캐묻듯 나를 물끄러미 응시했다.

나는 아무런 대답 없이 창문을 열고 베란다로 나갔다.

캄캄해서 아무것도 보이지 않는다.

하지만 눈을 감으면 거리의 풍경을 눈에 선하게 떠올릴 수 있다.

"확실히…… 아무것도 모르는 자들을 억누르는 게 편하지. 왜냐하면 내가 무슨 짓을 해도 모르니까. 이해하지 못하니까. 하지만 그래야만 억누를 수 있다면 그런 건 차라리 없어져 버리는 게 나아. 내가 잘못을 저지르면 베른이 이 땅을 물려받고……. 베른이나 베른의 자손들이 큰 잘못을 저질렀을 때에는 백성들에게 선택을 맡기면 돼. 이 땅에 사는 백성들에겐 그럴 권리가 있으니까."

그렇게 생각하는 것은 전생의 지식이 있기 때문일까?

딘이 말한 것들을 충분히 알면서도 추진해 왔다.

그건 분명 이 세계에서는 이단으로 분류될 것이다.

"제일 무서운 건 백성들이 모르기 때문에 잘못된 억측으로 움직이는 거야. 모르기 때문에 불안해지고, 그게 불만이 되어 어디론가 쏟아내기 위해 폭력으로 변질되는 것. 그들 스스로 생각하고, 판단하고, 그 의견을 취사 선택하고 반영시켜서 영지 정책을 정비해 나가는 게 제일 이상적이지."

딘을 돌아보자 그가 놀란 듯이 눈을 크게 뜨고 있었다.

그 표정에 무심코 웃음이 치밀었다.

"애초에 무리야. 인간의 탐구심은 완전히 억누를 수 없어. 난 그렇게 생각해. 지식이 특권이라고? 아니, 그건 모든 사람이 지닌 권리야. 인간은 생각하는 동물이니까. 그러니까 내가 아무것도 안 해도 언젠가 백성들의 힘이 커질 때가 올 거야."

단호하게 주장하자 그가 웃었다.

고요해진 공간에 그의 목소리가 또렷하게 울려 퍼졌다.

"그렇군요. 언젠가 백성들의 힘이 커진다……라."

"어디까지나 내 억측이거든?"

"아뇨, 저도 왠지 그런 기분이 듭니다. 그렇게 생각하면 왕도의 왕위 다툼이 바보처럼 느껴지는군요. ……100년 후, 왕가가 힘이 커진 백성들에게 미움받아서 없어질지, 아니면 존경받을지, 그건 앞으로 왕이 하기에 달려 있다는 말이지요. 중요한 건 누가 왕이 되느냐가 아니라 왕이 어떻게 행동하느냐. 그 옳고 그름을 백성들이 판단한다. 생각해 본 적도 없는 일입니다. 저도 꽤나 그릇이 작은 인간이었군요."

"딘…… 그렇게까지 말할 필요는 없는데."

나는 딘을 바라보며 말했다. 하지만 그는 어쩐지 기뻐 보이기도 하고…… 후련해 보였다.

"실례했습니다. ……아가씨, 아가씨만 아는 비밀로 해 주십시오."

"후후후……. 그럼 우린 공범이네. 내 발언도 딘만 아는 비밀로 해 줘."

왠지 기뻐 보이는 그에게 이끌려 나도 웃어 버렸다.

"네, 물론이지요."

"후후후……. 그럼 공범자로서 한잔 어때? 입막음 값이야."

"이럴 땐 제가 입막음 값을 내야 할 것 같습니다만…… 좋습니다."

나는 붙박이장에서 아껴 뒀던 와인을 꺼내 마개를 땄다.

전에 할아버님께 받은 것이다.

때때로 할아버님께서 이걸 미시며 한숨 돌리라고 술을 보내 주시지만, 나는 평소 술을 자주 마시지 않기 때문에 계속 쌓여 가고만 있다.

함께 마시자고 해도 타냐는 늘 사양하기만 하고, 디더는 "난 마실래!"라면서 엄청난 기세로 달려들지만 라일과 타냐가 항상 그를 막았다.

이 저택에서 나와 함께 술을 마셔 주는 사람은 메리다와 모네다 정도.

나와 딘은 베란다 의자에 앉아서 서로 잔을 기울였다.

"좀 전의 얘기 말입니다만……."

그가 말을 고르듯이 생각에 잠기며 입을 열었다.

"모르는 게 행복한 경우도 있지 않을까요?"

"그건 당신 경험담이야?"

"글쎄요. 하지만 모든 정보를 받아들일 수 있을 만큼 인간은 강하지 않습니다. 예를 들어 치수 공사의 경우, 그 땅에 사는 사람들에게 '너희가 사는 땅은 150년 전과 100년 전에 큰 수해를 입었다.' 라고 말하면 불안에 떨며 공황 상태에 빠지지 않을까요?"

"그건…… 그러네."

나는 그의 예시에 쓴웃음을 지었다. 실제로 일어날 수 있는 일이다.

"모르는 게 행복하단 말이지……. 하지만 그건 알았기 때문에 할 수 있는 말 아니야? 나 편할 대로 정보를 조작하고, 공사를 진행하는 것도 한 방법이지만……. 그러면 이번엔 의문을 낳을 가능성이 있거든. 그렇게 되면 본말전도인 셈이지. 뭐든 성실한 게 좋은 건 아니지만…… 하지만 나는 그들에게 성실하고 싶어."

"……그렇군요."

"그리고 모르는 게 행복한지 어떤지는 알고 난 뒤 본인밖에 알 수 없잖아."

누구도 타인의 감정을 100% 이해할 수 없다.

사실을 알게 된 본인이 그걸 어떻게 받아들이고 무엇을 생각할지…… 헤아릴 수도 없다.

그러니까 모르는 게 행복한지 어떤지는 그야말로 아무도 알 수 없다.

어쩌면 본인조차.

몰랐던 정보가 생각지도 못한 곳에서 결실을 맺을 경우도 있다.

"당신이 뭘 숨기고 있는지는 모르지만 상대를 생각해서 숨기고 있다면 그건 당신의 억측일 뿐이야. 사실을 알고 나서 원망할지, 몰랐던 걸 원망할지, 그건 상황과 경우에 따라 달라지지 않을까? 혹은 당신과 얼마나 깊은 관계냐에 따라서……."

"제가 뭘 숨기고 있다고……. 어째서 그렇게 생각하시는 겁니까?"

"아니야? 왠지 나와 영지민들 사이를 가리키는 말과는 조금 달랐으니까. 뭐, 당신이 누구에게 뭘 숨기고 있는지, 거기까진 모르겠지만."

"많은 사람에게 숨기고 있습니다. 아가씨에게도……."

"어머나, 예를 들면 어떤 거?"

"그걸 말하면 숨길 수가 없지 않습니까?"

"후후후……. 그건 그러네. 뭐 수상하기 짝이 없는 당신을 계속 고용하는 나도 보통은 아니지. ……이 얘긴 전에도 했었지."

할아버님이 선물해 준 술은 과연 술꾼이신 할아버님이 고른 물건답게 정말로 맛있었다.

그러고 보니 전생에서도 일을 마치고 집으로 돌아가서 종종 혼자 술을 마셨지.

"나도 남들에게 말하지 못하는 비밀 하나둘쯤은 있어. 누구나 그래. ……당신이 이 땅에 사는 백성들에게 해를 끼치지만 않는다면 그걸로 충분해."

"……당신이라는 사람은……."

어이없어하는 듯한 말투와는 달리 그의 미소는 어디까지나 부드러웠다.

솔직히 말하면 그가 감추고 있는 비밀을 알고 싶다.

하지만 동시에 무섭기도 하다.

의심할 여지는 아주 많다. ……정세가 정세이니만큼.

하지만 동시에 그를 믿을 수 있을 만큼 많은 시간을 함께 보냈다.

그러니까 괜찮다. ……몰랐으면 좋았을 거라고 후회한다 해도.

같은 방향을 향해 나아 가고 있다는 사실에 거짓이 없다면.

세찬 바람이 불었다.

꽃이 바람에 실려 온다. ……1년 내내 봄인 이 나라다운 아름다운 광경.

벚꽃을 연상시키는 엷은 분홍색의 아름다운 꽃.

시야가 꽃으로 가득 찬다.

마치 안개가 드리워진 것처럼.

가까운 거리에 있는데도 그의 얼굴이 보이지 않는다.

……대체 어떤 표정을 짓고 있을까?

꽃이 모든 것을 가리고 있다.

문득 그의 손이 내게로 뻗어 왔다.

나는 말없이 그 모습을 바라보았다.

살며시 뻗어 온 그의 손이 내 뺨에 가볍게 닿을 듯 말 듯 한 거리에서 한순간 멈췄다.

살짝 느껴지는 그 체온에 가슴이 설레었다.

그의 눈이 꽃잎 사이로 보였다. 진지하고 아름다운 눈. ……남자에게 아름답다는 표현은 이상하지 않을까? 자신의 생각에 스스로 핀잔을 줬다.

하지만 정말로 그렇게 느껴졌다.

그를 좋아한다고 느끼는 순간은 무서울 만큼 진지한 그 빛이 깃들었을 때.

"이대로……."

그가 작게 중얼거렸다. 하지만 다음 말은 없었다.

본래 중얼거린 것도 자연스레 입 밖으로 흘러나온 것뿐일지도 모른다.

바람이 멈췄다.

그의 손이 뺨을 스르륵 지나 내 머리에 도달했다.

"굉장한 바람이군요. 꽃잎이 붙었습니다."

그렇게 말하는 그의 목소리에서는 조금 전의 진지함은 사라져 있었다.

내 머리에서 떨어진 그 손에는 확실히 몇 장의 꽃잎이 쥐어져 있었다.

"정말이네. 그렇지만…… 정말 예뻤어."

나는 그렇게 말하며 웃었다.

웃으며…… 그 밖의 모든 말을 삼켰다.

그도 웃었다. 그저 자조하는 것처럼.

……그날 밤 나는 꿈을 꿨다.

그것은 지금까지 몇 번이나 꿨던 꿈이었다.

꿈속의 나는 사고를 당했지만 무사히 회복해서 일상생활에 복귀해 있었다.

그 꿈을 꿀 때마다 막 전생의 기억을 떠올린 나는 당혹감과 두려움을 느꼈다.

어쩌면 지금 이 현실이 꿈은 아닐까 하고.

나는 아이리스로서 이 세계에 살았던 기억을 갖고 있다.

어릴 때부터 문득문득 느꼈던, 뭔가를 잊어버린 듯한 초조함과 이곳이 아닌 어디론가 가고 싶은 갈망.

그래서 전생을 떠올렸을 때에는 솔직히 조금 마음이 놓였다.

결핍되었던 것을 되찾은 기분이 들어서.

그러면서도 막상 떠올리니 현실과 꿈이 애매하게 뒤섞여서 당혹감이 느껴졌다. ······내가 어디에 있는지 몰라서 어쩔 줄 모르는 어린아이처럼.

문득 그런 느낌이 들 때면 두렵고 괴로웠다.

지금 내가 인식하고 있는 현실을 진짜 현실일까?

혹시 일에 지쳐 잠든 동안 꾸는 꿈 아닐까?

······사람의 마음이란 뜻대로 되지 않는 법이다.

일에 매달린 것은······ 가문을 위해서라는 게 가장 큰 이유였지만 나 자신이 이곳에 확실하게 존재한다는 걸 증명하고 싶은 마음도 어딘가 있었다.

실제로 일에 몰두하고 있으면 그런 불안을 잊을 수 있었고, 무엇보다도 뜻대로 되지 않는 사태가 벌어질 때마다 오히려 현실감이 느껴졌다.

······하지만 지금은 그뿐만이 아니다.

그렇게 스스로를 타이르다 보면 슈트를 입은 여성이 오피스에서 일하는 영상은 사라진다.

대신 아이리스로서 만난 많은 사람이 나타난다.

나와 함께 자란 사람들, 학원에서 만난 사람들, 영주 대행으로 일하는 동안 인연을 맺게 된 사람들.

……그리고 딘.

그들과의 만남이, 기억이, 감정이, 확실하게 나를 이 세계에 묶어 놓는다.

나는 분명히 이곳에 있다고, 그렇게 믿을 수 있다.

그러니까 괜찮아……. 나는 꿈속의 나에게 말했다.

꿈속의 나는 그 말에 기쁜 듯이 미소 지었다.

† † †

그로부터 이틀 후 아침, 딘은 서둘러 영지를 떠났다.

그리고 나는 상업 길드 사람들과 회합을 가졌다.

딘이 함께 와 줬다면 마음이 든든했겠지만 바쁘다는 그에게 그런 부탁은 할 수 없었다.

"정말로 아이리스 님과의 회합은 방심할 수가 없군요……."

상업 길드 간부들 중 한 사람이 한숨을 쉬었다.

"이번에는 지난번과는 달리 제안이 아닙니다. 이미 결정된 일이에요."

그렇게 말하며 생긋 웃었지만 어째서인지 이 자리에 모여 있는 사람들의 표정은 딱딱하게 굳었다.

"산재 보험이라. 우리가 종업원들의 보험료를 부담하고, 여차할 때 종업원들이 보험금을 받을 수 있게 하라는 말씀이시죠. 그 보험료 액수는 공평을 기하기 위해 사업에 따라 달라진다……. 그것참 잘도 차례차례……."

"이건 이곳에서 사업하는 한 강제적인 겁니다. 물론 이점도 있어요. 보험료는 전액 손실금, 또는 필요 경비로 취급합니다."

현재 종업원이 업무 도중 부상을 당할 경우, 보상을 해 주느냐 마느냐는 상회에 따라 다르다고 한다.

대부분은 지금까지 일한 급료에 보상금을 얹어 준다고 들었다.

이것저것 조사해 본 결과, 그 보상금도 정말 얼마 안 되는…… 1회 치료비가 될까 말까 한 액수.

급료에 푼돈을 조금 얹어 준다는 표현이 정확한 정도다.

"그리고 숙련된 종업원이 직장을 떠나는 리스크도 줄어들고, 종업원들의 사기도 높아지겠죠. ……자신들의 주장이 인정받은 셈이니까요."

마지막 한마디에 몇 사람이 움찔하고 반응을 보였다.

"아이리스 님은 아주 뛰어난 정보망을 갖고 계신가 보군요."

"어머나? 딱히 여러분을 감시하는 건 아니랍니다. 그저 항간에 떠도는 얘기를 들은 것뿐이에요."

일부 사람들에게서 일 때문에 다쳤으니 좀 더 보상금을 높여 달라는 주장이 나오고 있다는 사실을 알게 된 것은 정말로 우연이었다.

상회의 동향을 감시하고 있었던 건 아니다.

다른 문제로 거리의 사람들을 조사할 때 그런 이야기를 들었다고, 타냐에게 보고를 받았다.

필요한 정보를 수집해 주는 그녀는 정말로 유능한 인재다.

"강제라고 말씀하시면 저희는 어쩔 수가 없군요. ……뭐, 당근도 확실하게 준비하셨고 말이지요."

"그렇군요. 보상금을 모아 뒀다가 준다고 생각하면 되겠지요."

"아이리스 님과는 앞으로도 오랫동안 좋은 관계를 유지하고 싶으니까요."

간부들의 찬동을 얻을 수 있어서 마음속으로 안도의 한숨이 흘러나왔다.

그들은 나와의 대화는 방심할 수 없다고 했지만 그건 내가 하고 싶은 말이다.

대체 그들이 어떤 말을 던질지 언제나 전전긍긍하곤 한다.

"그렇게 말씀해 주셔서 영광입니다."

나는 그들 한 사람, 한 사람과 악수를 나눈 후 회의를 마쳤다.

그 후 곧장 학원으로 가서 루카 학원장과 얘기를 나눴다.

"……오늘 찾아오신 건 전에 말씀하셨던 보험 제도 때문입니까?"

인사도 짧게 끝내고 곧장 본론으로 들어갔다.

"네, 산재 보험과 의료 보험을 도입할 생각이에요. 산재 보험은 이미 상업 길드 간부들에게 승인을 받았어요. 업무 중 사고로 부상을 입을 경우에 대비한 것이죠. 앞으로 그들과 의논해서 좀 더 자세한 사항을 정할 생각입니다."

"가장 어려운 관문인 간부들의 승인을 얻었다면 앞으로는 비교적 편하게 얘기가 진행되겠군요."

"그러면 좋겠네요. 그리고 학원장님과 이야기를 나누고 싶은 건 의료 보험 문제에 대해서랍니다."

"그렇군요. 그럼 공녀님은 이 늙은이에게 무엇을 바라십니까?"

"전문가들을 모아서 치료 범위와 약의 범위를 정하고 싶어요. 고액 치료비를 전부 범위 안에 넣으면 얼미 못 가서 재정이 파탄 날 테니까요. 그 회의에 학원장님도 참가해 주셨으면 해요. 그리고 전문가들을 모아 주셨으면 합니다."

모든 치료를 범위에 넣으면 지출이 너무 커서 얼마 못 버티고 파산하게 된다.

"그렇군요……."

"또 보험 제도를 도입하면서 의료 길드를 설립할 생각이에요. 각자 몇 퍼센트를 부담하게 만들고 나머지를 보험으로 지불하는 형태로 만드는 거죠. 즉 의사들은 각 환자를 치료한 내용을 의료 길드에 신고하고, 의료 길드에서 나머지 치료비를 받은 거예요."

일본에서는 점수 제도를 시행했었지.

진찰한 병에 대한 치료 점수, 그리고 의약품 점수 등이 세세하게 규정되어 있었다.

의료 보험에 대해서는 이미 영지 관리들과 이야기를 나눴다.

"앞으로 어느 정도의 치료는 금액을 모두 일률적으로 정할 생각이에요. 그 문제에 대해서도 이야기를 나누며 토론하고 싶어요."

시장 원리에 맡기면 의료비는 점점 비싸지기만 할 것이다.

의료는 이 영지에서도 나날이 진화하고 있으니까.

하지만 그러면 역시 보험 제도는 일찌감치 파탄이 나고 말 것이다.

그렇기 때문에 최소한의 치료 범위는 일률적으로 정해야 한다.

부유층이 원하는 서비스나 보다 고액의 치료를 받고 싶은 경우에는 자신이 치료비를 부담해야 한다.

연령의 범위는 아직 정해지지 않았지만 아이와 노인 외에는 일률적으로 세금과 함께 보험료를 거둬들여 공영 보험으로서 일괄적으로 관리할 생각이다.

그밖에 공영으로 커버할 수 없는 사항들은 언젠가 민영 보험이 나타나지 않을까?

거기까지 생각했을 때 문득 아이디어가 떠올랐다.

보험 제도 도입에 대해 재무부와 민생부가 연계해서 보험증권 작성 등을 함께 진행하면 어떨까? ……하지만 공영으로 일원화한다면 지금 작성 중인 본인 확인 자료로도 충분하겠군.

중요한 건 환자가 전액 자부담인 다른 영지에서 온 사람인지, 이곳에 사는 영지민인지 판별하는 것과 본인임을 확실히 확인할 수 있느냐다.

"……어느 정도의 치료 말씀입니까? 그거참, 범위를 정하기 어렵겠군요. 애초에 의사에 따라 진찰료가 다르니까요."

"그래요. 고명한 의사일수록 치료비가 비싸죠."

"뭐, 아이리스 님의 말씀을 따르자면…… 일률적으로 진찰료를 설정하고, 보험으로 처리되는 건 그 범위로 한정하고, 초과하는 부분은 환자 본인이 부담하게 한다, 그런 형태입니까?"

나는 고개를 끄덕이며 루카 학원장의 말을 메모했다.

"치료는 애초에 의사에 따라서 진단 결과와 치료가 다릅니다. 치료 방법도, 선택하는 약도 다르지요. 따라서 보험 범위에 들어가는 약을 각 의사에게 주지시키고 그 약을 선택할지, 아니면 보험 범위 밖의 특효약 등이 있을 경우 그쪽을 선택할지, 환자의 선택에 맡기도록 철저하게 설명하지 않으면 안 됩니다. 의료 길드에서 1년에 몇 차례 의료 강습회를 열어 보험 범위 안에 드는 약 등을 설명하는 것도 괜찮을지 모르겠군요."

"그렇군요."

"의료 길드는 상주하지는 않아도 본부에 의사를 두는 편이 좋을 것 같습니다. 그래야 대화도 빠르게 진행되고, 무엇보다도 감사 역할을 할 수 있을 테니까요."

문득 루카 학원장을 바라보았다.

그의 발언에 마음을 빼앗기고 있어서 눈치채지 못했지만…… 마치 그는 이 이야기를 이미 찬성하고 있는 듯한 말투였다.

내 시선을 눈치챈 것일까. 루카 학원장이 쓴웃음을 지었다.

"……아이리스 님과 함께 있으면 따분하지 않군요. 늙은 몸을 채찍질해서 성심성의껏 일하도록 하시죠."

생각했던 것보다 더욱 순조롭게 받아들여 줘서 안심했다.

그 후 다른 날에 전문가들을 모아서 의견을 나눴다.

그렇게 한시름을 놓은 후 저택으로 돌아와서 다시 업무를 시작했다.

내 손으로 내가 할 일을 늘리고 있으니 할 수 없다.

특히 보르사(재무부)와 아비탄테(민생부) 사람들은 모두 정신없이 바빴다.

그래도 보르사(재무부) 사람들은 눈을 번쩍번쩍 빛내고 있지만.

반짝반짝이라는 귀여운 의성어가 아니라 번쩍번쩍.

……솔직히 조금 무섭다.

서류가 추가된 현장을 슬쩍 들여다봤는데, 다들 손을 빠르게 움직이며 속독하거나 낄낄 웃거나 질 수 없다고 소리를 지르거나.

물론 그때는 그 광경을 못 본 척하고 지나쳤다.

보르사(재무부) 사람들은 정말 훌륭한 일 중독자들로 변한 것 같다…….

그 감상을 말하자 타냐가 "아가씨도 별다를 바 없습니다."라고 딱 잘라 말했다.

"……실례합니다."

노크 소리와 함께 들어온 것은 다름 아닌 세바스였다.

"아가씨, 잠시 실례해도 되겠습니까?"

"세바스, 무슨 일이지?"

"아가씨께 계속 초대장이 날아오고 있습니다."

"아……. 그리고 보니 슬슬 사교 시즌이지. 벌써 그런 시기구나."

까맣게 잊고 있었다.

일에 열중해서 '사교'라는 두 글자가 머릿속에서 사라져 버린 모양이다.

……스스로 생각해도 귀족 영애로서 조금 문제가 있는 것 같지만.

"사교……. 사교라."

"어떻게 하시겠습니까?"

"이런 정세 속에서 잘도 어느 가문이나 파티를 여는군."

왕은 병으로 쓰러지고, 왕궁에서는 제1 왕자와 제2 왕자가 파벌 다툼을 벌이고 있는 지금, 얌전히 영지에 틀어박혀 있는 편이 좋지 않을까, 라는 생각이 든다.

……절대 일과 저울질해서 귀찮다는 생각이 들기 때문은 아니다.

"그 반대입니다, 아가씨."

세바스가 싱긋 웃었다.

그 웃음에서는 반론을 허락하지 않는 박력이 느껴졌다.

"이런 상황이기 때문에 어느 가문이나 정세를 파악하기 위해서 사람을 모으는 겁니다. 또 가문의 행사는 바로 가문의 재력과 인맥을 과시할 수 있는 절호의 기회. 다들 그런 행사를 통해 다른 가문을 헤아리는 것이지요."

"……중요한 가문에는 어머님이 참석하실 거야. 그거면 안 될까?"

"무슨 말씀이십니까? 이미 데뷔하신 아가씨께서 어느 파티에도 참석하지 않으면 아가씨와 아르메리아 공작가의 이름에도 흠집이 나게 됩니다. ……특히 현재 왕도는 뭔가 수상쩍은 냄새가 나니까 방문하시는 편이 좋을 겁니다. ……모르는 사이에 함정에 빠지지 않도록."

"그냥 말해 본 것뿐이야, 그냥."

사교계의 중요성은 알고 있다.

어머님이 전장이라고 말하는, 확실히 귀족들끼리 속셈을 살피고 견제하는 장소.

영지를 맡은 자로서 다른 가문의 동향을 파악해 둘 필요도 있고, 아르메리아 공작가의 힘을 어필하는 것도 중요한 일이다.

……다만 조금…… 정말로 아주 조금 가지 않아도 되는 방법은 없을까, 하고 생각해 본 것뿐이다.

"그래서 모레 스케줄을 비워 뒀습니다. 마담 크레줄에게 치수를 재고, 드레스를 제작해 달라고 의뢰했습니다."

"아, 마담 크레줄에게? 용케 불렀네. 마담은 요즘 바쁘다는 소문을 들었는데?"

처음으로 비단을 발견한 후 꽤 많은 시간이 지났지만, 이제야 겨우 비단 판매를 시작할 수 있게 되었다.

산출국에서는 비단 생산 과정을 극비에 붙이고 있지만 나는 원재료를 알고 있다. 역사 수업 시간에 실크로드에 관한 이야기나 설화에 흥미를 가졌기 때문이다.

……뭐가 도움이 될지는 아무도 모르는 거구나. 아련한 눈으로 그렇게 생각했었다.

시행착오 끝에 생산 방법도 확립할 수 있었다.

문제는 일정한 수의 원재료를 확보하는 것이었는데……. 비단 생산국은 누에도 수출을 제한하고 있지만 비단을 어떻게 만드는지 모르는 나라에서 보기엔 그저 벌레일 뿐. 그래서 비단 산출국이 아닌

곳에서 구입하고 양식해서 어느 정도 수를 늘린 후에 비단 생산을 시작했다.

다만 아직 수가 모자라기 때문에 아르메리아 공작령에 본점이 있는 점포에만 판매하고 있지만.

마담의 점포도 비단을 취급하고 있고, 게다가 유행의 최첨단을 걷는 참신한 드레스를 만들어 준다는 게 화제가 되어 몹시 바쁜 모양이었다.

"바쁜 건 아가씨가 새로운 드레스 형태의 아이디어와 재료를 여러 가지로 제안하기 때문이겠지요. 아가씨의 요청이라면 제일 먼저 달려오겠다고 했습니다. ……최근 또 아이디어가 막혔다더군요."

"그…… 그래?"

……그로부터 이틀 후, 예정대로 마담이 와서 치수를 쟀다.

난 복식에는 별로 지식이 없어서 몇 가지 주문만 했지만……. 함께 있던 타냐는 "아가씨를 최고로 돋보이게 만들 옷을!" 하고 기합이 잔뜩 들어가서 마담과 열띤 토론을 벌였다. 색깔부터 시작해서 자수 무늬, 장식 등등…….

나도 꾸미는 건 좋아하지만 그래도 반나절을 서서 이것도 아니고, 저것도 아니라는 두 사람의 끝없는 의논을 지켜보는 건 힘들었다.

그러니 마지막에는 될 대로 되라는 심정이 된 것도 할 수 없는 일이다.

마담도 평소에는 유능한 분위기를 풍기는 조용하고 단아한 사람이지만…… 옷 얘기만 나오면 인격이 돌변한다.

이번에는 특히 타냐의 기백에 영향을 받아서 그야말로 무시무시했다.

……아냐, 더 이상 떠올리지 말자.

어쨌든 치수 재기와 의뢰는 완료했다.

제작에는 물론 시간이 걸리기 때문에 조금 걱정했지만 마담의 공방 사람이 전원 달라붙으면 어떻게든 시간을 맞출 수 있을 거라고 한다.

세바스도 그쪽 부분은 빈틈없이 예정을 세워 뒀겠지만.

사무업무와는 또 다른 의미로 어깨가 뻐근하네⋯⋯. 그렇게 생각하며 다시 일을 시작했다.

† † †

"⋯⋯보고는 이상입니다. 아르메리아 공작령의 경제는 호조라고 해도 과언이 아닙니다."

모네다가 기분 좋은 얼굴로 말했다.

그와는 정기적으로 은행 경영 상황이나 그 밖의 시장 동향을 보고받으며 앞으로의 움직임에 대해 의논하고 있다.

그의 말대로 아르메리아 공작령의 경제는 호조다.

치수공사뿐만 아니라 지방의 인프라 정비도 진행 중이다.

또 아르메리아 공작령은 인구도 순조롭게 증가하고 있다.

동시에 타국과의 교역도 활발해지고 있다.

내수, 외수 모두 확대되고 있으며 고용도 순조롭고 소비도 상승세를 그리고 있다.

"이 영지에 한해서는 그렇지. 하지만 모네다, 나 한 가지 마음에 걸리는 게 있는데⋯⋯."

"왜 그러십니까?"

"왕도의 물가가 차츰 올라가고 있지? 그것도 주로 식료품이."

"······잘 아시는군요."

"왕도의 동향은 세세한 부분까지 확인하고 있으니까. 아직까지 아르메리아 공작령에는 영향이 미치지 않겠지만······. 넌 어떻게 생각해?"

"다른 영지가 흉작이라는 얘기는 듣지 못했습니다. 저도 조금 마음에 걸려서 조사해 봤습니다만, 딱히 사재기를 하는 상회도 없습니다. 그래서 더더욱 이해하기 힘듭니다."

"역시 훌륭해. 타냐도 조사하려면 시간이 걸린다고 했는데."

"옛날에 익힌 솜씨지요. 상업 길드는 그만뒀지만 아직 다른 영지를 포함해서 상회와 길드에 얼굴이 알려져 있으니까요."

"그렇군. ······흉작도 아닌데 줄어든다라······. 그것도 백성들의 불만이 폭발하지 않을 정도로 조금씩."

"가능성을 꼽자면 곡물 생산지가 방출하지 않고 모아 두고 있거나 혹은 왕궁에서 징수하거나. ······뭐, 그 정도일까요?"

"······또는 트와일국에서 끼어들었거나······."

"네?"

내가 작게 중얼거린 말은 그의 귀에 닿지 않았던 모양이다.

"아무것도 아니야. ······우리 영지의 비축분은 충분하고도 남을 만큼 확보되어 있지?"

"다른 영지에서 아르메리아 공작령의 관세를 올렸을 때, 마침 잘됐다 싶어서 비축분으로 돌리기 위해 사들였으니까요."

"흠······."

이제 와서는 그것조차 적의 손바닥 위에서 놀아난 듯한 느낌이 든다.

······지나친 생각일지도 모르지만.

어쨌든 모네다의 말대로 비축분을 충분히 만들어 놓을 수 있었던 건 그야말로 요행이다.

"비축분을 방출하는 것도 생각해 보지 않으면 안 되겠네. 모네다, 시장의 동향을 주시해 줘."

"알겠습니다."

"그러고 보니 다들 어음이나 수표를 일반적으로 사용하게 된 것 같네. 은행이 제대로 기능하고 있는 덕분이겠지. 모네다, 고마워."

"칭찬해 주셔서 영광입니다. 아가씨의 조력 덕분이지요. 전에 주셨던 그 특수한 잉크…… 그걸 팔면 큰 재산을 벌 수 있었을 텐데 무상으로 은행에 기술을 제공해 주시다니."

전에 아즈타 상회의 개발부 한 팀이 개발한 잉크 레시피를 은행에 제공했다.

원래 뭘 만들고 싶었는지는 잊어버렸지만, 그 과정에서 램프를 쬐면 색이 변하는 잉크가 만들어졌다.

최근 많은 발명가와 연구직 사람들을 지원하고 있기 때문에 비교적 그런 어디에 쓸모가 있는지 알 수 없는 상품이 만들어지는 경우도 많다.

그 잉크도 일반적으로 판매해 봤자 써먹을 곳은 장난감 정도일 뿐, 그 밖에 달리 쓸 곳도 없고…… 그렇다고 없었던 걸로 하기에는 아깝다는 보고가 들어와서 아르메리아 공작가에서 사들였다.

그리고 그걸 은행에 제공한 것이다.

다른 곳에는 없는 잉크……. 덕분에 위조 방지를 위해 어음이나 수표에 사용하고 있다.

참고로 그밖에도 위조 방지를 위해 여러 가지 연구를 하고 있다.

"달리 사용할 곳도 없고, 적재적소인 셈이지."

"적재적소 하니 말입니다만, 실은 전에 말씀하셨던 그 물건의 견본을 가져왔습니다."

"갑자기 잉크 얘기를 하길래 뭔가 했더니……. 어라, 난 아직 승낙하지 않았는데. 보여 줘."

나는 그에게서 받은 물건을 바라보았다.

"훌륭해. 너라면 이것도 위조 방지를 위해 철저히 연구했겠지?"

"그 내용은 이 자료에 적혀 있습니다."

"어머나……. 정말 준비가 철저하군."

모네다의 태도에 나도 모르게 웃어 버렸다.

"재빨리 상대의 급소를 공격하는 것도 중요하니까요. ……이미 언제든지 가동할 수 있는 상태입니다."

"그렇군. 넌 상인이었지……. 역시 대단해. 조금만 더 생각할 시간을 줘."

그때 문득 세바스가 들어왔다.

"아…… 아가씨……."

그답지 않게 침착하지 못한 모습이었다. ……뭔가 불길한 예감이 든다.

"세바스, 무슨 일이야?"

"이웃 나라 아카시아 왕국에서 사자가 방문했습니다. ……아카시아 왕국의 제1 왕자께서 아르메리아 공작령을 시찰하고 싶어 하신다고……."

"……뭐라고?"

세바스와 마찬가지로 나도 한순간 침착함을 잃었다. 모네다마저 놀란 듯이 눈을 동그랗게 떴다.

……생각했던 것보다 더욱 큰 충격이었다.

아르메리아 공작령과 바다를 사이에 둔 이웃 나라인 아카시아 왕국은 그 입지 때문인지 대대로 아르메리아 공작령을 현관문 삼아 이 나라…… 타스멜리아 왕국과 국가 간에 교류를 하고 있다.

언어도, 문화도 모든 것이 다른 나라.

몇 년에 한 번꼴로 사자가 왕궁을 방문하여 인사를 나누지만…… 설마 왕족이 일개 영지를 시찰하러 오고 싶다는 말을 꺼내다니. 그야말로 들어 본 적도 없는 일이다.

교역이 활발해졌기 때문일까……?

"어…… 어쨌든 사자를 만나 봐야겠네. 모네다, 미안하지만…….

모네다는 내가 말을 끝내기도 전에 머리를 숙이고 밖으로 나갔다.

"왕자를 받아들이실 겁니까?"

"……무리야. 우리 나라 왕족들을 제치고 내가 그를 만나다니, 남들이 보기에 너무 안 좋아. 안 그래도 나 때문에 아르메리아 공작령은 타스멜리아 왕국에서도 미묘한 입장에 놓여 있는데……. 최악의 경우 모반을 꾀하는 것처럼 보일 수도 있어."

"그렇다면…… 거절하시겠습니까?"

"그게 최선일 것 같네. ……정중하게 거절해야겠지. 적어도 왕궁에 한 번 갔다가 이쪽에 들르는 형식이라면 그나마 괜찮은데……."

"그렇군요……."

세바스의 안색이 좋지 않았다.

그럴 만하지……. 아마 나도 비슷할 것이다.

"세바스, 아버님께는 보고 드렸어?"

"이미 파발을 보냈습니다."

"역시. ……너무 기다리게 할 수는 없으니까 곧 갈게."

"알겠습니다."

긴 복도가 평소보다 더욱 길게 느껴진다.

가고 싶지 않아……. 하지만 가지 않으면 안 된다.

무거운 발걸음을 간신히 의무적으로 움직여서 앞으로 나아갔다.

"기다리게 해서 죄송합니다."

……그리고 나는 회담에 임했다.

응접실에서 나를 기다리고 있던 것은 나와 비슷한 또래의 남자였다.

머리에 스카프를 두르고, 아카시아 왕국의 넉넉한 전통 의상으로 몸을 감싼 그는 내가 모습을 드러내자 부드러운 미소를 지었다.

"저야말로 갑작스럽게 방문해서 죄송합니다. 제 이름은 하피즈 벤트 마시드라고 합니다."

……아카시아 왕국의 사자가 방문하면 왕궁에서 환영 파티를 연다.

공작가의 영애인 나도 학원에서 추방당하기 전에 환영 파티에 참석한 적이 있지만……. 그때 이 사람을 본 기억은 없다.

물론 파티의 주인공 격인 사자밖에 못 봤기 때문에 단정 지어 말할 수는 없지만.

"이름을 알려 주셔서 영광입니다. 제 이름은 아이리스, 아이리스 라나 아르메리아입니다. 잘 부탁드립니다."

"정말 놀랐습니다. 설마 여성분께서 이 영토를 다스리고 계실 줄이야……. 게다가 전해 들은 바로는 이 영토는 무척 번영하고 있다지요. 당신께 이 영토를 맡기기로 판단한 아버님의 혜안도 참으로 훌륭하십니다."

"어머나, 그런……. 과분한 말씀 몸 둘 바를 모르겠습니다."

"겸손하시군요. 당신이 이 영토를 다스리게 된 후로 교역이 증가하고 있습니다. 그 수완은 우리 나라 왕족들도 감탄하고 있지요. 이번에 우리 나라의 제1 왕자이신 카딜 님께서 이곳을 방문하고 싶다고 말씀하신 것도 바로 그 때문입니다."

"어머나……."

호호호……. 입가를 부채로 가리고 웃으며 얼버무렸다.

정말로 어떻게 해야 하나……? 그런 생각을 하면서 눈앞의 남자를 실례가 되지 않을 정도로 바라보았다.

야성적인 얼굴을 한 눈앞의 남자는 반듯한 이목구비를 지니고 있었다.

온화한 미소를 짓고 있지만 눈동자 안에는 이쪽을 살펴보는 듯한 빛이 담겨 있다.

"정말 영광입니다만…… 먼저 아버님께 여쭤보지 않으면 안 된답니다."

"그렇습니까? ……당신의 권한은 영주보다 나으면 나았지, 못하지는 않다고 들었습니다만……."

……다른 나라의 일개 영지를 잘도 조사했군……. 미소를 무너뜨리지 않은 채 내심 한숨을 쉬었다.

"뭐, 좋습니다. 아버님께 여쭤보신다면 한 가지 더 부탁드리고 싶은 게 있습니다."

"……뭐지요?"

"실은…… 시찰이란 단지 구실일 뿐. 카딜 님은 당신께 청혼하러 이곳에 오시는 겁니다."

이번에야말로 놀라움을 넘어 심장이 멈출 뻔했다.

청혼이라는 단어 자체는 알고 있지만 이해가 되지 않았다.

"아무래도 카딜 님께서는 당신을 보고 첫눈에 마음을 빼앗기신 것 같습니다……. 양국의 가교가 되어 줄 멋진 혼담이지요."

사자들 속에 제1 왕자가 섞여 있었던 기억은 없다.

……첫눈에 반했다 운운은 거짓말? 아니면 정말 사자들 속에 섞여 있었나……?

"정식 서한입니다."

하피즈 님이 품 안에서 한 통의 서한을 꺼냈다.

그때 그의 손가락에 끼워져 있는 금반지에 눈길이 갔다. 평평한 반지 중앙에 매의 문양이 새겨져 있었다.

서한은 옆에 서 있는 세바스를 통해 내 손에 전해졌다.

"잘 받았습니다. ……그런데 하피즈 님, 아주 멋진 반지를 끼고 계시는군요."

"아…… 이거 말입니까. 우리 나라는 금이 채굴되기 때문에……."

"……그런가요. 멋진 디자인이라 그만 눈길을 빼앗기고 말았답니다."

내 말에 하피즈 님은 더욱 짙은 미소를 지었다.

잠시 말없이 서로를 바라보았다.

나도, 그도 서로를 관찰하며 조금이라도 정보를 얻기 위해 상대가 어떻게 나오는지 살피고 있는 것이다.

무언의 공방에 실내에는 무겁고 숨 막히는 분위기가 감돌았다.

"……실례합니다."

회담 도중, 타냐가 방으로 들어왔다.

"……무슨 일이지?"

그녀는 내 물음에 대답하지 않고 대신 귓가에 입술을 댔다.

"가주님께서 습격을 받으셨다는 연락을 받았습니다."

뭐라고……? 그렇게 외칠 뻔했지만 눈앞에 있는 남자의 존재를 떠올리고 간신히 참았다.

"죄송합니다, 하피즈 님. 아무래도 급한 소식인 것 같은데 잠시 실례해도 될까요?"

"네, 물론이지요."

자리에서 일어서서 실례가 되지 않을 정도로 급히 방을 나갔다.

나와 타냐는 지금 나온 방에서 두 칸 건너뛴 방으로 들어갔다.

"습격당했다니, 무슨 소리야? 아버님은 무사하셔?"

"……네. 상처는 크지만 목숨에 지장은 없다고 합니다."

"아아……."

안심한 나머지 몸의 힘이 빠져나갔다.

"아가씨……!"

그 자리에서 쓰러질 뻔한 나를 타냐가 붙잡아 줬다.

"괜찮으세요?"

"으, 으응……."

호흡을 되풀이하며 숨을 가다듬었다. 깜빡거리던 시야가 차츰 정상으로 되돌아왔다.

"괜찮아. ……그만 돌아가야지."

"하지만……."

"그 사람을 오래 기다리게 할 수는 없어."

한순간 휘청거렸지만 간신히 일어서서 걷기 시작했다.

"기다리시게 해서 죄송해요."

"아닙니다……. 안색이 좋지 않으신데 괜찮으십니까?"

"네. 실은 아버님께서 병으로 쓰러지셨다는 연락을 받았답니다."

"저런……."

"다행히도 심각하지는 않다고 하시네요. ……하지만 딸로서 걱정이 돼서 당장 왕도의 아버님을 뵈러가고 싶습니다. 하피즈 님께는 정말 죄송하지만……."

"아닙니다. 아버님께서 편찮으시다면 할 수 없지요. 하물며 먼 곳에 있으면 걱정도 더욱 커지지 않겠습니까?"

"마음 써 주셔서 정말 감사합니다. 다음에는 꼭 성대하게 환영해 드리겠습니다."

그리하여 나와 그의 회담은 일찌감치 끝났다.

"……당장 왕도에 가 봐야겠어."

그를 배웅한 후 나는 세바스에게 말했다.

세바스와 타냐는 그런 내게 걱정스러운 시선을 보냈다.

사실은 그가 떠난 후 한 번 더 쓰러질 뻔했기 때문이다.

지금은 긴 소파에 반쯤 누운 듯이 깊숙이 앉아서 몸을 쉬고 있다.

이런 상태로 갈 수 있을까……? 그런 무언의 물음에 나는 쓴웃음을 지었다.

"괜찮아. 조금만 쉬면 금방 나아질 거야. ……그보다 방심할 수 없는 분이네. 설마 종자인 척하고 카딜 님 본인이 직접 오시다니."

"네……?"

내 중얼거림에 세바스와 타냐는 딱딱하게 굳어 버렸다.

뭐, 당연하지……. 조금 전까지 함께 있던 사람이 설마 왕족의 일원이라니.

"그, 그게 확실한가요?"

"아마도. 그 사람, 매의 문양이 새겨진 금반지를 끼고 있었잖아?"

"아, 네에……."

서한을 전달받을 때 반지를 본 세바스가 내 물음에 긍정을 표했다.

"그 나라에서는 왕족 한 사람, 한 사람에게 이 나라에서 말하는 가문의 문장 같은 게 주어지거든. 그리고 그 문장을 몸에 지니고 다니는 관습이 있어."

"아가씨께서는 왕자의 문장을 알고 계셨습니까……?"

"아니. 하지만 매는 그 나라에서 특별하게 여기는 동물 중 하나야. 그러니까 왕자의 문장이라 해도 이상할 것 없지."

이것도 아르메리아 공작가의 가주들이 대대로 수집한 자료와 최근 무역이 활발해지면서 들어온 서적을 토대로 레메가 만들어 준 아카시아 왕국 자료를 읽은 덕분이다.

"그리고 그가 말했잖아? 왕자가 내게 청혼하러 올 거라고……. 그리고 오늘 정말로 왔잖아? 이렇게 정식 서한도 있고."

"아…….."

"주제넘는 질문이지만……. 아가씨, 그 청혼, 받아들이실 건가요……?"

타냐가 걱정스러운 듯이 내게 물었다. 나는 쓴웃음을 지었다.

아까는 단순히 놀라기만 했지만 지금은 나와 그가 혼인 관계를 맺을 경우 얻을 수 있는 메리트를 머릿속 한구석으로 계산하고 있었다.

바다를 사이에 두고 있지만 아카시아 왕국은 타스멜리아 왕국과 비슷한 규모를 자랑하는 대국이다.

두 나라를 잇는 가교가 될 수만 있다면 이 몸을 사용하는 방법이 그야말로 최선이다.

나라에도, 우리 가문에도, 그리고 이 영지에도 메리트가 있다.

이루어질 수 없는 사랑에 떨며 고민하는 것보다는 타산으로 얼룩진 혼인이 훨씬 나답다.

언젠가는 이 마음의 아픔도…… 그런 일이 있었지, 하고 웃으며 흘려 넘길 수 있겠지.

"글쎄……. 이것만은 아버님과 의논해 보지 않으면 뭐라고 말할 수가 없네."

머리로는 그렇게 결론을 내렸는데도. ……마음이 긍정을 거부한다.

앞으로 조금만 더…… 조금만 더 기다려 줘.

이제 막 싹튼 마음을 죽이지 말아 줘, 라고.

† † †

"카딜 님, 어떠셨습니까?"

청년은 마음씨 좋은 할아버지처럼 생긴 노인의 물음에 미소를 지었다.

그 웃음은 조금 전 아르메리아 공작가에서 지었던 미소와는 전혀 달랐다.

따뜻함은 한 조각도 찾아볼 수 없는, 그저 사납기만 한 미소.

"목적은 이뤘다."

그는 그렇게 말하며 호화로운 소파에 앉았다.

아르메리아 공작령의 소파보다 조금 낮은 그 소파는 매우 푹신해서 몸무게만큼 몸이 쿠션에 파묻혔다.

"그렇습니까? ……이 노인네는 걱정이 돼서 수명이 줄어들 뻔했습니다. 장난도 적당히 하시지요."

"알았어. 할아범이 없어지면 곤란하니까."

카딜이 킬킬 웃었다.

"그보다 꽤 일찍 돌아오셨군요. 역시 그쪽에서는 카딜 님의 정체를 눈치채지 못한 겁니까……?"

"아니, 그녀는 하피즈, 그러니까 내가 왕자라는 사실을 눈치채고 있었어."

"네……? 눈치챘으면서 대접도 안 하고 돌려보냈단 말입니까?"

"부친이 쓰러졌다더군. 할 수 없지. '다음'에는 성대하게 환영하고 싶다던데……. 그 여자, 내가 본명을 밝히지 않았으니 이래도 괜찮지 않느냐며 무언으로 말하는 것 같더군. 제법 재미있는 여자야."

쿡쿡쿡. 카딜은 기분 좋게 웃었다.

"세상에, 정말 배짱이 두둑한 아가씨로군요."

카딜은 옆에 놓여 있는 접시에서 과일 하나를 집어 들었다.

그들은 지금 선상에 있었다. 이미 출항한 탓에 때때로 창밖에서 바닷바람이 불어와 살갗을 어루만졌다.

"재미있지? ……할아범, 나 진심으로 그녀를 갖고 싶어졌어."

카딜은 손에 흘러내린 과즙을 핥으며 기분 좋게 말했다.

"그럼 그 서한은 건네주셨습니까?"

"응. '다음'에 그녀가 '어떤 입장'에 놓여 있느냐에 따라서 왕비로 맞이할지, 첩으로 들일지 결정해야겠지만……. 어쨌든 그녀의 통치 능력은 제법 놀라운 구석이 있어. 망국의 귀족보다 자신의 힘을 훨씬 훌륭하게 발휘할 거야."

"폐하께선 진심이실까요……?"

"완전히 그들의 손에 놀아나고 계시니……. 아버님은 욕심이 너무 많아서 곤란해. 그 나이에 아직도 그토록 욕심에 충실하시다니,

정말 못 말려."

그렇게 말하는 카딜은 조금도 곤란해 보이지 않았다. 오히려 즐거운 미소를 짓고 있었다.

"그 영지에는 제법 뛰어난 수완가가 있다고 들었다만…… 과연 내우외환의 상황에서 어디까지 버틸 수 있을까?"

"제 입장에서는 제법 좋은 교역 상대니까 열심히 힘내 줬으면 합니다."

"이봐, 할아범. 행여나 적국을 응원하는 모습은 보이면 안 돼."

"보여 줘도 되는 사람이 누군지는 저도 잘 알고 있답니다. 카딜 님은 저쪽이 이기건, 지건 아무래도 상관없으시지요?"

카딜은 그렇게 묻는 노인에게 아무런 대답도 없이 더욱 짙은 미소를 지었다.

두 사람을 태운 배는 바람에 돛을 펄럭이며 앞으로 나아갔다.

19장
공작 영애, 불꽃을 튀기다

아카시아 왕국의 왕자와 비공식 회담을 가진 뒤, 나는 그에게 선언한 대로 곧장 왕도로 향했다.

예정을 꽤 앞당기긴 했지만 내 결재가 필요한 일은 전부 끝내 놓았고, 무엇보다도 우리 가문에는 노련한 수완가들이 모여 있다.

영지 관리들도, 상회 사람들도 모두 동요하지 않고 나를 보내 줬다.

유일하게 마담 크레줄만이 눈물을 글썽거렸다.

주문했던 드레스는 당연히 시간 안에 완성할 수 없어서 나중에 보내 주기로 했다.

타냐가 예정이 앞당겨진 것을 전하러 가자 마담은 눈물을 글썽이며 "잘 챙겨서 보내드릴 테니까 꼭 입어 주세요."라고 매달리듯 팔을 움켜잡았다고 한다.

드레스를 주문하고 나서 많은 일이 일어나는 바람에 '그러고 보니 주문했었지…….' 라는 생각밖에 없었다. 그렇기 때문에 내 입장에서는 아무런 문제도 되지 않았다.

……물론 타냐조차 전율한 마담의 열정 앞에서 그런 말은 도저히 할 수 없었지만. 타냐의 말에 의하면 팔을 움켜잡을 때 마담의 움직임이 전혀 보이지 않았으며 꽈악 붙잡힌 후에는 꼼짝도 할 수 없었다고 한다.

최대한 빠른 속도로 달려서 왕도에 도착한 후 곧장 저택으로 향했다.

"아버님……!"

고용인의 안내를 받아 도착한 곳은 아버님의 침실이었다.

"아이리스……."

아버님은 갑자기 나타난 나를 보고 놀란 표정을 지었다.

"……윽!"

그리고 몸을 일으키려다가 곧 아픔에 얼굴을 찡그렸다.

"여보……. 누워 계세요."

옆에 놓인 의자에 앉아 있던 어머님이 황급히 아버님을 부축해서 천천히 눕혔다.

"아버님, 몸은……."

"별거 아니다. ……다들 쓸데없이 호들갑을 떠는 것뿐이야."

"……장기까지 상할 만큼 자상을 입었는데 별거 아니라고요……?"

어머님의 낮은 목소리가 쩌렁쩌렁 울려 퍼졌다.

아버님이 입은 부상은 물론 놀라웠지만, 어머님의 박력에도 솔직히 놀랐다.

"나는 심장이 멈추는 줄 알았어요. 내가 달려갔을 땐 당신은 이미 피를 쏟으며 숨도 끊어질듯 약했어요. 그런데도 당신은 일어나자마자 곧바로 일하러 가겠다고 고집을 부리고……! 제발 부탁이에요,

자신의 몸을 좀 더 소중하게 아끼세요."

"메리, 당신에게 걱정 끼쳐서 나도 괴로워. 하지만 나는 가지 않으면 안 돼. 마엘리아 후작 일파가 엘리아 왕비를 통해 국정에 간섭하기 시작한 요즘, 내가 왕궁 관료들의 방패가 되어 주지 않으면 국정은 곧 엉망이 되고 말 거야."

"벼랑 끝에서 간신히 막고 있는 그들에게 당신은 방패이자 희망이기도 해요. 당신을 잃으면 그 희망은 영원히 잃게 돼. ……나도 당신을 이런 식으로 잃어버리면 살아갈 수 없어요……!"

"메리……."

"여보……."

느닷없이 감도는 달콤한 공기에 왠지 몸 둘 바를 알 수 없는 기분이었다.

아니, 뭐……. 두 분의 사이가 좋은 건 정말 좋은 일이지만.

"……저어, 어머님."

방해하고 싶진 않았지만 도무지 얘기가 진행되지 않아서 일단 말을 건넸다.

"그래서 지금 아버님의 상태는……?"

아버님께 물어봐도 괜찮다는 대답만 돌아올 것 같아서 옆에 있는 어머님께 물어보았다.

"어머나……. 미안하구나, 아이리스. 이이는 당분간 절대 안정이 필요하단다. 아직 상처도 아물지 않았고, 무리하다가 벌어지기라도 하면 위험하거든."

"그렇군요……."

"걱정돼서 황급히 달려왔나 보구나. ……고맙다, 아이리스."

아버님의 말에 가슴이 지잉 뜨거워지는 듯한 기분이 들었다.

대답하려고 했지만 그 뜨거움에 목이 막히고, 눈에 눈물이 고였다.

나는 간신히 고개를 저었다.

물어보고 싶은 게 있었다. ……이곳에 오는 동안 계속 그것만 생각하고 있었다.

하지만 무서워서 말할 수 없었다.

"……아이리스, 네가 고민할 필요는 없다. 이건 결코 너 때문에 일어난 일이 아니다."

말을 꺼내기도 전에 내 의문을 간파한 아버님이 부정하는 말을 건넸다.

"하지만 아버님…… 전에 아버님께서 말씀하셨잖아요. 마엘리아 후작가를 조심하라고. 저 때문에 그들이 아버님을 노린 것은 아닌가요?"

"흑막이 어디의 누구인지는 아직 모른다."

"내 잘못이에요. 내가 앞뒤 안 가리고 베어 버리는 바람에 주범들은 모두 죽고, 조무래기들만 남아서 제대로 된 정보도 얻지 못하고……."

아버님이 미안해하는 어머님을 향해 부드럽게 웃었다.

"당신이 구해 주지 않았더라면 나는 살아 있지 못했을지도 몰라. 당신에게 감사하면 감사했지 책망할 마음은 조금도 없어. ……내가 하고 싶은 말은, 아이리스. 흑막을 모르는 지금, 네가 그렇게 괴로워 할 필요는 없다는 거다."

"하지만……."

"설령 흑막이 마엘리아 후작가라 해도 결코 아이리스 너 때문이 아니다. 네가 영지를 다스리는 것처럼 나도 왕궁에서 국정을 맡고 있다. 그 때문에 마엘리아 후작가와는 몇 번이나 대립해 왔지. 네가 내 신변까지 책임을 느낄 필요는 조금도 없다."

"아버님……."

"그보다 아이리스, 너야말로 큰일 날 뻔했다면서?"

아버님이 내게 손을 뻗었다.

살며시 다가가자 아버님이 내 머리에 손을 얹고 쓰다듬어 줬다.

대체 얼마 만일까……. 이렇게 머리를 쓰다듬어 주시는 건.

"큰일은요……. 아버님께 일어난 일에 비하면 별거 아닌……."

"둘 다 불행을 자랑하는 것도 아니고, 누가 더 큰일이었는지 따지는 건 쓸데없는 짓이랍니다. 둘 다 아주 큰일을 겪은 거예요. 그리고 여보, 아이리스가 걱정되는 건 알겠지만 이제 그만 쉬도록 해요. 몸이 노곤하지 않나요?"

어머님의 말에 아버님이 "못 당하겠군……."이라고 중얼거리며 쓴웃음을 지었다.

"아버님, 다시 찾아뵐게요. 그때 천천히 이야기를 들어 주세요."

아버님의 상태는 내가 보기에 평소와 똑같았기 때문에 전혀 눈치채지 못했다.

다쳤다는 얘기를 미리 듣지 않았더라면 깜빡 잊어버릴 만큼.

보기만 해도 아버님의 몸 상태의 변화를 눈치채다니, 과연 어머님은 대단하시다.

나는 방해가 되지 않도록 곧 방에서 나왔다.

……다행히 아버님의 용태는 많이 안정돼서 다음 날에 문제없이 만날 수 있었다.

지금까지 있었던 일……. 동부 보르틱 패밀리 문제와 반의 계략, 도르센과 있었던 일들, 그리고 산재 대책과 새로 도입할 보험 제도

등등 이야기할 것들이 끊이지 않았다.

　일단 때때로 보고는 드리고 있지만 직접 말씀드린 적은 없으니 마침 좋은 기회다.

　그리고 최근에 일어난 아카시아 왕국에서 온 자의 회합과 왕자의 청혼에 대해 이야기했다.

　내가 서한을 건네자 아버님은 깊은…… 그야말로 아주 깊은 한숨을 쉬었다.

　내가 생각해도 왜 이런 골치 아픈 일들이 차례차례 일어나는 걸까 싶지만, 국가 레벨의 문제인 만큼 혼인에 대해서는 일단 왕가에도 의견을 구하지 않으면 안 된다.

　재상으로서…… 아르메리아 공작가의 가주로서 이번 이야기를 어떻게 생각하시냐고 여쭤보자 아버님은 한순간 아무 말도 하지 못했다.

　"재상으로서 대답하자면 이것만큼 좋은 얘기는 없겠지. 하지만 아르메리아 공작가의 가주로서 대답한다면…… 너 같은 인재를 다른 나라에 주기는 아깝구나. 그럴 수만 있다면 너를 상담역으로 영지에 붙잡아 두고 싶을 정도니까 말이다. ……하지만 한 사람의 아버지로서 말하자면 네가 납득할 수 있는 길을 선택했으면 한다. 그리고 행복해졌으면 좋겠구나."

　귀족으로서 그런 사고방식은 문제가 있지 않을까, 결국 나는 어떻게 하면 좋을까…… 등등 여러 가지 생각이 머릿속을 스치고 지나갔다.

　하지만 그런 의문 따위 지금은 아무래도 상관없다.

　'나'의 행복을 바라는 그 말에, 그 말의 의미에——

　그저 나도 모르게 눈물이 흘러내렸다.

† † †

별궁. 왕궁처럼 화려하지는 않지만 조용한 분위기가 감도는 장엄한 곳.

그곳에 베른이 있었다.

지금까지 찾아온 적 없는 그곳을 물끄러미 관찰하듯 둘러보며 걸었다.

오늘 그가 이곳을 찾아온 것은 그의 부친 루이 드 아르메리아 공작가 가주에게 지시를 받았기 때문이다.

그 지시란, 이 별궁에 사는 태후께 서한을 건네는 지극히 단순한 일이었다.

루이는 베른에게 "이 서한의 내용은 아무에게도 알려선 안 된다. 신뢰할 수 있는 고용인에게도."라고 말하며 베른에게 심부름을 맡겼다.

아버지가 그렇게 말씀하시는 걸 보면 상당히 중요한 내용이겠지……. 베른은 가슴 안주머니에 넣은 편지에 손을 얹었다.

배신을 두려워해서일까, 내용을 알면 그자의 신변이 위험해지기 때문일까, 아니면…….

고용인을 완전히 신뢰하는 아버님의 평소 모습을 생각하면 후자일 가능성이 높을 것이다.

평민인 그들은 아무리 호신술이 뛰어나도 권력이라는 카드를 쥔 적에게 쉽사리 짓밟혀 버린다.

그걸 우려한 것은 아닐까? 베른은 그렇게 짐작하고 있었다.

궁 안으로 들어가서 고용인이 안내해 주는 대로 걸었다.

그리고 도착한 곳에는 현재 이 궁의 주인인 태후가 있었다.

"호오……. 네가 이곳에 왔느냐? 루이의 상태가 그렇게 안 좋은가?"

"아뇨, 아버님은 만약을 위해 요양하고 계실 뿐, 목숨에 지장은 없습니다. 오늘도 직접 찾아오시려 했습니다만……."

"그렇구나……."

"아버님께서 제게 이것을 맡기셨습니다."

옆에 서 있는 종자에게 편지를 건넸다.

태후는 종자에게서 그 편지를 받아 들고 시선을 떨어뜨렸다.

태후의 얼굴이 편지를 읽어 내려가면서 차츰 변했다. 부드러운 표정에서 엄숙한 위정자의 표정으로.

그 변화에 베른의 긴장은 한층 강해졌다.

"그대는 이 편지의 내용을 아는가?"

베른은 편지를 모두 읽은 태후의 물음에 고개를 저었다.

"둘 다?"

"모릅니다."

"그렇군……. 루이는 자식들에게 무르구나."

태후는 까르르 웃었다. 하지만 눈은 차가웠다.

품평하는 듯한 그 눈동자와 말에 베른은 등에 식은땀이 흐르는 듯한 기분마저 느꼈다.

"아니면 그대가 루이와 다른 진영에 있기 때문일까?"

"……죄송합니다만, 무슨 말씀이신지 의미를 잘 모르겠습니다."

"어머나, 그대는 에드워드의 학우였지 않은가? 유리 노이어 남작 영애를 중심으로 사이좋게 지내는 그룹의 일원이었다고 들었는데."

"……확실히 에드워드 님께서는 저에게 무척 잘해 주셨습니다. 하지만 저는 아르메리아 공작가의 일원입니다. 저는 대대로 재상을 배출한 아르메리아 가문을 자랑스럽게 생각합니다. 그렇기 때문에 제가 가장 중요하게 생각하는 것은 국정의 안정입니다."

"그러니까 에드워드가 빨리 왕위를 계승했으면 좋겠다는 말인가?"

"아니요. 왕국법에 따르면 제1 왕자가 왕위에 오르는 것이 옳다고 생각합니다. 그리고…… 아뇨, 아무것도 아닙니다. 실례했습니다."

"……이곳에서 한 발언은 나만 알고 있도록 하지. 그대의 생각을 말해 보라."

태후가 입을 다물어 버린 베른에게 계속 말해 보라고 재촉했다.

"……사사로운 일입니다만, 졸업 후 자신을 돌아볼 기회를 갖게 됐습니다. 많은 생각을 한 끝에 내린 결론은 제가 아르메리아 공작가를 자랑스럽게 생각하는 동시에 사랑하고 있다는 것입니다. ……그런데도 학생 시절의 저는 어리석게도 스스로 그것을 부술 뻔했습니다."

베른은 그렇게 말하며 쓴웃음을 지었다.

"그러니까 더 이상 잘못된 길을 선택하지 않겠다고 결심했습니다. 저는 절대 저의 소중한 것을 제 손으로 상처 입히고 싶지 않습니다. 소중하니까 이번에는 반드시 지키겠다, 그렇게 결심했습니다."

그러니까 앞으로는 에드워드 측에 서지 않을 것이다.

아이리스와의 파혼을 시작으로 교회 파문 소동, 아즈타 상회를 향한 흉계, 그리고 아르메리아 공작령의 관세 문제.

상회를 괴롭히던 흉계 외에는 에드워드가 직접 손을 쓴 것은 없지만, 그래도 에드워드가 있기 때문에 일어난 일이라고 할 수 있다.

그가 과거의 자신에게 친절하게 대해 준 것은 감사하지만, 소중한 것을 지키기 위해서는 그 정도 끊어 버리지 않으면 안 된다.

그만큼 단단한 결의가 그의 마음속에 존재했다.

"그대는 왕국의 미래보다 가족들이 더 중요한가?"

"……죄송합니다."

그 날카로운 목소리에 베른은 그저 죄송해하며 머리를 숙였다.

무거운 침묵이 흘렀다.

그 침묵을 깨뜨린 것은 쿡쿡거리는 태후의 웃음이었다.

"정말로 무르고 위정자답지 않은 사고방식이로구나. ……하지만 내 곁의 소중한 사람조차 지키지 못하는 자가 어찌 나라를 아끼고 지킬 수 있겠는가. 후후후. 그런 그대의 생각이 싫지는 않구나."

휴우. 베른은 그녀의 말에 저도 모르게 참았던 숨을 내쉬었다.

"지금 이 나라의 상층부는 둘로 분열되어 있지. 하나는 제1 왕자를 추대하는 자들, 또 하나는 제2 왕자를 추대하는 자들. 제1 왕자 측에는 아르메리아 공작가를 필두로 지방의 유력 귀족과 신흥 귀족들. 제2 왕자 측에는 엘리아 왕비와 마엘리아 후작가를 필두로 한 고참 귀족들. 두 파벌은 서로 반목하면서도 균형을 유지하고 있지. ……자아, 그럼 나는 어느 쪽에 서 있을까?"

베른은 태후의 물음에 아무런 대답도 하지 않았다. 아니, 대답할 수가 없었다.

답을 알지 못했기 때문이기도 했지만 섣불리 말할 수 없는 이 자리의 분위기 때문이기도 했다.

"정답은 제1 왕자 쪽으로 기울어진 중립이란다."

태후는 그 사실을 알고 있기에 베른이 입을 열기 전에 답을 말했다.

"제1 왕자를 숨겨 주고, 돌보고, 키워 왔지. 나는 장래에 이런 혼란이 생길 것을 알면서도 그렇게 했단다. 그 이유는 뭐라고 생각하느냐?"

"……귀족 세력을 억누르기 위해서 아닙니까?"

"계속해 보거라."

"제2 왕자가 제1 왕자를 없애고 왕위에 오르면 나라는 혼란에 빠지지 않을지도 모릅니다. 하지만 만약 그렇게 되면 이 나라의 수장인 국왕조차 귀족들의 힘으로 좌지우지할 수 있게 되는 셈이지요. 그렇게 되면 왕국의 근본마저 흔들리게 될지도 모릅니다. 그렇게 생각하셨기 때문이 아닙니까?"

베른은 한 마디, 한 마디 신중하게 말을 고르며 말했다.

"그래. ……하나 나는 어디까지나 중립. 제1 왕자가 우둔한 인물이었다면 당장에라도 잘라 버릴 거라고 생각했지. 하지만 그 아이는 의외로 유능하더구나. 그래서 나는 그대로 아무것도 하지 않았단다. 덕분에 나도 제1 왕자파로 보이게 되고 말았지. ……어느 가문처럼 말이다."

'어느 가문'이란 우리 가문을 말하는 거겠지……. 확실하게 꼬집어 말하지 않아도 잘 알겠군.

베른은 내심 쓴웃음을 지었다.

"제2 왕자파에게 제일 방해가 되는 것은 아르메리아 공작가가 아니야. 은거하고 있다고는 해도 왕족……. 강력한 발언권을 지닌 나야말로 그들에게 가장 걸리적거리는 존재."

"그럼 태후마마께서도 아버님처럼 그들의 표적이 된 겁니까……?"

"그래. 나는 이제 곧 왕족의 권위를 박탈당하겠지. 그대의 아버지와 제1 왕자는 그걸 막기 위해 움직이고 있단다. 이 편지에는 그 내용이 적혀 있지."

"그렇군요……."

"편지를 읽었으니 지금 대답하마. '나는 괜찮으니까 그대는 영지로 돌아가서 편히 쉬세요.' 라고 루이에게 전해다오."

"그게 무슨……! 어째서입니까!"

"왕은 앞으로 길어야 한 달 정도밖에 버티지 못한다. 그 아이가 죽은 후 마엘리아 후작가는 움직이기 시작할 게다. 루이도 한 달 정도로는 완치되지 못하겠지? 안 그래도 빈사 상태였는데 무리하게 만들고 싶지 않구나."

"그건……."

"설마 엘리아가 그 아이에게 손을 쓸 줄은 생각도 못했거늘."

베른은 손을 쓴다는 말의 정확한 의미를 깨닫고 숨을 삼켰다.

"확실한 겁니까?"

"그래. 아무리 쓰러졌다지만 회복하던 중이었다. 마음의 병은 여전하지만 그래도 몸 쪽은 말이야. 그런데 갑자기 길게 버텨 봤자 한 달……. 그 밖에도 여러 가지 상황 증거가 있다."

상황 증거라는 말을 입에 담을 때, 태후는 한순간 입술을 깨물었다.

확실한 증거가 아니기에 그걸 근거로 마엘리아 후작가를 단죄할 수 없는 그 사실이 분한 것이다.

"사랑하기에 그 마음이 어두운 감정으로 바뀌었을 때의 그 증오가 보다 크고 깊어진 걸지도 모르지. ……어쨌든 이미 늦었어. 루이는 그 상태고, 제1 왕자는 다른 나라에 가 있으니까."

"……어디 계십니까?"

"그건 비밀이란다. ……지금 생각해 보면 다행일지도 몰라. 다른 나라가 안전하다고 단언할 수는 없지만 무슨 일이 일어날 경우 이 나라에 있는 것보다는 나으니까. 게다가 그 아이, 왕을 길동무 삼아 스스로 책임을 지려고 했던 모양이니까."

후우. 태후는 부채로 입을 가리며 한숨을 쉬었다.

"그럼 태후마마께서는 어떻게 되는 겁니까……?"

"글쎄……. 어쨌든 나는 새로운 세대에…… 그 아이에게 걸어 보기로 했단다. 그러니까 미련은 없어."

단호하게 말하는 태후의 눈동자는 강하게 빛나고 있었다.

"베른, 아까 내가 했던 말, 루이에게 확실하게 전해 주렴."

"알겠습니다."

태후를 알현한 후 베른은 곧바로 궁을 나왔다.

베른은 궁에서 마차를 세워 둔 곳까지 홀로 걸으며 문득 아름답게 손질된 정원으로 시선이 향했다.

평소에는 아버지의 일을 보좌하느라 바쁘게 지내지만 때때로 시간이 날 때면 이런 정원에서 휴식을 취하곤 했다.

그것은 그의 누이, 아이리스의 권유였다.

그녀가 말하기를, 초록색을 보면 마음이 안정되는 것 외에도 먼 곳을 보면 눈이 쉴 수 있다는 것이다.

사실인지 어떤지는 몰라도 누이가 그렇게 말하면 진짜인 것처럼 느껴져서 성심껏 시키는 대로 하게 되었다.

아름답게 손질된 정원을 바라보고 있을 때, 문득 멀리에 한 여성이 앉아 있는 모습이 눈에 들어왔다.

"……저어, 혹시 몸이 안 좋으십니까?"

베른은 바닥에 주저앉아 있는 여성이 걱정돼서 가까이 다가가 말을 건넸다.

"꺄아! ⋯⋯죄송해요."

그의 존재를 눈치채지 못했던 건지, 그녀는 베른의 말에 깜짝 놀라며 작은 비명과 함께 움찔 반응했다.

사라락. 아름다운 금빛 머리카락이 흔들렸다.

"잠시 생각에 빠져 있어서⋯⋯."

그녀가 미안해하며 초록색 눈동자를 살짝 떨어뜨렸다.

"저야말로 사색에 잠겨 계신데 말을 걸어서 죄송합니다. 혹시 몸이 안 좋으신 건 아닐까 해서⋯⋯."

"아뇨⋯⋯ 저야말로 보기흉한 꼴을⋯⋯. 생각이 막혔을 때 이렇게 정원을 바라보고 있으면 마음이 진정되는 기분이 들어서 그만⋯⋯."

"아⋯⋯."

쿡쿡. 그는 누이를 떠올리며 웃었다.

그 웃음에 그녀는 불쾌한 표정을 지었다.

숙녀답지 못한 행동을 했다는 자각이 있는 만큼 자신을 비웃는 거라고 생각한 모양이다.

"실례했습니다. 저희 누님도 똑같은 말을 했던 게 떠올라서 그만⋯⋯. 마음이 진정되고, 그래서 새로운 시점으로 생각할 수 있게 된다고 하더군요. 저도 누님의 권유로 시간이 날 때마다 될 수 있는 대로 그렇게 하고 있습니다."

"맞아요⋯⋯! 일단 생각이 막히면 미궁에 빠진 것처럼 계속 똑같은 생각만 하거나 이것저것 쓸데없는 생각을 하기 시작하거든요. 하지만 대부분 마음을 가라앉히고 생각해 보면 단순한 문제일 때가 많죠."

"맞습니다. 휴식을 취하지 않는 것보다 조금이라도 쉬는 편이 오히려 효율적일 때도 있다는 걸 실감했습니다."

밝게 웃는 그녀를 바라보며 그도 미소를 지었다.

"소개가 늦었군요. 저는 레티라고 해요. 실례지만 당신은……."

"저는 베른이라고 합니다. 잘 부탁드립니다."

"……저야말로."

레티는 그렇게 말하며 부드러운 미소를 지었다.

"베른 님은 누님과 자주 대화를 나누시나요?"

"왜 그런 말씀을?"

"흥미가 생겨서요. 저도 오라버니가 있거든요. 다른 가문의 남매들은 어떤지 궁금해서……."

"저희 남매는 별로 참고가 되지 않을 겁니다. 학원에 들어가기 조금 전부터 저는 누님과 거의 대화를 나누지 않았으니까요. ……결국 누님께 평생 남을 만큼 깊은 상처를 입히고 말았죠."

"……후회하나요?"

"후회한다고 가볍게 말하고 싶지는 않습니다. 과거를 후회하기만 해서는 속죄할 수 없으니까요. 반성하고 똑같은 과오를 범하지 않도록 노력할 수밖에 없죠. ……언젠가 누님이 도움을 필요로 할 때 도울 수 있도록 성장하고 싶습니다."

누님이 너무 굉장해서 도움을 줄 만큼 성장할 수 있을지 걱정됩니다만. 베른은 쓴웃음을 지으며 그렇게 중얼거렸다.

"어머나……."

"계속 저만 얘기한 것 같은데…… 레티 님은 어떠신가요? 오라버니와의 관계는."

"아주 좋아요. 다만…… 그래요. 당신과 똑같을지도 몰라요."

"그게 무슨……."

"늘 보호받기만 해서 마음이 괴로워요. 그래서 오라버니를 돕고 싶은데……. 오라버니는 제 도움 따위 필요하지 않을 거라는 생각이 들 만큼 혼자 뭐든지 잘 해내거든요."

"그렇군요……."

"남자로 태어났으면 좋았을 텐데……. 그러면 오라버니와 나란히 걸을 수 있었을 텐데."

레티는 그렇게 중얼거리며 고개를 숙였다.

간절한 마음이 담긴 그녀의 말은 듣고 있는 베른마저 슬픔을 느낄 정도였다.

"……지금까지 저는 여성이 남성과 똑같이 일하는 데에 회의적이었습니다. 아니, 의문조차 느끼지 못했을지도 모르지요. 제 직장에는 남성밖에 없으니까요."

쏴아아, 바람이 불었다.

정원에 핀 꽃들의 꽃잎이 바람에 실려 허공에서 춤을 췄다.

그 바람에 유혹당한 것일까, 아니면 베른의 말에 반응한 것일까? 그녀가 고개를 들었다.

그녀의 눈부신 금빛 머리카락이 바람에 흩날려 춤을 췄다.

"하지만 누님을 보고 생각하게 됐습니다. 직무하는 데 필요한 것은 본인의 능력과 기개라고. 그런 것들 앞에서 성별은 사소한 문제일 뿐이라고. 실제로 누님은 여성이기에 가능한 시점으로 지금까지 없었던 바람을 일으켰습니다. 이 나라의 절반은 여성인데도 여성들의 의견을 받아들이지 않는 게 잘못된 것 아닐까, 라는 생각마저 들었죠. 그러니까 저는…… 중요한 건 성별이 아니라 본인의 의지라고 생각합니다. 당신이 힘이 되어 주고 싶다면 당신 나름대로의 길을 찾으면 되지 않을까요?"

레티는 한순간 놀란 듯이 눈을 동그랗게 떴다. ……그리고 웃었다.

정말로 기쁜 듯이.

동시에 재미있는 걸 발견했다고 말하는 것처럼.

"그렇군요……. 저는 자신의 능력으로 높은 자리에 오른 여성을 알고 있으면서 무슨 나약한 소릴 한 걸까요."

역시 메를리스 님의 아들……. 레티는 마지막으로 그렇게 중얼거렸지만 안타깝게도 그 말은 베른의 귀에 닿지 않았다.

"정말 좋은 말을 들었군요. 부디 기회가 닿으면 다시 만나고 싶네요."

"그렇게 말씀해 주시니 기쁩니다."

"다음에 또 별궁을 방문하실 때에는 꼭 기별을 넣어 주세요. 저는 평소 여기서 일하고 있으니까요. 레티라고 말하면 금방 전해 줄 거예요."

"알겠습니다."

레티는 그의 대답을 들은 후 그 자리를 떠났다.

베른도 그녀의 뒷모습을 지켜본 후 저택으로 돌아갔다.

† † †

그 무렵, 라일과 디더는 왕궁 부지 안에 있었다.

"대체 우린 왜 부른 거야? 기사단장이 바뀐 게 우리랑 무슨 상관이라고."

투덜거리는 디더의 발걸음은 무거웠다.

평소에는 그런 디더의 태도를 나무라는 라일도 얼굴을 찡그린 채 아무 말도 하지 않았다.

그의 발걸음은 디더와 마찬가지로 무거웠다.

아마도 마음속으로는 디더처럼…… 우리가 왜 이곳에 불려 와야 하는 거냐고 화를 내고 있는 모양이다.

아르메리아 공작가의 가주가 습격당한 지금, 잠시라도 아이리스의 곁을 떠나고 싶지 않은 게 두 사람의 공통된 심정이었다.

그래서 거절했다. 몇 번이나.

그런데도 새로운 기사단장은 결코 굴하지 않았다.

종국에는 앤더슨 후작을 찾아가서 두 사람을 데려와 달라고 요구까지 한 것이다.

앤더슨 후작은 두 사람의 마음을 생각해서 절대 그 일을 말하지 않았지만, 편지를 들고 온 기사단 단원에게 그 얘기를 들었을 때에는 둘 다 몹시 격노했다.

두 사람은 '사부님께 더 이상 폐를 끼칠 수도 없고, 이젠 슬슬 성가시다.' 라는 생각에 빨리 끝장을 내버리기로 결심하고 왕궁에 온 것이다.

그 때문에 두 사람은 왕궁 부지 안에서도 언짢은 기색을 감추려고도 하지 않은 채 걷고 있었다.

"아르메리아 공작가의 라일, 지금 도착했습니다."

"아르메리아 공작가의 디더, 지금 도착했습니다."

두 사람은 최소한의 예를 표한 후 기사단용 방으로 들어갔다.

그 태도에 미간을 찌푸리는 자도 몇 명 있었지만 대부분의 기사들은 동정의 시선을 보내고 있었다.

그만큼 상식을 벗어날 정도로 끈질기게 두 사람을 불러 댔기 때문이다.

"오오, 라일 경! 디더 경! 잘 왔네!"

새로운 기사단장이 기분 좋게 두 사람을 맞이했다.

"거기 앉게나."

두 사람은 단장이 가리킨 곳에 앉았다.

"나는 새로 기사단장으로 임명받은 세르토르 멜레제라고 하네. 두 사람의 소문은 전부터 많이 들었다네. 잘 부탁하네."

싱글벙글 웃는 세르토르와는 달리 두 사람은 여전히 무표정이었다.

"……그런데 용건은?"

라일이 언짢은 기분을 그대로 드러내며 마치 땅을 기어가듯 낮은 목소리로 물었다.

이 녀석이 이렇게까지 감정을 드러내는 건 드문 일인데……. 옆에 앉아 있던 디더는 조금 놀랐다.

"뭘 그리 성급하게 구나……. 그러지 말고 조금 느긋하게 이야기를 나누지 않겠나?"

당황하면서도 웃음을 무너뜨리지 않는 그의 태도에 두 사람의 분위기는 점점 험악해졌다.

이 시점에서 그들을 잘 아는 기사들은 두려움에 떨며 뒷걸음질했다.

"몇 번이나 이곳에 올 시간이 없다고 말씀드렸을 텐데요? 그런데도 저희의 사정은 조금도 고려하지 않고 몇 번이나 쳐들어와 놓고…… 이제 와서 느긋하게 이야기를 나누자? 그러려고 이 나라의 영웅…… 가젤 장군님에게까지 폐를 끼친 겁니까?"

라일의 분노는 최고조에 달해 있었다. 그야말로 눈빛만으로 사람을 죽일 수 있을 만큼 무시무시했다.

그 눈빛에 세르토르도 압도당하고 말았다.

"……그래서 용건은?"

디더가 이래서는 공기가 너무 얼어붙어서 대화가 진행되지 않을 것 같다는 생각에 입을 열었다.

"아…… 으음. 선대 기사단장님께 자네들의 얘기를 많이 들었다네. 그래서 자네들이 부디 기사단의 일원이 되어 줬으면 해서……."

세르토르는 그들에게 입단을 권유하기 위해 미리 많은 생각을 했다.

선대 기사단장이 끝내 영입하지 못한 인재. ……나라면 좀 더 잘할 수 있을 거라고, 반드시 입단시키고 말겠다고 믿어 의심치 않았다.

하지만 그 모든 자신감이 날아가 버릴 만큼 두 사람이 내뿜는 기(氣)는 무겁고 날카로웠다.

정신을 차리고 보니 바보같이 솔직하게 용건을 말하고 있었다.

"그 얘기는 거절하겠다고 전에도 말씀드렸습니다만?"

조금 전까지도 더할 나위 없이 차가운 공기를 뿜어내고 있었건만, 세르토르에게는 방 안의 온도가 또다시 1도나 2도가량 떨어진 것처럼 느껴졌다.

"아, 자네들 대우를……."

"대우 따윈 관계없습니다. 저의 주인은 단 한 사람. 무슨 말씀을 하셔도 그 생각은 바뀌지 않을 겁니다."

"나 역시."

세르토르는 그 냉정한 거절에 멍한 표정을 지었다.

"이 이상은 피차 시간 낭비일 것 같으니 이만 실례하겠습니다. 그리고 이번 일은 주군과 장군님을 통해 정식으로 항의하겠습니다. 이미 태후마마께 계속 아르메리아 공작가에서 호위로 일해도 좋다는 허락을 받았습니다. 앞으로 이런 권유는 삼가 주시기 바랍니다."

떠날 때 던진 라일의 말에 세르토르는 어깨를 떨어뜨렸다.

라일과 디더의 발걸음이 올 때와는 달리 빨랐다.

서로 말은 없었지만 아까보다는 분위기가 조금 부드러웠다.

"아⋯⋯! 라일 씨랑 디더 씨 아닌가요⋯⋯!"

하지만 그 목소리에 두 사람의 기분은 또다시 급강하했다.

두 사람은 마음을 억누르고 신하의 예를 차렸다.

"고개를 들어요."

두 사람을 불러 세운 것은 에드워드 제2 왕자의 약혼녀인 유리 남작 영애였다.

"아닙니다⋯⋯. 제2 왕자의 약혼녀이신 영애께 그런 무례한 짓은⋯⋯."

왜 이런 곳에 이 여자가 있는 거야! 두 사람은 마음속으로 동시에 외쳤다.

"왜 두 분이 이곳에? 아─ 설마 두 분 다 기사가 된 건가요?"

그들의 기분과는 대조적으로 유리의 목소리는 밝았다.

"아뇨⋯⋯. 저희에게는 너무 과분합니다."

"그렇지 않아요! 두 분은 무척 강하다고 많은 분께 들었는걸요."

두 사람은 그녀의 말에 계속 입을 다물고 있었다.

"지금 국내의 치안은 계속 악화되기만 하고 있답니다. 그래서 전 두 분의 힘을 빌리고 싶어요. 두 분이 지켜 주시면 전 이 나라를 위해

힘낼 수 있을 것 같아요!"

유리는 그런 그들을 향해 또다시 말을 이었다.

"……죄송하지만 저희의 주인은 단 한 분뿐."

"자신이 아닌, 소중한 백성들을 지켜 달라고 말하는 분이기에 우리는 그분을 지키고 싶습니다. 그분이 꺾이지 않도록 힘이 되어 드리고 싶습니다."

디더도 라일의 말을 이어받아 입을 열었다.

"그럼 이만 실례합니다."

두 사람은 예를 표한 후 재빨리 그녀에게서 멀어졌다.

그리고 빠른 걸음으로 왕궁 부지를 벗어나서 그대로 곧장 아르메리아 공작가로 돌아갔다.

두 사람은 저택에 도착한 후 안도의 숨을 내쉬었다.

"왜 그 여자가 그런 곳에 있는 걸까?"

"글쎄. ……그건 그렇고 아가씨의 호위인 우리에게 잘도 그런 권유를 하는군."

저택으로 돌아오자마자 평소대로 대화를 시작했다.

딱히 서로 약속한 건 아니지만 저택에 도착하자마자 고용인 전용 환담실로 자연스레 발걸음이 향했다.

"누가 차를 끓일지 승부하자."

"지난번에는 내가 끓였다만?"

"지난번은 지난번이고!"

"게다가 승부고 뭐고 벌써 환담실 앞이다."

"검 말고 다른 걸로 승부하면 되잖아."

가벼운 대화를 나누며 환담실 문을 열었다.

"어라……. 벌써 돌아왔나요?"

안에서는 타냐가 차를 마시며 휴식을 취하고 있었다.

"오! 타냐, 마침 잘됐다. 차 좀 끓여 줘."

"허브티라도 괜찮다면 그 포트에 남은 게 있으니까 직접 끓여 마셔요."

"에이……."

디더는 싸늘하게 노려보는 타냐의 눈빛에 투덜거리면서도 얌전히 차를 끓이기 시작했다.

……그래 봤자 겨우 포트에 든 차를 찻잔에 따르는 것뿐이었지만.

하는 김에 라일에게도 따라 줬다.

라일은 고맙다고 말하며 찻잔을 받아 든 후 그대로 의자에 앉았다.

"시간 낭비였다."

"뭐, 그렇겠죠. 어차피 또 권유받겠지요?"

"음."

"기사단도 참 끈질기군요."

"뭐 이번에는 새로운 기사단장이었지만."

라일과 타냐의 대화에 디더도 끼어들었다.

그는 부엌에 기대어 차를 즐기고 있었다.

"새로운 기사단장이라면 세르토르 멜레제 백작?"

"아는 사람이야?"

"일단 조사했으니까요. 그는 기사단에 이름만 올려놓고 있던 자라서 새로운 기사단장을 조사할 때 완전히 노마크였죠."

"이름만 기사단에……. 그런 녀석이 어떻게 기사단장이 된 거지?"

디더가 어이없다는 듯이 웃으며 말했다.

"엘리아 왕비가 앉힌 거죠. 기사단 내부에는 반대파도 꽤 있는 모양이에요. 뭐…… 그래서 당신들을 성공적으로 끌어들이는 가장 손쉬운 실적을 원한 거겠죠."

그녀의 말에 라일은 벌레라도 씹은 듯한 표정을 지었다.

"뭐, 이젠 상관없어. ……그보다 유리 남작 영애를 만났다."

"네?"

타냐가 라일의 말에 멍한 표정을 지었다. 디더도 또다시 입을 열었다.

"그 여자도 우리에게 권유하러 왔더군. 대체 무슨 생각인지……."

"그러게 말이죠……."

타냐는 폐에서 쥐어짜듯 긴 한숨을 내쉬었다.

이윽고 모든 숨을 내뱉은 후 그녀는 자리에서 일어섰다.

"그녀와 접촉한 얘기는 내가 아가씨께 넌지시 전하도록 하죠."

"부탁한다."

"부탁해."

이구동성으로 의뢰를 받은 타냐는 그 자리를 떠났다.

남은 두 사람도 각각 차를 마신 후 환담실을 뒤로했다.

† † †

"결혼이라……."

결국 그 얘기는 왕실에 보고 드리기로 하고, 결론이 나지 않은 채 흐지부지된 상태다.

즉각 결정할 수 있는 문제가 아니기 때문에 어쩔 수 없긴 하지만…….

애초에 왕실에 보고한다 해도 대체 누구에게 해야 하지? 그런 사실을 깨달았다.

국왕 폐하는…… 병으로 쓰러져서 공무에서 물러났다. 엘리아 왕비는 논외. 왕자들은 당연히 결정권이 없고, 애초에 누가 왕이 되느냐에 따라서 나중에 상황이 꼬여 버릴 가능성도 있다.

그렇다면 역시 태후마마께 보고 드려야 하나?

……애초에 지금 왕족의 결정권은 누가 갖고 있는지 나는 알지 못한다.

"실례합니다, 아가씨. 마담의 드레스가 도착했습니다."

용케 시간 안에 완성했구나. 내심 감탄하며 타냐에게 몸을 맡긴 채 준비를 시작했다.

쇄골이 보일 만큼 깊게 파여 있고, 가슴 언저리에는 짙은 푸른색 비단이 겹쳐 있었다. 그 비단에는 진주가 여기저기 달려 있어서 빛을 받을 때마다 반짝반짝 빛났다.

허리는 잘록하게 조여져 있고, 엷은 물색에서 아래로 내려갈수록 점점 짙은 푸른색이 되도록 그러데이션을 이루고 있었다.

스커트는 주름이 잡혀 있어서 움직일 때마다 살랑살랑 흔들렸다.

내가 마담에게 특별히 부탁한 것은 이 그러데이션 옷감을 사용할 것.

사실 이 그러데이션 옷감은 아즈타 상회의 신제품이다.

아즈타 상회의 개발자들이 이런 게 있었으면 좋겠다는 마담의 아이디어를 듣고 지혜를 쥐어짜서 연구에 연구를 거듭한 끝에 실현해 낸 작품이다. 듣자하니 천을 짜는 방식을 새롭게 연구했다고 한다.

아이디어를 제공한 보상으로 마담의 점포에 제일 먼저 납품하기로 계약했다. 사실은 수익의 일부를 떼어 주려고 했지만 마담은 "멋진 원단을 확실하게 손에 넣을 수 있는 권리만으로도 충분해요."라고 말했다.

마담답다면 마담다운 대답이다.

대략적인 형태는 내가 주문하고, 세세한 부분은 마담과 타냐의 열띤 토론 끝에 결정되었다.

머리를 느슨하게 땋고, 다이아몬드 머리 장식을 달았다. 마지막으로 초커를 하면 완성.

오늘은 사교 시즌의 시작을 알리는 왕실 주최 무도회.

12~18세의 귀족 자제·자녀들이 왕에게 인사하고 사교계에 데뷔하는 이번 무도회는 전생의 세계에서 열리던 오페라 무도회(오페라 무도회(Opernball): 오스트리아 빈 국립 오페라좌에서 매년 2월에 열리는 대규모 무도회. 젊은 여성의 사교계 데뷔의 장으로도 유명하다)에 가깝다.

참고로 나이 차이가 나는 것은 각 가문에 판단을 맡기고 있기 때문이다.

······이 아이를 어엿한 한 사람으로 대해도 되는지 어떤지.

일찍 데뷔하면 그만큼 인맥을 만들 기회가 많아져서 유리하지만, 데뷔를 하면 어리니까 괜찮다는 어리광은 부릴 수 없다.

서로 속고 속이는 여우와 너구리들 틈에 순진한 먹잇감을 갖다 바치는 것이나 마찬가지다.

그래서 대개는 조금 경험을 쌓은 후 14, 15세에 데뷔를 시킨다.

데뷔가 너무 늦어지면 이번에는 어지간히 문제가 있나 보다, 하고 이상한 억측을 하기 때문이다.

덧붙여 말하자면 나는 13세에 데뷔했다.

엘리아 왕비가 리스크보다 메리트를 중시해서 에드워드 님을 그 나이에 데뷔시키는 바람에 약혼녀인 나도 따라서 데뷔하게 된 것이다.

……뭐, 그것도 전부 지나간 얘기지만.

준비를 마치고 얼마 지나지 않아 베른이 방으로 나를 맞이하러 왔다.

"오래 기다리셨지요."

"아니……. 그보다 정말 괜찮아?"

내 물음에 베른은 고개를 갸웃거렸다.

"괜찮냐니, 무슨 의미입니까?"

"오늘 에스코트 말이야. 항상 너한테 부탁해서…… 정말 미안해."

공식 행사에서는 언제나 베른에게 에스코트를 받고 있다.

일만 하는 내게 남자와 만날 기회 따위 당연히 없고, 그렇다고 혼자 갈 수도 없고……. 그래서 아버님이 베른에게 맡겼기 때문이다.

내게 신경 쓰기보다는 베른도 슬슬 아내가 될 사람을 찾아 줬으면.

파티에 함께 참석할 때마다 베른은 정말로 파수견처럼 내 옆에 찰싹 붙어 있다.

……파티란 일단 만남의 장이라는 측면도 있는데.

지금의 내 입장에서는 당연히 다음 대 아르메리아 공작가를 짊어질 아이의 탄생을 바랄 수밖에 없다.

……물론 유리를 생각하면 머리가 아프지만.

일단 베른이 유리를 향한 마음은 떨쳐 버린 것 같은 게 그나마 다행이다.

"일만 하느라 만나는 여성도 없으니 누님께선 신경 쓰지 않으셔도 됩니다."

베른이 그렇게 쓴웃음을 지으며 내게 손을 내밀었다.

그 손을 잡자 베른이 스윽 몸을 일으켰다.

"오늘도 아름다우시군요."

"고마워."

우리는 가볍게 이야기를 나누며 마차를 타고 왕궁으로 향했다.

화려한 왕궁.

그 아름다운 광경 속에 있는데도 내 마음은 어두웠다.

이곳이 마치 처형대로 보일 만큼.

뭐니 뭐니 해도 이곳은 적지나 마찬가지다.

……엘리아 왕비와 마엘리아 후작이 마치 왕궁의 주인이라도 된 양 사람들의 중심에 서 있기 때문이다.

베른에게 에스코트를 받으며 홀 안으로 들어섰다.

순간 많은 시선이 날아왔다.

……그 시선을 받으며 웃어, 라고 마음속으로 나 자신을 꾸짖었다.

"오랜만입니다, 아이리스 님."

"오랜만에 뵙습니다, 사지타리아 백작님."

처음부터 꽤 만만치 않은 사람과 얘기를 나누게 됐군……. 내심 한숨을 쉬며 무난한 대화를 이어 나갔다.

아직 재무 대신으로서 제 1선에서 활약하고 있는 그는 전에 만났을 때보다 어딘가 늙어 보였다.

그건 순수하게 나이를 먹었기 때문일까, 아니면 격무 때문일까……?

후자의 경우 그 이유는 순수하게 왕위 다툼 때문일까, 아니면 뭔가 재무 면으로 큰 문제가 있기 때문일까?

무서워서 물어보고 싶지 않다고 생각하면서도 대화를 나누며 어떻게 그 얘기를 끄집어낼까, 하고 생각하는 나 자신이 제일 소름끼쳤다.

"아르메리아 공작님의 상태는 어떠십니까?"

"걱정해 주셔서 고맙습니다. 아버님을 대신해서 감사드립니다. ……아버님은 만약을 위해 요양하고 계시지만 괜찮으세요. 어머님이 못 움직이게 감시하고 계셔서 푹 쉬고 계신답니다. 오히려 전보다 안색이 좋아졌을 정도예요."

"호오……. 다행이군요."

"그보다 사지타리아 백작님이야말로 안색이 안 좋으시네요. 요즘 바쁘신가요?"

"흠……. 확실히 그럴지도 모르겠군요. ……실은 저도 조만간 영지로 돌아가서 잠시 요양을 할까 합니다."

"어머나……."

간신히 얼굴에 드러나지 않도록 참았지만 크나큰 충격이 가슴을 덮쳤다.

말도 안 돼. 그 한마디가 머릿속을 점령했다.

사지타리아 백작은 재무 대신. 아버지와 마찬가지로 정무에 쫓겨긴 휴가라도 얻지 않는 한 영지로 돌아가기란 좀처럼 힘들다.

왕위 다툼이 격화되고, 왕궁 안에서도 자리 뺏기 게임이 발생하고 있는 지금 이 시기에 긴 휴가를 얻는다? ……밀어내 달라고 말하는 것이나 다름없지 않은가.

지난번 파티에서는 그토록 제1 왕자가 그리는 미래가 최선이라고 주장해 놓고.

제1 왕자파 중에서도 높은 지위와 권력을 지닌 그가 밀려 나면 제1 왕자는 얼마나 큰 타격을 받을지 모르는데.

아니면 마엘리아 후작 일파의 공작으로 휴식을 취할 수밖에 없는 상황이 된 걸까? ……그게 제일 가능성이 높긴 하다.

"……아버님이 쓰러지셨기 때문인가요?"

아버님이 쓰러지는 바람에 자신의 안위를 살피게 된 걸까? …… 주위의 귀를 신경 쓰며 넌지시 돌려 물었다.

사지타리아 백작이라면 내가 제일 묻고 싶은 게 뭔지 진의를 눈치챌 것이다.

"그렇기도 하고 아니기도 합니다. 도회의 시끄러운 소음에 저도, 주위 사람들도 그만 지쳐 버려서요. 영지로 돌아가서 푹 쉬며 필요할 때 발휘할 수 있는 힘을 비축할 생각입니다. 저도 참, 이 나이가 되어서도 아직 꿈을 포기하지 못한 모양입니다."

……제1 왕자를 떠나려는 것도 아닌 것 같군. 나는 그의 말을 통해 추측했다.

"그러신가요. ……하지만 요즘 같은 때에 백작님이 없어지면 재무부분들도 머리가 아프지 않을까요? 항간의 소문에 의하면 식료품 가격이 올랐다고 불평불만을 늘어놓는 자들이 생기기 시작했다던데."

"왕도의 사정을 꽤 잘 아시는군요. 뭐, 그렇겠죠. ……제가 어떻게든 하고 싶어도 자연히 발생한 현상이 아니기 때문에 어쩔 수가 없답니다. 요즘 상인들은 눈치가 빠르니까요……."

"그렇죠. 저도 덕분에 조마조마해진 적이 많답니다."

우리는 눈을 마주 보며 웃었다.

나도 그렇지만 사지타리아 백작의 눈은 웃고 있지 않았다.

서로가 서로의 눈 속에 감춰진 진의를 살폈다.

과연 상대가 대화 속에 숨어 있는 진의를 읽어 냈는지.

눈은 마음의 창이라는 말도 있지 않은가.

"그럼 저는 이만 실례하겠습니다. 아름다운 꽃을 저 혼자 독점하면 다른 사람들이 노려볼 테니까요."

사지타리아 백작은 그렇게 말하며 다른 곳으로 가 버렸다.

……여러 가지 듣고 싶었던 얘기를 들을 수 있어서 만족스러운 시간이었다.

무도회장으로 시선을 돌려 주위를 바라보자 문득 낯익은 모습이 시야 끄트머리에 비쳤다.

……미모사다.

나는 경박해 보이지 않을 정도로 빠르게 걸어서 그쪽으로 향했다.

"미모사 영애, 오랜만이군요."

"……오랜만입니다, 아이리스 영애."

친한 사이에도 예의를 지켜야 하는 법.

……공식 석상인 만큼 나도 미모사도 당연히 평소와는 말투가 달랐다.

"처음 뵙겠습니다, 아이리스 영애."

옆에서 느닷없이 한 남자가 끼어들었다.

곱슬머리 때문일까. 돌돌 말린 듯한 흑발에 가늘고 긴 눈매, 그리고 까만 눈물점이 특징인 남자였다.

그 무례한 행동에 한순간 미간을 찡그렸지만 애써 참으며 대신 미소를 지었다.

남자가 내게 말을 건 순간, 미모사의 얼굴에서 표정이 사라졌다.

……그뿐인가, 눈동자마저 색을 잃어버린 것 같았다.

그 모습을 흘낏 바라본 순간, 불안이 마음속을 스치고 지나갔다.

……미모사의 이런 표정은 처음이었다.

"만나서 반가워요. ……죄송하지만 당신은……?"

"어라, 미모사에게 얘기 못 들으셨습니까? 저는 댄 루베리아. 유서 깊은 루베리아 백작가의 후계자이자 미모사의 약혼자입니다."

그가 연극배우 같은 몸짓과 함께 그렇게 말했다.

여긴 공식 석상이기 때문에 신분이 위인 자가 말을 걸 때까지는 먼저 말을 해서는 안 된다. ……즉 백작가의 자제인 그가 내게 갑자기 말을 거는 것은 예의에 어긋나는 행동일뿐더러 오늘 이 자리에 참석한 사람들은 모두 유서 깊은 가문이다. ……한마디로 흠잡을 곳투성이인 자기소개였다.

하지만 그 말들은 그의 마지막 한마디에 전부 날아가 버리고 말았다.

……미모사의 약혼자? 이 사람이? 그 말밖에 생각나지 않았다.

남의 약혼자에 대해 이러쿵저러쿵하고 싶지 않고, 생각하고 싶지도 않지만, 솔직히 첫인상은 별로 좋지 않았다.

"아…… 당신이 약혼자인가요. 알고 계시겠지만 제 이름은 아이리스 라나 아르메리아라고 합니다. 미모사 영애와는 학원 시절 함께 공부한 사이죠. 앞으로 잘 부탁드려요."

"저야말로."

"아이리스 영애, 정말 죄송하지만 우린 인사를 하러 다녀야해서 이만……."

. 미모사가 뭔가 말하려는 것처럼 입술을 달싹이는 댄의 말을 가로막듯 먼저 입을 열었다.

"아, 네에……. 그렇군요. 붙잡아서 미안해요."

내가 그렇게 말하자 그녀는 곧 걷기 시작했다.

댄은 한순간 쓴웃음을 지으며 어깨를 으쓱했지만 곧 그녀와 나란히 걸어갔다.

물론 약혼한 후 첫 공식 행사라면 두 사람이 여기저기 인사하러 다니는 게 일반적이지만…… 그녀가 그런 말을 꺼낸 것이 묘하게 갑작스러운 생각이 들었다.

마치 그와 내가 이야기를 나누는 게 싫은 것처럼.

나는 거기까지 생각한 후 내심 쓴웃음을 지었다.

하긴, 당연하지…….

생각해 보면 그와 미모사는 이제 막 약혼한 사이다. 내가 아무리 미모사의 친구라 해도 그와 대화를 나누면 어떻겠는가.

대외적으로도 별로 보기 좋지 않을 테고, 무엇보다 미모사의 기분도 좋지 않을 것이다.

그렇게 생각하니 오늘 그녀의 태도가 이상한 것도 고개가 끄덕여졌다.

약혼자를 동반한 공식 행사에서는 긴장하는 게 당연하니까.

이제는 내 인생 최대의 흑역사가 되었지만──. 나도 에드 님과 약혼한 후 처음으로 사교계에 참석했을 때에는 무척 긴장했고, 그가 다른 여성과 담소를 나누는 모습을 보는 것도 마음이 편하지는 않았다.

미모사와는 나중에 둘이서 만났을 때 차분하게 얘기를 나눠 봐야지……. 나는 그렇게 결론을 내린 후 홀 안쪽을 바라보았다.

미모사에 대해 이것저것 생각하는 동안 무도회장에 흐르던 음악이 일단 멈추고, 안쪽에서 왕족들이 나타났다.

모두가 자연스레 머리를 숙였다.

물론 나도 주위에 맞춰 머리를 숙였다.

태후마마를 필두로 엘리아 왕비와 에드 님. ……아무래도 이번에도 왕과 제1 왕자는 참석하지 않은 모양이다.

그리고 에드 님에 이어서 그에게 손을 이끌려 유리가 나타났다.

그 광경을 보고 '왜 유리가 저기 있는 거야!' 하고 나도 모르게 눈을 크게 떴다.

유리는 에드 님의 약혼녀……. 그렇다, 아직 약혼녀다.

미래의 왕족이긴 하지만 혼인하지 않은 이상 이런 공식 행사에 왕족으로서 안쪽에서 함께 나타나는 것은 본래 있을 수 없는 일이다.

전에 어머님이 했던 말을 빌리자면 '혼인하기 전에 무슨 일이 생길지도 모르기 때문' 이다.

엘리아 왕비도 오랫동안 왕비 자리에 있었고, 애초에 마엘리아 후작가의 영애로서…… 귀족으로서 당연히 머릿속에 집어넣어야 하는 예법은 누구보다도 잘 알 텐데.

그런데도 저렇게 함께 등장하는 걸 허락한 것은 그만큼 유리가 엘리아 왕비의 마음을 움켜쥐고 있다는 뜻이겠지.

무엇보다도 유리는 제2 왕자파 귀족들의 마음을 움켜잡고 있다.

……그렇지 않으면 아무리 엘리아 왕비라도 저렇게 등장하는 걸 허락할 수 없었을 것이다.

……속마음은 어떤지 몰라도 적어도 저런 등장을 강행할 수 있을 만큼 그녀는 사교계에서 지위를 확립한 것이다. 그렇게 생각하면 등줄기가 얼어붙는 듯한 기분이 들었다.

오늘 그녀의 드레스는 가슴에 커다란 리본이 달린 아이보리색 드레스였다. 팔에도 똑같은 리본이 달려 있고, 끝에는 레이스가 몇 겹이나 달려 있었다.

예전에 그녀가 입었던 드레스는 그녀다운 귀여움을 전면적으로 내세운 스타일이었지만 이번에는 거기에 왕족의 화려함을 더한 느낌이었다.

왕족들이 호화로운 왕족 전용 의자에 앉았다.

악사들이 또다시 음악을 연주하기 시작했다.

그리고 이번 해에 사교계에 데뷔하는 아이들이 차례차례 나타났다. 사교계의 매너는 나라에 따라 다르고, 이런 데뷔 파티의 형식도 완전히 다르다.

타스멜리아 왕국에서는 낮 동안 데뷔하는 아이들이 한 사람씩 알현실에서 왕족들에게 인사한다.

그리고 밤에는 많은 귀족 앞에서 첫 선을 보이게 된다.

무도회장에 나타난 그들은 남자들은 가슴에, 그리고 여자들은 머리에 생화를 장식하고 있었다.

전생에서 봤던 익시아 꽃 같은 엷은 핑크색의 꽃이다.

꽃말이 전생과 같은지 어떤지는 모르겠지만 익시아의 꽃말은 '높은 긍지.' ……귀족으로서 높은 긍지를 지니라는 뜻일까?

또한 여자들은 흰색의 심플한 드레스를, 남자들은 검은색의 기본적인 예복을 입고 있었다.

남자들은 각각 파트너인 여자들을 에스코트하며 홀 중앙에 섰다.

……그리고 그들은 춤을 추기 시작했다.

그들이 춤을 마치자 주위에서 지켜보던 사람들이 박수를 보냈다.

……여기부터는 평범한 무도회와 똑같다. 나도 베른과 춤을 췄고, 그 뒤로 메시 남작가에서 만난 분들 중 몇 명과도 춤을 췄다.

몇 곡인가 춤을 추고 난 후, 휴식을 위해 또다시 벽 앞으로 돌아왔다.

나는 샴페인을 들고 무도회의 풍경을 바라보았다.

같은 타이밍에 돌아온 베른이 내 옆에 섰다.

문득 에드 님과 유리의 모습이 눈에 들어왔다. 그들도 춤을 추고 있었던 모양이다.

약혼자끼리 몇 곡이나 파트너를 바꾸지 않고 춤을 추고 있었다.

그 근처에서 미모사와 댄 커플도 춤을 추고 있었다.

내 친구 미모사가 먼 곳으로 가 버린 듯한 쓸쓸함을 느끼며 그녀의 춤에 넋을 잃고 있을 때였다.

"……누님."

옆에서 들려온 베른의 목소리에 문득 정신을 차렸다.

베른의 딱딱한 목소리에 '왜?'라고 물으려고 했지만 그의 시선을 따라가자 곧 그 이유를 알 수 있었다.

곡이 바뀌자마자 어째서인지 유리가 에드 님을 이끌고 이쪽으로 다가오고 있었기 때문이다.

그들과 접촉하고 싶지 않아서 재빨리 주위를 둘러봤지만 공교롭게도 주위에 가까운 사람들은 없었다.

그동안에도 나를 완벽하게 표적으로 삼은 듯한 그녀가 생글생글 웃으며 이쪽을 향해 똑바로 다가오고 있었다.

보아하니 내가 다른 사람과 이야기를 시작해 봤자 도망칠 수 없을 것 같다.

나는 포기하고 각오를 다진 후 똑바로 그녀를 바라보았다.

유리와 에드 님은 꽤 가까이 다가와 있었다. 주위 사람들도 우리를 눈치챘는지, 마른침을 삼키며 주목하고 있었다.

"오랜만이네요. 아이리스 님, 베른."

"오랜만입니다. 유리 님."

생긋 미소 짓는 그녀에게 나도 웃으며 대답했다.

옆에서 베른이 조용히 인사를 건넸다.

"많은 분이 아이리스 님 얘기를 하더군요. 열심히 일하고 계시다면서요. 왕도에 좀처럼 오시지 않는 건 어쩔 수 없지만 다들 아쉬워하고 있답니다. 이번에도 베른이 에스코트했나요? 다른 분들과도 부디 교류하도록 하세요."

"어머나……. 조언해 주셔서 감사합니다. 유리 님이야말로 자선 사업에 힘쓰고 계시다면서요. 역시 에드워드 왕자님의 약혼녀다우시네요. 조금 전에 입장하는 모습도 무척 당당하시더군요."

"아이리스 님이 그렇게 말씀해 주시니 자신감이 생기는걸요. 그보다 아이리스 님, 오늘도 멋진 드레스로군요. 이번에도 신작인가요?"

"감사합니다. 유리 님께서 칭찬해 주시니 영광이네요. 이 드레스는 아즈타 상회와 마담 크레줄이 공동 제작한 신작이랍니다."

"어머나……. 나도 그런 드레스를 입어 보고 싶은데 아이리스 님처럼 어울릴지……. 아이리스 님이 이렇게 완벽하게 소화해 내시면 다른 사람들은 감히 입어 볼 엄두도 못 내겠는걸요."

"무슨 말씀을……. 유리 님의 귀여움을 돋보이게 해 줄 디자인도 있답니다."

"……유리, 이제 그만……."

우리의 대화를 가로막듯 에드 님이 그녀에게 말을 건넸다.

한순간 에드 님과 눈이 마주쳤지만 그가 마치 더러운 것이라도 보는 것처럼 얼굴을 찌푸리며 시선을 돌렸다.

……뭐 전처럼 괜히 시비를 거는 것보다는 귀찮지 않아서 좋다.

"네에. 그럼 아이리스 님, 이만 실례할게요."

유리는 곧 에드 님을 따라 다른 곳으로 가 버렸다.

"휴우……."

피로가 한꺼번에 밀려왔다. 무심코 한숨이 흘러나왔다.

"음료수를 새로 갖다드릴까요?"

"아니, 괜찮아. 고마워, 베른."

그렇게 지친 티가 나나? 베른의 말에 고맙다고 인사하며 다시 정신을 다잡았다.

문득 낯익은 얼굴이 눈에 들어왔다.

"……아. 오랜만이네요. 루디."

우리의 사촌, 루디우스 지브 앤더슨이었다.

"오랜만입니다. 아이리스 님, 베른 님."

"웬일이세요. 평소에는 일이 있다면서 이런 곳에는 좀처럼 얼굴을 내밀지 않으시잖아요."

"위에서 반드시 참석하라고 하셔서요."

"어머나……."

그의 말에 웃음이 쿡쿡 밀려왔다.

"모처럼 만났는데 저쪽에서 천천히 이야기를 나누지 않을래요? 아니면 파티장을 좀 더 돌아보시겠어요?"

"아뇨, 괜찮습니다."

그리하여 우리 세 사람은 조금 떨어진 곳에 있는 발코니로 나갔다.

"……아까는 난처했겠구나."

루디의 말에 나는 무심코 쓴웃음을 지었다.

"응, 그러게 말이야. 대체 뭘 하고 싶었던 걸까……?"

"베른, 너도 공부가 됐겠지?"

"아…… 뭐."

말꼬리를 흐리는 베른의 대답에 나는 고개를 갸웃거렸다.

"……공부?"

"여성들의 말에 숨겨진 진짜 뜻에 대해서. ……아이리스와 유리 님의 대화는 정말 대단했어."

"어머나……. 참고 삼아 묻겠는데 루디에게는 어떻게 들렸어?"

"유리 님의 말은 '늘 동생만 데리고 다니네? 일만 하느라 남자가 안 생기나 봐.' 라는 뜻 아니야? 그리고 아이리스 너의 대답은 '남의 남자를 빼앗아 놓고 잘도 그런 말이 나오네. 게다가 왕족도 아니면서 왕족 행세를 하다니 무서운 여자.' 로 들리더군."

"우후후……. 나도 그렇게 생각해."

유리의 말은 확실히 루디가 말한 의미로 들렸고, 그걸 의식해서 대답한 것도 사실이다.

그리고 드레스 얘기도 그런 식으로 서로 말속에 가시를 잔뜩 심어 뒀다.

"아이리스, 너는 이런 자리에는 잘 참석하지 않으면서 전혀 그런 느낌이 들지 않는구나. 순수하게 정말 굉장하다."

"……그 말, 칭찬으로 받아들여도 될까?"

"칭찬이야, 칭찬."

"어휴, 루디도 참."

그 대화에 우리 세 사람 모두 웃음을 터뜨렸다.

마치 어린 시절로 돌아간 것 같은 그 광경에 조금 그리움이 밀려왔다.

"……그런데 루디는 정말 오랜만에 보는 것 같은 느낌이야. ……설마 이런 자리에 너무 참석을 안 해서 상사가 오히려 화가 난 거야?"

"아니……. 아무리 그래도 그건 아니야. 지금 상사는 조금 복잡한 일을 하고 있거든. 일단 나는 할아버님의 이름을 업고 있어서 내가 움직이면 일이 커질지도 모르니까 호위에서 빠지게 된 거야. 대신 왕도에서 일을 계속하고 있지."

"흐음……. 그렇구나. 왕도에서 일이라니, 긴장을 풀 틈이 없어서 힘들겠네."

"그건 베른도 마찬가지잖아?"

루디의 물음에 베른은 쓴웃음을 지었다.

"아주 열심히 일하고 있는 것 같던데. 루이 숙부님은 작금의 정세 때문에 일어나는 수많은 골치 아픈 업무를 처리하느라 정신이 없으시지. 그런 와중에 베른 네가 통상 업무의 70퍼센트를 맡고 있다고 들었다만."

"아직 멀었어. 최종적으로는 아버님께 확인을 받아야 하는걸."

"그거야 당연하지. 최종적으로 결재하는 건 루이 숙부님이시니까. 그런 것까지 포함해서 베른 넌 아주 잘하고 있어. 역시 아르메리아의 혈통다워."

베른과 루디의 대화에 솔직히 놀랐다.

베른이 아버님 밑에서 수행하고 있다는 건 알고 있었지만, 설마 그렇게까지 많은 일을 하고 있을 줄이야.

그보다 베른과 루디는 여전히 사이가 좋군.

아르메리아 공작가와 앤더슨 후작가의 사이가 돈독한 덕분에 사교 시즌에는 종종 사촌끼리 만나기도 했고, 같은 남자에다가 나이가 비슷하기 때문이기도 할 것이다.

지금도 서로 가벼운 농담을 주고받으며 즐겁게 웃고 있었다.

나이를 먹고 서로 바빠지면서 좀처럼 만날 수 없게 된 지금, 이 광경이 정말 그립게 느껴졌다……. 나는 훈훈한 기분으로 그들을 바라보았다.

"난 잠시 실례할게."

"누님, 어디 가십니까? 저도 함께 가겠습니다."

"옷매무새를 정돈하러 가는데 함께 가겠다고? ……괜찮아. 금방 다녀올게."

나는 그렇게 말하며 발코니에서 실내로 돌아왔다. 그리고 휴게실로 향했다.

이런 무도회나 연회에는 반드시 여성용, 남성용 휴게실이 마련되어 있다.

휴식을 취하거나 옷매무새를 정돈하기 위한 공간이다.

두 사람이 걱정할 테고, 나도 괜한 소동을 일으키고 싶지 않았기 때문에 얼른 가서 옷매무새만 정돈하고 곧장 돌아갈 생각이었다.

무도회가 열리고 있기 때문일까. 회장을 벗어나자 성 안은 매우 조용했다.

나처럼 휴게실로 향하는 여성이 많을 줄 알았는데 아무도 보이지 않았다.

문득 뭔가 작게 속삭이는 소리가 들려왔다.

……이렇게 귀족들이 모이는 무도회에서 회장을 한 발짝만 벗어나면 소문에 대해 속닥거리는 사람들이 나타나는 것도 드문 일은 아니다.

작은 목소리가 들려오는 방 앞을 재빨리 가로지르려던 순간, 이야기의 내용이 들려왔다. 나는 무심코 걸음을 멈췄다.

"……댄, 이런 곳으로 불러내다니 대체 뭐야? 난 빨리 그가 있는 곳으로 돌아가야 되거든?"

"아아, 역시 당신은 차가운 분이로군요……."

말투도 다르고, 확실하게 이름을 부르지는 않았지만…… 저 목소리는 유리였다.

그리고 댄이라고 불린 남자의 목소리는…… 조금 전 무도회 회장에서 들었던 미모사의 약혼자 목소리와 흡사했다.

설마……. 의문이 머릿속을 스치고 지나갔다. 얼굴에 핏기가 가셨다.

"당신이 무리하고 있다는 건 알고 있습니다. 그분의 곁에 있을 땐 자신을 속이고 계시니까요. 그러니 잠시나마 여기서 마음을 쉬었다 가셨으면 해서……."

"쓸데없는 참견이야. 난 이만 가 보겠어."

"아아, 기다려 주세요, 유리 님."

……역시. 유리의 이름이 들려온 순간 한숨을 쉬었다. 그보다 그녀가 자신을 속이고 있다고? ……댄은 유리의 정체를 알고 있는 걸까?

"……구차한 변명을 하고 말았군요. 사실은……, 제가 당신을 연모해서 이렇게 단둘이 만나고 싶었던 것뿐입니다."

문틈으로 슬쩍 안을 살펴보았다. 댄이 무릎을 꿇고 유리의 손에 입을 맞추고 있었다.

"당신에겐 정말 못 당하겠네. ……나도 당신과 이렇게 만나고 싶었어."

"아아, 유리 님……!"

댄은 몹시 감격하여 유리를 끌어안았다. 그녀는 그것을 받아들였다.

"……나는 보잘것없는 남작가의 영애. 그런데도 아버님은 내게 좋은 혼처를 내 힘으로 찾아오라고 재촉했어. 그의 눈에 든 건 행운이었지만, 그 때문에 나는 나 자신을 버리고 말았지. 하지만 당신은 진정한 나를 발견해 줬어. 그러니까 당신 곁에서는 편안하게 숨을 쉴 수가 있어."

　……오히려 댄이 유리의 정체를 모르는 것 아닐까? 그녀의 말을 듣는 동안 차츰 그런 생각이 들기 시작했다.

　단순히 평소의 유리는 연기를 하는 거고, 지금 이 말투나 성격이 진짜 그녀의 모습이라고 믿고 있는 것뿐이 아닐까……?

　"……하지만 당신은 이제 다른 여자의 것이 되어 버렸지."

　우수 어린 유리의 목소리에 댄이 황급히 입을 열었다.

　"그런……. 내 마음은 영원히 당신만의 것입니다."

　나중에 저 두 사람의 관계, 댄과 그의 가문, 그리고 트와일국과의 관계를 타냐에게 조사하도록 지시해야겠다고 냉정하게 생각하던 그때까지의 나 자신은 그만 멀리 날아가 버렸다.

　정신이 들었다고 해야 하나……. 그보다는 다른 쪽으로 생각이 미쳤다는 표현이 더 정확할지 모른다.

　댄은…… 미모사의 약혼자다.

　그때까지 단순히 유리의 장기짝이 하나 늘었구나, 라는 측면밖에 생각하지 않았지만…… 그는 내 소중한 친구의 약혼자인 것이다.

　그것도 기쁜 듯이 편지로 보고할 만큼 사랑하고 사랑받는 관계라고 생각했는데.

　저 두 사람의 관계에 괴로워할 사람은 나와 관계없는 누군가가 아니다.

　내 친구가…… 나처럼 약혼자에게 배반당한 것이다.

　그 미래를 상상한 순간, 눈앞이 새카맣게 물들었다.

　당장 발걸음을 돌려 미모사를 찾기 위해 홀로 돌아갔다. 지금은 어쨌든 미모사와 이야기를 해야 한다는 것 외에는 아무것도 생각나지 않았다.

"……미모사 영애."

홀로 돌아가자마자 곧 홀로 벽 앞에 서 있는 그녀를 발견할 수 있었다.

"무슨 일이시죠? 아이리스 영애."

"저쪽에서 잠시 하고 싶은 얘기가 있어요. 시간 좀 내주시겠어요?"

"죄송하지만……."

"잠깐이면 돼요."

거절하려는 미모사에게 나는 또다시 부탁했다.

내 부탁이 통한 것일까, 그녀는 잠시 생각에 잠긴 후 "잠깐만이라면." 하고 고개를 끄덕였다.

그런 그녀를 이끌고 나는 적당한 빈 방으로 들어갔다.

"미모사…… 네 약혼자는 지금 어디에 있지?"

"글쎄? ……잠시 휴게실에서 쉬었다 오겠다고 했어. 오늘은 계속 인사하러 돌아다니느라 피곤하다면서."

역시 그는 유리와 함께 있는 것이다.

……아니, 미모사에게 들을 필요도 없이 아까 내 눈으로 직접 봐서 확신하고 있었지만.

그래도 그녀에게 물어본 것은, 제발 사실이 아니기를 마음속으로 바랐기 때문이었다.

내가 잘못 본 거였으면 좋겠다고.

지금도 내 마음속에는 그랬으면 좋겠다는 바람이 있다.

"……미모사, 이런 말 하긴 좀 그렇지만…… 그와 결혼하는 건 그만두는 게 좋지 않을까?"

"갑자기 왜 그래? ……이미 공언한 이상 돌이킬 수 없다는 건 알고 있잖아?"

"아직 늦지 않았어! ……그 사람, 역시 너와는 맞지 않는 것 같아."

확실하게 말하고 싶지만 그럴 수 없었다.

미모사가 상처 입지 않도록 조심하려면 도저히 좀 전에 봤던 광경을 말할 수 없다.

……말하지 않아도 어차피 상처받으리란 걸 알면서도.

"그만해. 나한테 누가 어울리는지는 내가 제일 잘 알아. 그런 얘기라면 난 이만 실례할게."

나는 등을 돌린 그녀의 손을 황급히 붙잡았다.

"기다려! ……저어, 사실은 그 사람, 여자 관계가 별로 좋지 않다는 얘기를 들었어. 그러니까 미모사……."

미모사는 그렇게 말하는 내 팔을 뿌리쳤다. 그 반응에 내 사고는 그대로 정지했다.

"……상관없어. 그가 마지막에 내 곁으로 돌아오기만 하면."

나는 그녀의 눈동자를 보고 깨달았다.

"설마…… 너, 알고 있었어?"

내 질문에 그녀의 눈동자가 살짝 흔들렸다.

"이제 됐잖아? 내가 괜찮다는데 무슨 상관이야?"

"괜찮지 않아! 넌 내 소중한 친구야……. 네가 행복해질 수 없는 결혼을 난 축복해 줄 수 없어."

"'행복의 가치는 내가 정하는 거야. 그 사람 곁에 있는 게 내 행복이야.' ……에드워드 왕자를 포기하라고 충고했을 때, 네가 나한테 한 말이야. 나는 그 사람의 곁에 있을 수만 있다면 그걸로 행복해.

그러니까 더 이상 그 사람에 대해 아무 말도 하지 말아 줘."

"결국 에드 님과 실패했기 때문에 그러는 거야!"

나는 외치듯이 마음속에 끓어오르는 충동에 이끌려 말했다.

"에드 님과 행복해지고 싶어! ……그 사건이 일어나기 전까지 난 진심으로 그렇게 생각했어. 설령 에드 님이 나를 바라보지 않아도 그걸로 됐다고 생각했어. 나는, 내 혈통은 그의 힘이 될 거라고……. 그렇게 스스로 그의 곁에 있는 의미를 찾아내서 주욱곁에 있었어. ……하지만 공허할 뿐이었어."

또르륵. 눈물이 뺨을 타고 흘러내렸다. 감정이 격해져서 스스로도 감정을 컨트롤할 수 없었다.

"어느샌가 내 마음은 시커먼 것들로 가득 찼어. 그런 내가 싫어서 점점 더 깊은 수렁으로 빠져들었지. ……미모사, 나는 네가 그런 일을 겪게 하고 싶지 않아."

"아이리스……. 넌 귀족답지 않구나."

그렇게 말하는 미모사는 무표정이었다.

"곁에 있는 것만으로도 행복하다고? ……사실은 그런 건 생각하지 않았던 것뿐이겠지. 말을, 마음을 돌려받고 싶다고 생각했지? ……정말 귀족답지 않구나."

그녀는 담담하게 말을 이었다.

"이 몸에 흐르는 푸른 피는 대대로 이어져 내려왔고, 앞으로도 지켜야 할 것. ……그러니까 어머님도, 할머님도 그 이전의 얼굴도 모르는 선조님들도 줄곧 정략결혼을 되풀이해 온 거야. 귀족이란 그런 거잖아?"

그 말에 아무런 대답도 할 수 없었다.

너무나도 정론이었으니까.

"그러니까 나는 그 사람이 나 말고 다른 여자를 만들어도 마지막에 돌아와 주기만 하면 그걸로 충분해. 정략결혼에 필요한 건 그 몸에 흐르는 피. 그걸로 가문에 도움이 될 수만 있다면 더 이상의 행복은 없어. 그런 의미에서 아이리스, 넌 그때 결혼의 의미를 잘못 생각한 거야."

그 말은 칼날이 되어 내 몸을 찔렀다.

"미모사, 넌 정말 그걸로 괜찮아……?"

떨리는 입술에서 흘러나온 말은 마치 어린아이 같은 질문이었다.

"……웃. 응. 나는 이루어지지 못할 사랑에 애태우기보다는 땅에 발을 딛고 살아갈 거야. ……그렇게 결심했어."

그녀의 결의에 찬 말에 내 머리는 싸늘하게 식었다.

"그렇구나……. 미안해. 쓸데없는 소릴 해서. 너에게 각오가 있다면 난 더 이상 아무 말도 하지 않을게."

내가 그렇게 대답하자 그녀는 미소를 지었다.

그 미소에는 어째서인지 비통함마저 감도는 것처럼 느껴졌다.

"그럼 난 더 이상 그를 기다리게 하면 안 되니까 이만 실례할게."

하지만 미모사는 그걸 추궁하기 전에 가 버렸다.

아마도 그녀 본인이 그걸 원하지 않았기 때문일 것이다.

"전혀 각오가 되어 있지 않으면서……."

미모사의 모습이 보이지 않게 되었을 때, 작게 중얼거렸다.

가문을 위한 결혼……. 그건 귀족으로 태어난 이상 당연한 일이자 의무다.

나 역시 지금 이 몸을 장기짝 삼아 아카시아 왕국의 왕자와 결혼하면 어떨까 생각하고 있으니까.

그러니까 이게 나의 이기심이라는 건 알고 있다.

하지만. 그래도……

"가문을 위해서가 아니라 너 자신이 행복해졌으면 좋겠어……."

나는 그동안 함께하며 보았던 그녀의 진짜 웃는 얼굴을 앞으로도 계속 볼 수 있기를 바랐다.

† † †

터덜터덜 회장으로 돌아갔다.

시간이 꽤 지났으니 어쩌면 베른과 루디가 나를 찾고 있을지도 모른다.

내심 한숨을 쉬며 무거운 발걸음을 앞으로 움직이고 있을 때, 문득 낯익은 얼굴이 눈앞에 보였다.

"어머나, 아이리스 님."

지금 제일 보고 싶지 않은 인물이었다.

유리는 천진난만하다는 표현이 꼭 어울리는 그늘 없는 웃음을 짓고 있었다.

"유리 님…… 왜 이런 곳에 계시는 거죠? 전하께서 찾고 계실 텐데."

"저도 그렇게 생각하지만…… 당신에게 잠시 할 말이 있어서요."

대체 뭐지? 무심코 미간에 힘이 들어갔다.

그녀가 가벼운 발걸음으로 다가와서 내 귓가에 살며시 입술을 댔다.

"봤죠?"

무엇을…… 이라는 생각은 들지 않았다.

하지만 너무 놀라서 그녀에게서 몸을 떼듯 뒷걸음질을 쳤다.

"뭐, 별로 상관없지만. 당신 말 따위, 내 주위에 있는 사람들은 아무도 믿지 않을 테니까요."

키득키득 웃는 유리.

오싹. 그 모습을 본 순간 마치 온몸에 뱀이 기어 다니는 듯한 오한이 나를 덮쳤다.

그녀의 말이 맞다.

……설령 내가 그 일을 떠들어 댄다 해도 확실한 증거가 없는 이상 오히려 유리를 모욕하기 위해 망언을 지껄이는 거라고 공격받을 게 분명하다.

"말했잖아요. 당신이 왕도에 없어서 다들 쓸쓸해하고 있다고. 그래서 왕비님께 부탁드렸죠. 특히 당신과 친한 친구가 쓸쓸해하지 않게 도와 달라고."

꾸욱 입술을 깨물었다.

그렇게 하지 않으면 이 몸 안에 끓어오르는 시커먼 감정에 떠밀려 큰 소리로 외쳐 버릴 것만 같았다.

"좀 더 자신의 주위를 살펴보는 게 좋지 않을까요? 안 그러면 내가 너무 재미없잖아요."

그녀는 그 말을 남기고 그대로 가 버렸다.

나는 떨리는 주먹을 쥐며 그 자리에 우두커니 서 있었다.

……얼마나 그러고 있었을까.

"누님, 왜 그러십니까?"

"안색이 지독하군. 어디 아파?"

베른과 루디가 그 자리에 못 박힌 듯 우두커니 서 있는 나를 발견했다.

그들의 모습을 본 순간 주르륵 눈물이 흘러내릴 뻔했다.

……그런 나 자신을 스스로 질책했다.

울지 마. 울어서 뭘 어쩌겠다고…….

"아무것도 아니야. 미안해, 잠깐 현기증이 나서."

"좀 더 쉬는 게 좋지 않을까요?"

"아니야. 이제 괜찮으니까 빨리 돌아가자."

여전히 걱정스러워 보이는 그들을 재촉하듯 나는 걷기 시작했다.

웃어. 나는 스스로에게 말했다.

침울한 표정 따윈 말도 안 된다. 아무리 슬프고 아무리 마음이 흔들려도 나는 미소의 가면 아래 그 감정을 숨기지 않으면 안 된다.

나는 지금 아버님을 대신하여 아르메리아 공작가의 이름을 대표하는 자니까.

끝까지 지켜보지 않으면 안 된다. 이 자리에서 귀족들의 세력도를. 그리고 그 힘의 관계를.

매료시켜라. 나는 스스로에게 말했다.

빈틈없이 신경을 곤두세워 존재감을, 자신의 가치를 높이지 않으면 안 된다.

나는 지금 어머님을 대신하여 귀부인 역할을 해야 하니까.

이 자리를 지배하지 않으면 안 된다. 사람들이 내게 몰려들게 만들어서 많은 것을 알아내고, 또 우리 가문에 유리한 이야기를 흘려야 한다.

아르메리아 공작가의 힘을, 그 존재를 과시하기 위하여. 그리고 이 마굴에서 살아남기 위하여.

† † †

'무사히' 라고 표현해도 좋을지는 모르겠지만 어쨌든 무도회는 끝났다.

나는 마차를 타고 저택으로 돌아왔다.

옆에서는 베른이 창밖의 풍경을 바라보고 있었다.

"누님, 몸은 어떻습니까?"

문득 내 시선을 느꼈는지 베른이 내게 물었다.

"……다시 조금 현기증이 나네. 긴장이 풀려서 그런가 봐. 저택으로 돌아가면 얼른 쉬어야지."

"그게 좋겠군요."

걱정하는 듯한 베른의 말과 눈빛에서 도망치듯 시선을 피했다.

또다시 침묵이 마차 안을 뒤덮었다. 다그각, 다그각. 마차 움직이는 소리가 귀에 들어올 만큼.

"……베른."

그 침묵을 깬 것은 나였다.

"너는 왜 유리를 좋아한 거니?"

내 질문에 베른은 놀란 듯이 눈을 깜빡거렸다.

"……꿈을 꿨습니다."

하지만 곧 침착함을 되찾고 쓴웃음을 지으며 그렇게 말했다.

"꿈이라."

"네. 아주 달콤한 꿈에 사로잡혀 점점 깊숙이 빠져들었죠."

"그렇구나……."

꿈이라. ……그녀라는 존재를 표현하는 데에 그보다 딱 맞는 말은 없을지도 모른다.

"꿈은 언젠가 깨는 걸까?"

"깨어나지 않으면 안 된다고 스스로 생각한 바로 그때겠죠."

댄이 그렇게 바랄 때가 올까? ……그건 아무도 모른다.

하지만 그때가 오기를 기도하는 것 말고는 내가 할 수 있는 일은 아무것도 없다.

그런 생각을 하는 동안 어느샌가 저택에 도착했다.

인사도 하는 둥 마는 둥 하고 방으로 돌아가서 곧 침대에 누웠다.

고개를 숙이고 몸의 떨림을 억누르듯 시트를 꽈악 움켜쥐었다.

지금 내 마음을 점령하고 있는 것은 순수한 분노.

……나는 너무나도 무력하다.

내가 왕도를 떠나 있는 동안 유리는 힘을 점점 키우고 있었다.

진심인지 어떤지는 몰라도 그녀를 남작 영애라고 우습게 보는 사람이 없어질 만큼.

타인을 매료시키고, 자신의 편을 모았다.

그 결과가 이거다. ……나는 소중한 친구를 구할 수 없었다.

내가 한 것이라고는 바보같이 솔직하게 친구에게 호소해서 그녀를 당혹스럽게 만든 것뿐.

분했다. 비참했다.

분노를 이기지 못하고 주먹을 들어 베개를 내리쳤다.

퍼억. 맥 빠지는 소리가 울려 퍼졌다.

몇 번이나 그것을 되풀이했다. 감정의 배출구를 찾는 것처럼.

침대에 누워도 격렬한 감정에 사로잡혀 도무지 잠이 오지 않았다.

……아무리 화나는 일이 있어도 아침 해는 반드시 떠오르고 날은 밝는다.

결국 나는 한숨도 자지 못한 채 아침을 맞이했다.

한숨을 쉬며 옷을 갈아입었다.

식사한 후 곧장 집무실로 향해서 일에 몰두하기 시작했다.

급한 용건이나 보고서, 그리고 결재 등 할 일은 많다.

특히 왕도에 머무는 중에는 일할 수 있는 시간이 한정되어 있어서 집중할 수밖에 없다.

그런데도 수면 부족으로 머리가 돌아가지 않았다.

……아니, 어제의 감정을 아직도 떨쳐 버리지 못한 거겠지.

"……실례합니다."

노크 소리와 함께 타냐가 들어왔다.

"타냐, 부탁이 있는데……."

고민하고 또 고민했다. ……타냐에게 미모사의 문제를 조사하라고 해야 할지 말아야 할지.

아버님은 유리에 대해 너무 깊이 파고들지 말라고 충고하셨고, 미모사 본인도 그걸 바라지 않는다.

하지만 이대로 아무것도 모르는 채로는 내가 후회할 것이다.

무슨 일이 생겼을 때 후회하는 것은 이제 충분하다.

사실을 알고 나서 앞으로 어떻게 해야 할지는 그때 다시 생각하면 된다.

……그렇게 결론을 내렸다.

이건 내 이기심이다. 나는 그 이기심에 타냐를 끌어들이려는 것이다.

유리를 조사하는 타냐에게 위험이 닥칠지도 모르는데.

그 리스크에 대해서도 타냐에게 거듭 설명했다.

하지만 그녀는 내 부탁에 미소를 지으며 단 한 마디, "알겠습니다."라고 대답할 뿐이었다.

† † †

아이리스의 밀명을 받은 타냐는 곧장 움직이기 시작했다.

유리와 관련된 문제에는 부디 조심하라고 당부했지만, 평소에도 비교적 위험한 일을 맡고 있는 그녀에게 두려움은 없었다.

물론 방심하지 않도록 주의하고 있기는 하지만.

미모사의 약혼에 관해서는 곧 정보를 모을 수 있었다.

던글리 후작가의 정보 통제가 허술하기 때문이 아니라 그만큼 그녀의 수집 능력이 뛰어나기 때문이다.

문제는 유리와 관련된 정보다.

그녀의 정보는 타냐의 힘으로도 좀처럼 수집할 수가 없었다.

용의주도하게 정보를 지워 버려서 아무리 조사해도 지나치게 깨끗한 내용밖에 나오지 않았다.

천진난만하고 귀여운 유리의 이면에는 아무래도 만만치 않은 얼굴이 숨어 있는 모양이다.

타냐는 한숨을 쉬며 사람이 많이 지나다니는 골목에서 큰길로 나와 인적 없는 뒷골목으로 들어갔다.

암기를 손에 쥐며 아까부터 느꼈던 기척을 확인했다.

유리와 관련된 일을 조사할 때마다 언제나 느껴지는 그 기척.

몸에 힘을 빼고 다음 순간 필요한 근육에 순간적으로 힘을 담아 고속으로 이동했다.

갑자기 시야에서 사라져서 놀란 것일까, 기척은 움직이지 않았다.

그녀는 침을 길게 만들어 놓은 듯한 가느다란 막대기 모양의 암기를 들고 그 기척을 향해 겨눴다.

"우와……. 스톱, 스톱. 난 적의는 없거든."

상당한 역량을 지닌 자인 모양이다.

그자는 자신에게 향하는 타냐의 기척을 정확하게 읽고, 그녀와 시선을 마주치며 적의가 없다는걸 증명하듯 손을 들었다.

타냐는 그 모습을 보고도 무기를 내리지 않았다.

하지만 움직임을 멈추고 대신 상대를 관찰하기 시작했다.

상대는 어린아이처럼 키가 작은 남자였다.

마을 어디에서나 볼 수 있는 옷차림.

특징은 눈꼬리가 살짝 올라간 눈. 하지만 그 밖에 특징다운 특징은 없었다.

인파 속에 섞이면 이 근처에 사는 아이려니, 하고 넘겨 버릴 정도다.

"정말 성장이 장난 아니네."

무기를 겨누고 있는데도 그는 조금도 당황하지 않고 감탄한 듯이, 그리고 어이없다는 듯이 중얼거렸다.

"누가 보낸 거냐고 물어보진 말아 줘. 내 이름은 일단 마일로라고 해. 아, 일단이라고 한 건 가명이기 때문이지만 다들 이 이름으로 부르니까 잘 부탁해."

심지어 그는 가벼운 어조로 자기소개까지 늘어놓기 시작했다.

위기감이 없는 걸까…… 아니면 이런 상황 정도로는 위기감을 느끼지 않는 걸까……? 타냐는 아마도 후자일 거라고 생각하며 내심 한숨을 내쉬었다.

"……왜 나를 미행한 겁니까?"

"당신이 내 타깃 주위를 어슬렁거리니까. 전에 한번 조사를 그만뒀으면서 왜 다시 시작한 거야?"

"……당신과는 관계없는 일입니다."

"엄청 있거든. 멋대로 움직이다가 타깃 주위의 녀석들이 경계하기라도 하면 큰일이니까……. 당신, 뭘 어떻게 하고 싶은 거야?"

"어떻게? 그게 무슨 뜻입니까?"

"거래하지 않을래? 난 그 여자에 대해서는 이미 전부 조사했어. 주인에게도 전부 보고했고. 지금은 그 여자를 감시하다가 움직임이 보이면 보고하거나 대처하면 돼. 즉 당신이 자꾸 어슬렁거리면 내 입장이 곤란하단 말이지. ……당신은 그 여자에게 직접적인 볼일은 없고, 그저 그 여자의 경력이나 목적을 알고 싶은 거지? 그렇지?"

그녀는 그의 물음에 긍정도, 부정도 하지 않았다.

하지만 그는 신경 쓰지 않고 또다시 입을 열었다.

"조사하는 것뿐이라면 그 여자를 따라다닐 필요도 없잖아? 그러니까 내가 힌트를 줄게."

"정보……가 아니라 힌트 말입니까?"

"뭐, 직접 정보를 줘도 상관없지만 당신은 믿지 않을 거잖아?"

하긴……. 그녀는 내심 동의했다.

"내게 힌트를 줘서 당신이 얻게 되는 메리트는?"

"응? 아까 말했잖아. 당신이 그 여자의 주위를 어슬렁거리지만 않으면 돼."

"그것뿐이라고는 도저히 생각할 수 없습니다만."

그녀는 스윽 암기를 가까이 댔다.

마일로는 그녀의 반응에 난처한 듯이 웃었다.

"에이, 진짜야. 뭐…… 당신 주인을 조금 응원하고 있기도 하지만."

"……뭐?"

"나…… 아니, 내 주인이 당신 주인을 걱정하고 있어. 그 여자, 어째서인지 당신 주인을 눈엣가시로 여기고 있으니까. 제일 피해를 입은 것은 이 나라지만 그거야 뭐 자업자득이랄까……. 뭐, 어느 정도 이 나라 자체가 원인이거든. 그런데 당신 주인은 달라. 먼저 싸움을 건 것도 그 여자고, 그 후에도 당신 주인한테 이런저런 심술을 부렸더군. 제일 손해를 본 사람은 아마 당신 주인일 거야."

그는 타냐의 주인이 누군지 알고 있다는 사실을 암시하고 있었다.

……그 사실에 타냐는 더욱 강한 경계심을 품었다.

가볍게 입을 놀리는 눈앞의 남자에게서는 조금도 빈틈을 찾아볼 수 없었다.

별것 아닌 움직임에서도 강함을 엿볼 수 있었다.

……혹시 싸우게 되면 무승부까지도 각오하지 않으면 안 된다.

"그리고 난 당신 주인을 걱정하는 우리 주인이 걱정되거든. 진영을 따져 봐도 적은 아니니까, 그렇다면 힌트 정도는 줘도 괜찮지 않을까 해서 말이야. 그러니까, 내가 손해 보는 서비스. 뭐, 이제부터 할 일도 당신 주인과 관계가 없진 않으니까."

……이 자리에서 그에게 덤벼 봤자 승률은 반반이거나 그 이하.

그렇다면 받을 걸 받고 귀환하는 게 좋을 거라고 타냐는 결론을 내렸다.

"그럼 빨리 그 힌트를 주시죠."

"참고로 죽을지도 모르는 리스크가 제일 높은 최고 난이도 정보랑 어느 정도 위험만 무릅쓰면 얻을 수 있는 그럭저럭 중요한 정보, 둘 중에 뭐가 좋아?"

"둘 다 자세히 알려 주세요."

"둘 다라. 뭐…… 확실히 먼저 둘 다 자세한 얘기를 듣고 어느 쪽을 조사할지 생각해 보는 것도 신중해서 좋을지 모르지."

선배처럼 구는 그의 충고에 그녀는 고개를 갸웃거렸다.

"무슨 말이죠? 당연히 둘 다 조사할 겁니다."

그 선언에 마일로는 한순간 놀란 듯이 눈을 동그랗게 떴지만……
이윽고 큰 소리로 웃음을 터뜨렸다.

"역시 탐나네. 진짜 우리 쪽으로 데려오고 싶어. 탐욕이야말로 성
장의 비결일까? ……좋아, 당신의 배짱을 높이 사서 둘 다 알려 줄
게."

타냐는 계속 웃는 마일로를 말없이 재촉했다.

"……아, 그 전에. 루벤스 공작가도 설명해 줘야 돼?"

타냐는 그의 물음에 긍정도, 부정도 하지 않았다.

그를 상대로 뭔가 한 마디라도 흘렸다가는 그로 인해 다른 정보를
빼앗길 것 같은…… 그런 느낌이 들었기 때문이었다.

"얼굴에 다 쓰여 있거든—. 이미 조사한 모양이네."

타냐는 싱글싱글 웃으며 단정하는 그의 모습에 내심 식은땀을 흘
렸다. 정말로 정체를 알 수 없는 자다.

……물론 떠보고 있을지도 모른다는 생각에 표정에는 드러내지
않았지만.

"농담이야. 당신이 그 여자와 배후 관계를 조사할 때, 당신의 족
적을 통해서 뭘 조사했는지 내용을 확인했거든. 그러니까 당신이
루벤스 공작가에 대해 알고 있다는 것도 당연히 파악하고 있었지.
지금부터 알려 줄 힌트는 그걸 알고 있다는 게 전제가 아니면 의미
가 없으니까. 뭐…… 당신이 너무 무표정해서 놀려 줄 생각이었는
데…… 당신 진짜 표정에 변화가 없, 안 돼!"

타냐는 가차 없이 암기를 던졌다.

그는 종이 한 장 차이로 그것을 피했…… 아니, 가볍게 암기를 움

켜잡고 아래로 휙 던져 버렸다.

"……독이 묻어 있을 거라고는 생각하지 않나요?"

"난 웬만한 독에는 내성이 있거든. 그리고 당신은 현명하니까 여기서 목숨을 걸 만한 짓은 할 리가 없잖아? 사실 지금도 전력으로 던진 거 아니지?"

타냐는 마일로의 말에 살짝 쓴웃음을 지었다.

그의 말대로 타냐도 진짜로 공격한 것은 아니었다.

이자라면 쉽게 피하겠지……. 그렇게 생각하고 역량을 확인한 것뿐.

설마 피하지 않고 움켜잡을 줄은 생각도 못 했지만.

"뭐, 그건 일단 제쳐 두고. 먼저 첫 번째 위험한 쪽. 다시 한번 디반의 자취를 쫓아 봐. 특히 그가 소유한 아이라 상회의 최근 동향은 반드시 확인하는 게 좋을 거야. 그리고 어느 남작을 조사해 보도록 해. 왜 시즌 중에도 왕도에 없는지……."

타냐는 그의 말에 말없이 고개를 끄덕였다.

"그리고 간단한 쪽. 단순히 그 여자의 후견 가문을 찔러 보면 좋을 거야. 특히 죽은 정실 쪽을. 그쪽 주변은 가드가 느슨하니까 비교적 금방 알아낼 수 있을 거야."

"……알겠습니다. 이제 됐습니다."

타냐는 새로 꺼낸 암기를 내렸다.

마일로는 싱긋 웃으며 말했다.

"말이 잘 통하는 사람이라 다행이네. 나도 주인님 체면이 있는데 쓸데없이 싸우고 싶지 않거든."

"네, 그렇겠죠. ……그런데 당신 주인님은 지금 국내에 계신가요?"

마일로가 타냐의 물음에 더욱 짙은 미소를 지었다.

하지만 그의 눈은 웃고 있지 않았다.

오히려 보는 사람의 등줄기가 얼어붙을 듯한…… 그런 빛을 띠고 있었다.

"……그건 당신이 몰라도 되는 일이야."

"그런가요. 그쪽 힌트도 주시면 좋을 텐데. ……뭐, 좋습니다. 이제 당신에겐 볼일이 없으니 이만 실례하지요."

"응, 그럼 나도 이만 실례."

두 사람은 동시에 지면을 박차더니, 등을 보이지 않도록 서로 마주보며 빠른 걸음으로 후퇴했다.

그리고 일정한 거리를 벌린 후…… 각각 서로 가려던 방향으로 달렸다.

타냐는 사람이 많이 지나다니는 거리로 돌아왔다.

그 순간, 팽팽했던 긴장감이 끊어지듯 온몸에서 힘이 빠졌다.

제1 왕자는 꽤나 좋은 장기짝을 갖고 있군……. 그렇게 생각하면서.

그것은 억측에 불과했다.

하지만 마일로의 말과 행동을 볼 때 가장 가능성이 높아 보였다.

그가 말해 준 정보는 전부 거짓일지도 모른다.

어쩌면 적이 자신을 현혹하기 위해 꾸민 함정일지도 모른다.

그럴 가능성도 충분히 있다.

하지만 그가 말한 내용은 조사하기에 충분한 가치가 있다.

왜냐하면 그가 말한 '디반', '아이라 상회'. 두 키워드는 지난번 조사 결과, 유리와 이어져 있었으니까.

유리의 움직임만 주시하는 것이 아니라 뒤에서 움직이는 그를 다시 한번 낱낱이 파헤치는 것도 확실히 좋은 방법이다.

……무엇보다도 마일로는 그 자리에서 한 번도 자신을 공격하지 않았다.

타냐가 눈치챘다는 걸 알아차린 시점에서 철수해도 됐을 텐데, 일부러 그녀를 뒤쫓아 오기까지 했다.

마치 처음부터 그곳에서 그녀와 대화하기 위해 뒤를 밟은 듯한 행동이었다.

물론 모든 것은 억측에 지나지 않는다.

짜증 나긴 하지만 먼저 디반과 관련된 것들을 낱낱이 조사해 보자고 타냐는 결심했다.

……그 전에 마쳐야 하는 용건이 한 가지 있지만.

본래 그녀에게 아이리스의 지시는 최우선 사항.

하지만 이 볼일에 대해서는 아이리스조차 모른다.

설마 상상조차 못하고 있을 것이다.

지금 그녀가 향하고 있는 곳은 던글리 후작가 저택이며 아이리스의 친우 미모사에게 초대받았다는 것을.

타냐는 조금 빠르게 걸었다.

마일로를 상대하느라 시간을 빼앗기는 바람에 상당히 여유 있게 나왔는데도 아슬아슬한 시간이었다.

이윽고 도착한 던글리 후작가 저택은 아르메리아 공작가의 저택과는 또 다른 분위기였다.

타냐는 안내를 받아 미모사의 개인 응접실에 도착했다.

"기다리게 해서 죄송합니다."

"아니야, 나야말로 갑자기 불러서 미안해. 그쪽에 앉아."

"아닙니다, 제가 감히……."

"내가 부른 거잖아. 그리고 그게 더 얘기하기 편할 것 같아. 부탁이니까 거기 앉아 줘."

일단 거절했지만 더 이상은 오히려 실례가 될 것 같아서 타냐는 순순히 의자에 앉았다.

"……왜 저를 부르신 건가요?"

"당신은 아이리스가 신뢰하는 사람이니까."

타냐는 미모사의 말에 내심 고개를 갸웃거렸다.

"학원에서도 자주 얘기를 들었어. 당신과 디더, 라일, 그리고 그밖의 사람들……. 아이리스와 함께 자란 것도, 무척 우수하다는 것도, 아이리스가 얼마나 당신들을 믿고 있는지 알 수 있는 이야기들을. 하지만 내가 직접 만난 사람 중에 여성은 당신뿐이잖아? …… 결혼을 앞둔 내가 아무리 고용인이 동석한다 해도 남성을 저택으로 불러서 만나기는 꺼려지니까……. 그래서 당신을 부른 거야."

미모사는 신중하게 말을 고르며 이야기했다.

"당신에게…… 아니, 당신들에게 부탁이 있어."

그렇게 말을 꺼낸 미모사의 표정은 진지함 그 자체였다.

"나 때문에 그 아이가 뭔가 움직이려고 하면…… 그걸 막아 줘."

"어째서입니까? 죄송하지만 솔직하게 말씀드리면…… 당신은 아르메리아 공작가의 힘이 필요하지 않으신가요?"

타냐가 미모사에게 돌려 말할 필요는 없다는 듯이 직설적으로 물었다.

그녀의 진의를 알고 싶기 때문이었다.

이미 아이리스의 명령을 받아 미모사의 혼인과 관련된 일련의 움직임을 조사했다.

이 혼인이 그녀가 원치 않는 혼인이라는 것도 알고 있었다.

본래 그녀가 아이리스에게 편지로 이야기했던 결혼하고 싶은 사람은 따로 있었다.

하지만 혼약을 맺기 전에 엘리아 왕비에게 방해를 받았다.

이미 약혼했다면 어떻게든 됐을지도 모르지만 약혼하기 전에 권유를 받은 이상 확실한 이유 없이는 거절하기 힘들었다.

게다가 미모사가 마음에 품은 상대는 기사로서 나름대로 실력자라는 평판을 받고 있지만 그렇게 신분이 높지는 않았다.

던글리 후작가도, 상대 가문도 엘리아 왕비…… 그리고 나는 새도 떨어뜨린다는 마엘리아 후작가를 거역할 수는 없었다.

미모사는 울며 엘리아 왕비가 권해 준 남자와 약혼했다.

아이리스가 그 사실을 알면 움직일 거라는 것도 상상하기 어렵지 않았다.

그래서 더더욱 알아 두고 싶었다.

"……그렇군. 역시 아르메리아 공작가는 이미 그 정보를 알고 있었던 거네."

그녀는 슬픈 듯이 웃었다.

"그럼 더더욱 부탁할게. 그 아이는 상냥하고 책임감이 강해서…… 어쩌면 어떻게든 하려고 들지도 몰라. 하지만 그러면 그 아이는 안 그래도 힘든 입장인데 더더욱 찍혀 버리게 될 거야. 그러니까 절대 관련되게 하고 싶지 않아."

"아가씨를 잘 알고 계시는군요."

"친구니까. 심한 말을 했지만 내게 그 아이는 정말로 소중한 존재야. 그러니까 그 아이의 앞길을 방해하는 것만은 피하고 싶어."

그녀의 말에서는 결의가 배어 나오고 있었다.

아즈타 상회 카페에서 과자를 보며 눈을 반짝거리던 그녀와 동일

인물이라고는 생각할 수 없을 만큼.

"애초에 각오는 하고 있었어. 귀족으로 태어난 이상 정략결혼을 하게 될 거라는 건. 그게 현실이 된 것뿐이야. 그러니까 타냐, 그 아이가 움직이려고 하면 조용히 막아 줘."

"……저는 고용인입니다. 그런데 그분을 막을 수 있을 거라고 생각하시나요?"

"그 아이가 신뢰하는 당신들이라면 막을 수 있을 거라고 생각해."

보통 고용인이 주인에게 충고하는 것은 있을 수 없는 일이다.

하지만 그럼에도 미모사는 확신하고 있었다.

아이리스와 함께 자란 아이들의 말이라면 아이리스는 쉽게 넘겨듣지 않을 거라고.

"그리고…… 어느 쪽이 그 아이에게 이익이 될지 생각해 봐. 당연히 움직이지 않는 쪽이겠지. 그 아이를 소중하게 생각하는 당신들이라면 분명히 막아 줄 거라고 생각했어."

좋은 눈빛이다. 타냐는 그렇게 생각했다.

사실…… 타냐를 비롯한 그들에게 이 세상이란 아이리스와 아이리스가 아닌 것, 이 둘로 나뉜다. 그것이 그들의 판단 기준이다.

아이리스를 위해서라면 아무리 힘든 일도 받아들이고, 반대로 그렇지 않으면 쉽게 잘라 버린다.

미모사 문제도 솔직히 그들은 아무래도 상관없었다. 주인을 위해 도움이 되지 않는다면 차라리 미모사의 말대로 관련되지 않았으면 좋겠다는 생각마저 했다.

……하지만.

"……죄송하지만 미모사 님, 소중한 친구라고 생각하는 것은 미모사 님뿐만이 아닙니다. 아가씨는 당신의 약혼을 조사하려고 움직이고 계십니다. 그리고 어떻게든 해 주고 싶어 하시죠. 저희는 물론 아가씨께 도움이 되지 않는 일은 온 힘을 다해 막을 겁니다. 하지만 마지막으로 결정하는 건 아가씨입니다. 아가씨께서 진실을 원하신다면 저희는 온 힘을 다해 응할 겁니다. 그러니까 결코 약속드릴 수 없습니다."

"그래……. 생각보다 더욱 단단하구나. 당신들의 유대는."

미모사는 타냐의 말에 복잡한 표정을 지었다.

† † †

왕궁 무도회에 참석한 후로 여러 가문에서 초대를 받았다. 나는 될 수 있는 대로 많은 파티에 참석했다.

그럴 수만 있다면 빨리 영지로 돌아가고 싶지만…….

아버님과 어머님이 움직이지 못하는 이상 내가 왕도에 머물 수밖에 없다.

뭐, 어차피…… 영지 경영은 안정되어 있고 제일 우려되는 건 엘리아 왕비 일파와 유리가 무슨 짓을 꾸미는 것이다. ……그렇다면 곧바로 대응할 수 있도록 왕도에서 지내는 게 좋을 것 같다는 것이 가장 큰 이유다.

지금 왕도에는 흉흉한 분위기가 감돌고 있다.

그 생각은 여기저기 파티에 참석하면서 점점 강해졌다.

어느 파티에서도 모두가 서로의 얼굴을 바라보며 상태를 살폈다.

화려한 귀족 세계를 서로 속고 속이는 여우와 너구리 소굴이라고 표현한 적이 있지만 이제는 그 이상이다.

하지만 왕도에만 신경 쓸 수는 없다.

영지에서 올라오는 보고서나 결재 요청을 한꺼번에 살펴보고 지시를 적었다.

멀리 있는 만큼 모든 사태를 상정해서 지시를 내리지 않으면 안 된다.

문득 깃털 펜을 멈췄다.

이 일도 내가 결혼하면 손을 떼야 하는 걸까……?

갑자기 그런 생각이 들었다.

아카시아 왕국은 철저한 남성 중심 사회.

아마도 일은 할 수 없을 것이다.

……그 이전에 나는 영지를 떠나지 않으면 안 된다.

결혼하지 않고 계속 영지에서 살 생각이었는데……. 설마 결혼해서 다른 나라로 가게 될지도 모른다니.

그렇게 생각하면 마음속에 구멍이 뻥 뚫린 듯한 기분이 들었다.

타냐를 비롯한 많은 사람이 나를 둘러싸고 있고…… 곁에는 딘이 있고.

무겁고 힘든 책임이 따르지만…… 그만큼 성취감 있는 일들을 모두의 도움을 받아 해내고…….

그런 날들이 언제까지나 계속될 줄 알았다.

입으로는 언젠가 베른에게 물려줄 거라고 해놓고, 그래도.

……설마 이런 형태로 그 끝을 맞이하게 될 줄은 생각지도 못했다.

『이 몸에 흐르는 푸른 피는 대대로 이어져 내려왔고, 앞으로도 지켜야 할 것. ……그러니까 어머님도, 할머님도 그 이전의 얼굴도 모르는 선조님들도 줄곧 정략결혼을 되풀이해 온 거야. 귀족이란 그런 거잖아?』

미모사의 말이 머릿속에 떠올랐다.

……그녀의 말은 지독히 옳다.

내 몸은 피 한 방울 살점 하나까지도 나라를…… 그리고 가문을 위한 것.

그것이 귀족의 의무이자 긍지.

그렇지만…….

"……딘……."

무심코 입에서 흘러나온 이름.

그를 몹시 만나고 싶었다.

동시에 만나고 싶지 않았다.

만나서 얘기하면 아주 잠시나마 괴로움을 잊을 수 있다.

하지만 그를 만나면 분명 나는 더욱 괴로워질 것이다.

……포기할 수 없어서.

그와의 미래는 본래 가능성이 없다.

……그런데도 바라게 된다. 소망하게 된다.

그런 나는 확실히 미모사 말대로 귀족답지 못하다.

애초에 그의 마음조차 알지 못하는데 이런저런 생각을 하는 것 자체가 이미 이 사랑에 푹 빠져 있다는 증거다.

자각하고 나니 순식간……. 점점 깊숙이 빠져들어 간다.

에드 님과 끝난 후 이제 사랑은 질렸다고 생각했는데. 아무리 괴로워도 지나가면 전부 잊어버린다더니 정말 맞는 말이다.

깃털 펜을 일단 책상 위에 내려놓았다.

끈적끈적 달라붙는 어두운 생각을 떨쳐 버리듯 깊고 무거운 한숨을 쉬었다.

지금은 그런 생각을 할 시간이 없다고 스스로를 타이르며 마음을 가라앉혔다.

그리고 다음에 눈을 떴을 때, 나는 또다시 눈앞의 서류에 몰두했다.

……집중하면 시간이 정말로 빠르게 지나간다. 덕분에 어떻게든 오늘 안에 처리해야 할 서류를 끝낼 수 있었다.

한숨을 돌리며 모네다가 보낸 편지를 집어 들었다.

내용은 전에 확인해 달라고 부탁했던 사항.

왕도의 물가 상승과 연관되어 있을 만한 상회를 조사해 달라는 것.

타냐조차 시간이 걸릴 거라고 했는데, 역시 모네다.

상회에 미치는 영향력은 아직 건재한 모양이다.

편지를 바라보고 있을 때 문에서 노크 소리가 들려왔다.

문을 열고 들어온 것은 타냐였다.

"……아가씨, 지금 보고를 드려도 될까요?"

"응, 부탁해."

타냐에게서 미모사가 약혼을 하기까지의 경위를 보고받았다.

나는 예상치 못했던 그 사실에 말을 잃었다.

"……아가씨?"

타냐가 망연자실하는 내게 걱정스러운 얼굴로 물었다.

"괜찮아……. 괜찮아, 타냐. 계속해 줘."

내 대답에 타냐는 걱정스러워 하면서도 보고를 계속했다.

"……마지막으로 아가씨, 미모사 님의 전언입니다."

"그 애를, 미모사를 만났어?"

"네. 아가씨께서 사실을 알게 됐을 때에 대비해서 만나자고 하시더군요."

"그렇군. 그래서 무슨 얘기를?"

"……아무것도 하지 말라고 하시더군요. 관여하지 말아 달라고 하셨습니다."

나는 타냐의 말을 곱씹듯이 머릿속에서 반복하며 되새겼다.

"그 아이답군."

나의 쓴웃음에 타냐도 똑같은 미소를 지었다.

"아마 그 아이는 이렇게 말했겠지? 움직이려고 하면 나를 막아 달라고…….'

타냐는 내 물음에 동의하듯 머리를 숙였다.

"정말 바보구나, 그 아이는…….'

미모사의 상냥한 부탁에 나는 그렇게 말할 수밖에 없었다.

눈물이 나올 것 같아서 눈에 힘을 주고 무겁고 탁한 감정을 토해 내듯 숨을 내쉬었다.

미모사에게라면 나는 이용당해도 상관없는데.

하지만 그렇게 생각하는 반면 확실히 쉽게 움직일 수는 없다.

아르메리아 공작가의 이름은 강력한 힘을 지니고 있지만 그 때문에 여러 가지 제약이 있다.

지금 이 상황에서 움직이면 왕궁의 파벌 다툼이 보다 격화될 위험이 있다.

……하지만 그게 친구를 버릴 이유가 되냐고 묻는다면…… 그렇지는 않다.

내게 그녀는 결코 가벼운 존재가 아니니까.

학원에서 차츰 설 곳을 잃어 가는 내게 그래도 마지막까지 함께 있어 준…… 소중한 사람.

실제로 그녀의 도움이 없었더라면 학원에서의 내 소문은 더욱 지독해졌을 것이다.

그녀가 나를 생각해 주는 것처럼 나도 그녀가 무척 소중하다.

나는 눈을 감고 생각을 정리했다.

"······타냐, 심부름을 부탁해도 될까?"

"아가씨께서 명하시는 거라면 무엇이든."

"고마워. 그럼 라프시몬즈 사제에게 전언을 부탁하고 싶어. 물론 극비로."

"알겠습니다."

"내용은 타냐의 보고가 전부 끝난 후에 얘기해 줄게. ······다음 보고를 부탁해."

내 말에 타냐는 눈을 깜빡였다.

"타냐 너라면 내가 부탁한 건 전부 조사했겠지? 아니면 처음에 미리 말했을 테니까. 정말 고마워."

타냐는 그 말에 꽃이 피듯 미소를 지었다.

"과분한 칭찬이십니다. ······유리 남작 영애에 대해 조사한 내용을 보고 드리겠습니다."

나는 마음을 새롭게 가다듬고 그녀의 말에 귀를 기울였다.

"먼저 디반과 아이라 상회에 대해 조사했습니다. 그가 이 나라에서 활동을 시작한 것은 유리 남작 영애의 모친이 죽기 몇 년 전부터입니다. 그의 발자취는 깨끗하게 지워져서 알아내지 못했지만 노이어 남작 부인 전속 시녀의 말에 따르면 그는 유리가 살던 곳을 몇 번인가 방문한 적이 있다고 합니다. 아마도 노이어 남작이 그녀를 거두기 전, 그녀가 어릴 때부터 어떠한 접촉이 있었을 것으로 추측됩니다."

"······전에 네가 유리를 조사할 때 나왔던 '친족이라고 주장하는 남성'이란 디반일 가능성이 높다는 말이네."

"네, 아마도. 그리고 유리 남작 영애의 모친은 루벤스 공작가의…… 정확하게는 트와일국에서 시집온 전 루벤스 공작 부인의 추천으로 왕궁 시녀로 일했다고 합니다."

"아버님이 내게 조사를 그만두라고 충고하신 걸 보면 트와일국의 첩보원일 가능성이 높다는 결론을 내렸었지."

나는 확인하듯 타냐에게 말했다.

"네. ……실은 그 결론에 도달하고 사실을 파악했던 분이 또 있습니다."

"아버님을 비롯한 나라 상층부 분들 말고 또?"

"네. 노이어 남작 부인입니다."

의외의 인물이었다. 나는 놀라움에 눈을 크게 떴다.

이렇게 말하긴 좀 그렇지만…… 고작 일개 남작 부인이 국가 레벨의 기밀을 알고 있었다니.

"사랑하는 사람의 마음이 자꾸만 떠나가는 걸 보고 그 원인이 된 여성이 원망스러워서 조사한 거겠죠. 지나치게 무거운 사실을 알게 된 그녀는 주위에 아무 말도 하지 않고 유리 남작 영애의 모친을 비밀리에 제거했습니다. 그때 그녀의 모친에게 언질을 받았다고 하더군요."

"그렇군. 그런데 타냐, 마치 직접 보고 온 것처럼 말하네."

사실일 가능성이 높은 결론이긴 하지만 전에 조사한 시점에서는 어디까지나 추측에 불과했다.

그건 어디까지나 상황 증거만 있을 뿐 확실한 건 없었기 때문이다.

그래서 그녀의 정보원이 뭔지 알고 싶었다.

"노이어 남작 부인의 저주의 책…… 아니, 수기가 있었습니다. 노이어 남작가의 경비가 꽤 허술해서 비교적 쉽게 찾을 수 있었지요."

타냐가 도중에 그만둔 저주의 책이라는 말에 내심 뺨이 굳었다.

'사랑하는 사람의 마음이 자꾸만 떠나가는걸 보고…….' 마치 러브 로맨스 소설의 한 구절 같은 말이 그녀의 입에서 나왔을 때에는 솔직히 의외라고 생각했지만……. 그렇군, 노이어 남작 부인의 수기를 읽었기 때문인가.

아마도 저주의 책이라고 표현한 건 그 내용이 보는 사람조차 괴로워질 정도의 유리 남작 영애의 모친을 향한 원망과 노이어 남작을 향한 애증이 담긴 내용이기 때문일 것이다.

"너한테 걸리면 허술하지 않은 경비는 없을 것 같은데. 그보다 그렇게 무거운 사실을 왜 수기로 남겨 놓은 걸까……? 경솔하네."

"아가씨, 인간은 비밀을 비밀로 간직할 수 없는 법이랍니다."

그녀의 말에는 묘한 설득력이 있었다.

확실히 그 사실은 홀로 끌어안고 있기에는 너무 무겁다.

당시 노이어 남작 부인은…… 어디든 털어놓아서 없애 버리고 싶었을 것이다. 무거운 비밀도 마음속에 자꾸만 생겨나는 시커먼 감정도, 도저히 그 몸 안에 담아 놓을 수 없었던 것이다.

나도 그런 경험이 있기 때문에 그 심경은 상상하기 어렵지 않다.

"즉 유리 영애의 모친이 트와일국의 첩보원이었던 건 확실한 사실이고, 그녀와 아는 사이라면…… 디반도 트와일국의 관계자이며 뭔가를 하기 위해 이 나라에 왔다고 생각하는 편이 타당하겠네."

"네. 저도 그렇게 생각합니다."

타냐의 동의에 나는 무거운 한숨을 쉬었다.

대체 오늘 몇 번째 한숨일까. 생각만 해도 머리가 아프다.

유리의 어머니는 트와일국의 첩보원.

디반은 유리의 어머니와 같은 첩보원이거나…… 그게 아니더라도 트와일국의 이익을 위해 움직이는 인물.

정전(停戰)이 아닌 휴전 중인 적국에 설마 놀러 왔을 리는 없고……. 아마도 그 가능성은 매우 높다.

그런 그들이 아직도 이어져 있다니……. 오한이 들었다.

누가 뭐래도 유리는 이 나라 제2 왕자의 약혼녀.

그리고 차례차례 유력한 남자들을 함락시킨 수완가.

아니…… 엘리아 왕비도 그녀에게 함락당했지.

어쨌든 이 나라 상층부의 정보는 모조리 트와일국으로 흘러 들어가고 있는 것이다.

……한숨을 쉬지 않을 수 없었다.

지금까지는 아버님을 필두로 그걸 막는 일파가 있었지만…… 아버님이 쓰러진 지금은 과연 얼마나 막을 수 있을지.

"……디반의 움직임은?"

"마엘리아 후작 일파의 귀족들을 찾아다니고 있습니다. 그 밖에는 아이라 상회의 회장으로서 식량을 사들여 매각하고 있습니다."

"……마엘리아 후작 일파 중에 디반이 접촉한 귀족들은?"

"리스트를 작성해 뒀습니다."

타냐는 한 장의 서류를 내게 건넸다.

나는 그 서류를 대충 훑어보았다. 뒤이어 모네다가 보낸 편지와 비교해 봤다.

"……연결되어 있을지도 몰라."

내가 산출해 낸 추론.

제발 틀리기를 바라지만 그래도 이렇게까지 부합하는 이상 그건 무리다.

"타냐, 이걸 봐."

타냐는 내가 건넨 서류를 주의 깊게 살펴보았다.

모네다의 편지에 적혀 있던 귀족 가문의 나열.

"제가 건네 드린 리스트와 똑같군요……? 모네다의 필적……. 아가씨, 설마 모네다에게도 조사를 맡기셨나요?"

"응. 너에게 부탁한 것과는 다른 조사를. 그 리스트는 최근 곡물을 사들이고 있는 곳이야. 모네다는 아직 각 상회에 굵직한 연줄을 갖고 있지. 그래서 그에게 부탁했는데……. 과연 대단해. 실제로 시장에서 곡물을 사들였던 건 주문을 받은 상회였던 모양이야. 그리고 주문한 사람까지 알아낸 것 같더군. 그리고 영지에 곡창 지대가 있는 귀족들은 상회를 통해 구입하지는 않았지만, 세금을 올려서 곡물로 세금을 받고 있는 모양이야. 이 리스트에는 그런 가문들이 전부 적혀 있어."

"한마디로 디반이 곡물을 닥치는 대로 사들이고 있단 말이지요."

"응. ……아마도 각 귀족들이 모아 둔 비축분을 사들이고 있을 거야. 그걸 보충하기 위해서 각 귀족들은 시장에 나온 곡물을 사들이고 있지만…… 충분할 리가 없지. 새로 나온 곡물은 개간하지 않는 이상 같은 양. 그걸로 비축분과 소비할 분량을 전부 충당하는 건 불가능해."

"어째서 디반은 비축분을 사들이는 걸까요? 새로 시장에 나온 곡물을 구입하면 되지 않나요?"

"꼬리를 잡힐까 봐 그러는 거겠지. 그렇게 요란하게 대량으로 사들이면 각 상회와 상업 길드, 국가…… 그중 어느 곳에서 수상하게 생각하는 사람이 나올 테니까."

"하지만……."

"새로 시장에 나온 것보다 비축분을 구입하는 편이 코스트도 적게 들어. 조금 좋은 조건으로 비축분을 사들이면 각 귀족들에게도 생색을 낼 수 있고 말이야. ……마엘리아 후작 일파는 명문이지만 실은 경제 사정이 궁핍한 곳도 많으니까."

"……그렇군요."

"하지만 제일 큰 이유는 이거야."

나는 동봉된 금화 하나를 타냐에게 건넸다.

"이 금화는 대체 뭐죠……?"

"평범한 금화가 아니야. 모네다가 조사해 본 결과 금에 불순물이 섞여 있다더군. 이 금화 5개가 보통의 진짜 금화 3개 분량인 모양이야. 그리고 그 리스트에 있는 귀족들과 거래한 상회가 받은 금화가 바로 그 금화라더군."

"설마……."

"상회 사람이라면 금방 눈치챘겠지. 그 상회도 수상하게 생각했지만 설마…… 싶어서 그냥 받아 버린 모양이야. 다행히 거래 금액 자체는 별로 크지 않았던 것 같지만. 얘기가 다른 곳으로 새어 버렸네. ……만약 디반이 지불할 때 사용하는 게 이 금화라면?"

"디반은 원래 가격보다 적은 금액으로 식량을 손에 넣을 수 있다……?"

"그것도 그렇지만 그뿐만이 아니야. 돈이란 신용을 기반으로 성립되는 거야."

화폐의 역사는 전생에 살았던 세계에서도 비슷했다.

물물 교환에서 이윽고 '누구나 원하는 물건', '수집·분배할 수 있고 누구나 납득할 수 있는 값어치의 크기를 표현할 수 있는 것', '들고 다니기 쉽고 보존할 수 있는 것' 으로 차츰 변화했다. ……즉 인류는 화폐라는 걸 만들어 낸 것이다.

이윽고 돈을 통일 기준으로 삼아 금태환권……. 즉, 돈과 교환할 수 있는 증서인 지폐가 발행되었다. 그리고 거기서 관리 통화 제도로 이행되었는데…….

이 세계에서도 전생의 세계처럼 돈의 가치를 통일 기준으로 삼고 있는 것은 마찬가지.

하지만 그대로 금을 교환에 이용하고 있어서 금화, 은화, 동화로 거래가 이루어진다.

아르메리아 공작령에서는 정비된 은행이 있기 때문에 수표나 어음도 등장하고 있지만.

그런데 금화에 불순물이 섞여 있다는 사실을 모든 사람이 알게 된다면……?

'과연 내가 갖고 있는 돈에 정말로 그만한 가치가 있는 걸까?' 라는 의심을 품게 된다.

그리고 그 시점에서 화폐로서의 기능을 잃는다.

예를 들면 누군가가 자신이 갖고 있는 빵 하나를 팔고 싶어 할 경우.

누구나 알고 있는 유명한 금속점에서 발행하는, 진짜라고 보증된 금괴 교환권과 교환해 달라고 하면 기뻐하며 교환할 것이다.

그러나 본 적도 없는 종이를 건네주며 이거 한 장이면 금괴로 교환할 수 있다고 하면…… 과연 거래에 응할까? 나라면 응하지 않을 것이다.

그 종이에 정말로 그만한 가치가 있을지 모르기 때문이다.

그와 마찬가지다.

자신이 파는 물건과 교환할 그 물건이 정말로 그럴 만한 가치가 있는지 알 수 없다면…… 아무도 교환하고 싶지 않을 것이다.

"제법이군……! 디반."

왕도의 아즈타 상회에서 흘낏 보았던 모습을 떠올리며 나는 외쳤다.

"금의 가치가 내려가면 물건의 가치가 올라가는 것은 당연한 결과. 게다가 그 물건 자체가 적다면……. 소동이 일어나면 끝장이야, 식료품 가격이 폭등하는 건 막을 수 없을 거야."

영지민들의 생활이 내 어깨에 달려 있는 이상 그의 책략에 질 수는 없다. 하지만…… 어째서인지 지고 싶지 않다고 '나 자신'이 뜨겁게 끓어오르고 있었다.

유리를 둘러싼 사람들이 나를 적대했을 때에는 그저 귀찮다는 생각만 들었는데.

이렇게까지 일을 벌여 주니 오히려 투쟁심이 끓어오른다.

지고 싶지 않아. 분노가 나를 감쌌다.

"먼저 모네다에게 편지를 써야겠어."

"어떻게 하실 건가요?"

"아르메리아 공작령에서 유통되는 화폐는 전부 회수. 영지 안에서는 지폐를 사용할 거야."

"지폐를?"

"응. 금태환권이라고 하면 좋을까? 금화와 교환하는 걸 보증하는 종이야. 다행히 그가 안건을 낸 적이 있거든. 수표는 무겁지도 않고, 들고 다니기도 편해서 편리하니까 일반적으로 사용됐으면 좋겠다고……. 전에 견본도 가져왔는데 아무래도 영지 안에서 독자적으로 수표를 사용하면 쓸데없이 왕궁을 자극하지 않을까……해서 보류했던 거야."

독자적인 시책을 펼쳐서 이미 왕궁을 자극하고 있다는 것쯤은 자각하고 있다.

지금까지 아무 말 없었던 것은 상당 부분을 각 영지의 재량에 맡기는 이 나라의 체제와, 아슬아슬하게 재량의 범위 안이라고 주장하며 왕궁에 보고서를 제출했기 때문이다.

언제나 보고서를 제출할 때는 딘과 이런저런 의논을 하며 머리를 굴리곤 했다.

물론 아버님의 존재도 크지만.

그리고 왕궁 안에서는 권력 투쟁이 점차 격해지고 있는 상황.

일개 영지에 신경 쓸 때가 아니다. 그보다는 왕궁 안에서 지위를 확립하는 게 먼저다. 왕궁 사람들이 그렇게 생각한 결과다.

그들이 내가 무슨 일을 벌이고 있는지 눈치채는 것은 시책을 시행하고 궤도에 오르기 시작한 후.

실패하면 좋겠다고 수수방관하는 자들도 있는 모양이다.

그건 그렇고, 지폐를 도입하는 것은 이 나라의 통일 화폐에서 벗어나는 것.

도저히 변명할 여지가 없긴 하지만…… 지금 상황에서는 이익과 손실을 저울질해 볼 때, 이익이 크다.

시장에 혼란이 일어나기 전에 빨리 조치를 취해야 한다.

모네다의 행동력에는 감사하고 있다.

언제든지 가동할 수 있다고 했으니까 남은 건 영지 관리들을 움직이는 것뿐이다.

"금화, 은화, 동화는 전부 은행에서 맡을 거야. 물론 정품인지 확인한 다음에 말이야. 불순물이 섞여 있는 금화는 그에 상응하는 가치밖에 인정하지 않을 거야. 다행히 아직 일반 사람들에게는 그렇게 많은 양이 나돌진 않은 모양이더군."

"다른 영지에서 들어오는 금화는 어떻게 하실 건가요?"

"전부 확인해야지. 아르메리아 공작령 안에서는 앞으로 철저히 지폐밖에 사용하지 못하게 할 거야. 만약 다른 영지에서 금화를 들여올 경우, 전부 은행에서 교환하지 않으면 사용할 수 없다고 공표해야지."

"은행에서는 어떤 방법으로 확인을……?"

"모네다에게 보고받았는데 가짜 통화는 조금 가볍다더군. 그러니까 무게를 재면 금방 알 수 있어."

"하지만 아가씨, 조금 전에 아가씨께서 말씀하신 대로 그 지폐라는 것을 도입하면 공연히 이 나라를 자극하게 되지 않을까요?"

"사지타리아 백작에게는 말해 둘 거야. 그가 아직 재무 대신 지위에 있는 동안 잘 얘기해서 기성사실을 만들어 버려야지. 그리고 어디까지나 금화와 교환할 수 있는 증서를 유통시킬 생각이야……. 즉, 왕국의 화폐를 폐지할 생각은 아니라고 말할 거야. 뭐, 머지않아 그런 말도 못 하게 되겠지만. 나는 우리 영지를 지키는 게 최우선이야. 왕궁이 의자 뺏기 싸움에 정신이 팔려 있는 동안 진행해 버리면 돼. 그리고 세이를 불러 줘!"

타냐는 곧 행동에 나섰다.

세이는 왕도의 경쟁 상점을 시찰하거나 왕도의 아즈타 상회를 살펴보기 위해 나와 함께 왕도에 와 있다.

"무슨 일이십니까, 아가씨!"

세이가 조금 헐떡이며 방 안으로 들어왔다. 같이 들어온 타냐는 태연한 얼굴을 하고 있지만…… 지금은 그걸 지적할 때가 아니다.

나는 지금까지 타냐와 이야기했던 내용을 세이에게 숨김없이 전부 털어놓았다.

모든 이야기를 마칠 무렵, 세이의 안색은 새파랗게 질려 있었다.

……다행히도 이게 얼마나 큰일인지 곧바로 눈치챈 모양이다.

"아즈타 상회는 다른 영지에서도 많은 활동을 하고 있습니다. 어떻게 할까요?"

"왕도에 있는 카페 부문은 솔직히 금화를 사용할 일이 없잖아?"

"네, 뭐……. 평민도 이용할 수 있도록 가격을 책정했으니까요."

"금화를 내면 손님께 양해를 구하고 뒤에서 반드시 무게를 재 봐. 그리고 가벼울 경우에는 다른 금화를 받도록 해. 다른 금화가 없을 경우에는 할 수 없으니까 그냥 받아. 받을 경우 그 금화는 따로 관리하도록 해. 가벼운 금화를 받은 회수는 다른 금화로 바꿔서 받은 경우도 포함해서 전부 기록해 줘. 가벼운 금화를 받은 회수가 10개를 넘은 시점에서 불순물 양을 고려해서 그만큼 상품의 가격을 전부 인상할 거야."

"알겠습니다. 속히 금화의 무게를 재는 저울을 모든 점포에 배급하겠습니다. 그리고 저울추도 모든 점포에 수배해 놓겠습니다."

"부탁해. ……아, 귀족 회원제 점포는 처음부터 가격을 인상하는 게 좋겠어. 그 점포 외에도 고급품을 다루는 점포는 전부 그럴 생각이야. 가격을 인상할 점포의 후보 리스트를 서둘러 만들어서 내게 보내 줘. 금화를 받을 일이 많으니까 지금 이 시점에서 가벼운 금화는 없는지 확인해 봐. 이유는 전부 덮어 두고. 특히 고객에게 설명할 때는 더더욱."

"알겠습니다."

세이는 속사포처럼 늘어놓는 내 말을 전부 이해하고 받아들인 후 예를 표했다.

예전 같은 위태로움은 이미 지금의 그에게서는 느껴지지 않는다.

긴장하지 않고 항상 냉정하고도 침착하게.

그 모습은 영지에 있는 세바스의 모습을 연상시켰다.

세이는 인사를 한 후 이곳에 온 지 얼마 되지 않아 곧 방에서 나갔다.

"자, 그럼 영지 관리들과 모네다에게 이것저것 지시를 내려야 되는데……. 타냐, 혹시 조사 결과 보고할 게 또 있으면 지금 해 줄래?"

"아마도 제1 왕자는 이 문제를 이미 눈치채고 있었을 겁니다."

"어머나……. 어째서 그렇게 생각하지?"

"실은 조사 중에 다른 첩보원과 접촉했는데……."

나는 타냐의 보고에 눈을 동그랗게 떴다.

타냐를 상대로 교섭할 수 있는 상대가 있다는 사실도 놀라웠고, 그녀가 신변의 위험을 느꼈다니 더더욱 놀라웠다.

"확실히 타냐의 말대로 제1 왕자의 첩보원일 가능성이 높네……."

제1 왕자…… 알프레드 님은 매우 우수한 부하를 거느리고 있는 모양이다.

내 안에서 그의 평가가 조금 올라갔다.

"그렇게까지 우수한 부하가 있고, 그 부하가 조사하고 있다면 당연히 대항책도 실행하고 있겠지. 가짜 금화 문제는 일단 아버님께 보고해야겠지만 나머지는 맡기도록 할까?"

타냐가 조금 놀란 표정을 지었다.

그렇게 의외인가……? 나는 웃었다.

"내가 이번 일을 규탄하고 해결하기 위해 움직일 거라고 생각했어?"

그 물음에 그녀가 작게 고개를 끄덕였다.

"안 그래. 내 역량은 내가 잘 알거든. 나는 영지의 일만으로도 벅차. 아르메리아 공작령의 백성들이 제일 소중해. 그 소중한 것을 앞에 두고 다른 일에 신경 쓸 여유는 없어. ……그리고 지금의 왕도는 내가 아무리 애써 뒤에서 손을 쓴다 해도 위에 엘리아 왕비와 마엘리아 후작 일파가 버티고 있는 이상……."

어찌할 방법이 없다. 잘하면 묵살, 최악의 경우 공범으로 몰릴지도 모른다.

"그건 그렇고 메시 남작을 조사하란 말이지……. 설마 그가 사교 시즌 중에도 거의 왕도에 없는 게 그 때문이었을 줄이야. 먼로 백작에겐 정상참작의 여지가 없군. 그것도 제1 왕자가 파악하고 있다면 그보다 더 든든할 수 없는걸."

내 말에 타냐는 말없이 고개를 끄덕였다.

"자, 그럼…… 우선 지금부터 영지 관리들에게 지시를 내리기 위해서 편지를 써야겠군. ……타냐 너는 라프시몬즈 사제에게 전언을 부탁해."

"알겠습니다."

"던글리 후작가의 결혼을 연기시켜 달라, 그렇게 전해 줘."

"아하, 그렇군요……."

이 나라에서 결혼하려면 다릴교의 승인이 필요하다.

신께 결혼을 보고하고, 신이 지켜보는 가운데 서로 장래를 함께할 것을 맹세하는 게 중요하다.

다릴교의 승인이란 신께 보고하여 승낙을 얻었다는 뜻.

즉 다릴교의 승인을 얻을 때까지 결혼식을 할 수 없다는 뜻이다.

"엘리아 왕비의 압력이 들어올지도 모르지만…… 어떻게든 연기

시키도록 해. 방법은 맡길게. 이걸로 더 이상 갚을 빚은 없다고 전해 줘."

반을 제거한 덕분에 전 교황 일파를 모조리 쓸어 버릴 수 있었다고 기뻐하는 그의 편지가 도착한 것은 바로 얼마 전 일.

편지에도 빚을 졌다고 적혀 있었으니까 이럴 때 잘 이용해야지.

역시 그때 반을 받아들이기를 잘했다고 진심으로 생각했다. 귀찮은 일을 벌이긴 했지만 덕분에 당초 목저대로 일이 진행됐으니 말이다.

"알겠습니다. 반드시 전달하겠습니다."

"부탁해. 미모사 쪽은 계속해서 감시해 줘."

"알겠습니다."

타냐가 나간 후, 나는 세바스와 영지 정책의 각 부문 책임자들에게 편지를 쓰기 시작했다.

특히 민생부와 재무부에 쓰는 편지는 아주 아주 두꺼워지고 말았다.

집중해서 써 내려가는 동안 정신을 차려 보니 어느새 해가 저물고 있었다.

이 문제는 1분 1초가 아까우니 철야를 해서라도 전부 써 내려가야 한다고 결심한 뒤, 잠시 쉬며 생각했다.

그리고 경비대에도 얘기해서 경비 체제를 확인하고……. 머릿속으로 앞으로 어떻게 해야 할지 생각하고 있을 때, 마침 라일이 방에 들어왔다.

"라일! 마침 잘됐다. 지금 라일이나 디더를 부르려던 참이었는데."

"조금 전에 타냐와 만났는데 이리로 가 보라고 하더군요."

그 말에 역시 타냐라고 내심 감탄했다.

"……그런데 무슨 일이십니까?"

라일의 물음에 나는 지금까지의 경위와 앞으로의 경비 체제에 대해 생각하고 있던 것들을 말했다.

라일은 딱히 동요하지 않고 내 설명을 들었다.

"그렇다면 아가씨의 말씀대로 은행 경비를 강화해야겠군요. 또 금화 수수나 운반할 때 경비하는 편이 좋겠습니다. 곧 지시를 내리겠습니다."

"그것도 그렇겠네. ……형태가 잡히면 보고해 줘. 영지 관리들에게도 알려야 되니까."

"알겠습니다."

"……참, 라일. 그 후 세르토르 기사단장이 정식으로 사과문을 보냈어."

"그렇습니까? ……귀찮게 해 드려서 죄송합니다."

라일은 그렇게 말하며 쓴웃음을 지었다.

기사단장이 직접 권유할 경우 그걸 거절하는 사람은 거의 없다.

그만큼 기사단장은 명예로운 직위다.

……그렇기 때문에 도르센처럼 지나치게 자부심을 갖는 사람도 나오는 것이다.

그건 그렇고, 세르토르 기사단장의 권유는 아무리 그래도 너무 지나쳤다.

라일도, 디더도 아르메리아 공작가의 사람이다.

그게 공공연한 사실인데도 본인뿐만 아니라 앤더슨 후작가까지 들쑤시는 집요함……. 그것은 각 가문에서 세르토르 기사단장이 정면으로 아르메리아 공작가에 시비를 거는 것으로 받아들여도 할 말이 없는 행동이다.

즉 아르메리아 공작가도 그대로 물러설 수는 없었다는 뜻이다.

"신경 쓰지 마. ……그건 그렇고 정말 괜찮아? 만약 라일이 원한다면 나는 네 의사를 최대한 존중할 거야."

"무슨 말씀이십니까? 제가 원하는 건 이대로 아가씨를 섬기는 것입니다."

"그렇게 말해 주는 건 고마워. 하지만 넌 원래……."

"저는 라일입니다. 그 이외의 이름은 없습니다. 라일은…… 아가씨의 곁을 떠나는 것은 생각해 본 적도 없습니다. 아니면 저는 아가씨께…… 필요 없는 사람입니까?"

"그럴 리가 없잖아!"

보르틱 패밀리 사건 때 디더에게도 말했지만, 나는 정말로 모두를 소중하게 생각하고 있다.

모두의 도움이 있었기에 나는 여기까지 올 수 있었고, 무엇보다도…… 우리는 어릴 적부터 줄곧 함께였다.

"소중하지 않을 리가 없잖아. 내게 너희는 가족이나 마찬가지…… 아니, 그 이상이야."

그들이 배신하는 것은 상상조차 할 수 없다. 있을 수 없는 일이다.

그렇게 믿을 수 있을 만큼 그들과 시간을…… 마음을 공유해 왔다.

"그러니까 더더욱 너희가 원하는 길을 걷기를 바라는 거야."

"……'맹세는 변함없이 이 가슴에.' 제 맹세는 동부에서 선서한 것뿐만이 아닙니다."

문득 라일의 말투가 변했다. 나는 그 말에 고개를 갸웃거렸다.

"어릴 적…… 아가씨가 저를 주워 주신 후 얼마 지나지 않아서 저는 멋대로 나 자신에게 맹세했습니다. 내게 당신은 이정표였습니다. 받는 것밖에 몰랐던 제가 뭔가를 주고 싶다고 생각한 사람이었습니다. 당신을 지키고 싶다고, 그렇게 될 수 있도록 힘을 키우고 싶다고, 그렇게 맹세했습니다."

"라일⋯⋯."

"저는 다른 건 아무것도 바라지 않습니다."

"그래? ⋯⋯그럼 됐어. 너에게 망설임이 없다면 그걸로 충분해."

나는 안도의 한숨을 내쉬며 웃었다.

"다행이다. '그럼 전 기사단으로 가겠습니다.'라고 하면 어떡하나 속으로 걱정했거든?"

그렇게 말하자 라일도 쿡쿡 웃었다.

"그럼 어째서 물어보신 겁니까?"

"앞으로 망설임이 있으면 안 된다고 생각했으니까. 디더가 내게 각오를 물었을 때처럼."

그렇군요. 라일은 진지하게 고개를 끄덕였다.

"하지만 가장 큰 이유는 너희를 묶어 두고 싶지 않으니까. 옛날 일을 은혜라고 생각해 주는 건 고맙지만, 그 때문에 너희의 선택지를 뺏고 싶진 않아. 그래서 타냐한테도 말해 본 적이 있어."

"그건⋯⋯. 아가씨가 아닌 다른 사람은 절대 할 수 없는 말이군요. 목숨이 몇 개 있어도 부족할 테니까요."

"어머나⋯⋯."

그 모습이 상상돼서 나는 무심코 웃었다.

"그럼 라일, 앞으로도 너의 활약을 기대할게."

"물론입니다."

라일이 그렇게 말하며 나간 후 나는 또다시 서류로 눈을 돌렸다.

지시 사항은 다 적었으니까 세바스에게 보낼 전체적인 계획을 정리하고…….

라일의 보고까지 합쳐서 세바스에게 보낸 뒤 조정해 달라고 부탁해야지.

재무부 사람들이 또 음침하게 불타오르며 서류와 씨름할 모습이 눈에 선하다.

이 일이 끝나면 특별 휴가를 줘야겠군…….

당분간 보르사(재무부) 사람들과 마찬가지로…… 아니, 그 이상으로 나도 수면 부족, 휴식 부족 상태가 이어질 테니까 그렇게 되지 않도록 조심해야지.

나는 그렇게 생각하며 맹렬하게 서류를 써 내려갔다.

† † †

……새벽을 밝히는 태양의 빛은 너무나도 아름답다.

며칠을 계속 봐도 질리지 않을 만큼.

벌써 며칠을 연달아 봤는지 세어 보지 않아서 모르겠지만.

내가 왕도에 있다는 사실이 더할 나위 없이 원망스럽다.

현지에 있으면 직접 지시를 내릴 수 있고, 무슨 일이 생기면 곧 그에 대한 지시를 내릴 수 있는데.

하지만 사건의 중심은 왕도이며 이곳에 있으면 정보를 실시간으로 얻을 수 있으니까 어느 쪽이 더 나은지 미묘하다고 해야 하나.

세바스와 모네다, 그리고 영지 관리들은 재빨리 내 지시대로 움직이기 시작한 모양이다.

며칠 간격으로 내게 보고와 질문, 그리고 제안이 도착하고 있다.

그에 대응하면서 나도 그들에게 각각 추가 지시를 내렸다.

문득 타냐가 집무실에 들어왔다.

걱정하고 있다는 걸 손에 잡힐 듯이 알 것 같은 표정을 지으며.

"아가씨, 밤은 휴식을 위한 시간입니다. 큰일이 벌어진 상황이라는 건 알지만 아가씨께서 쓰러지기라도 하면 아무 소용없답니다. 부디 제가 깨우러 올 때까지 침대에 누워 계셔 주세요."

"이번 일이 수습되면 푹 쉴게. ……참, 타냐. 영지에서 뭔가 보고는 없어?"

"아직 도착하지 않았습니다."

"그래? ……약속 시간까지 아직 시간이 있군. 한 시간쯤 잘게. 한 시간 뒤에 깨우러 와 줘."

"알겠습니다."

나는 집무실의 간이침대에 누웠다.

화려하지는 않지만 고급스러운 가구들이 놓인 이 방에서 이 침대만 이질감을 풍긴다.

방으로 돌아갈 시간도 아깝다는 이유로 내가 급조해서 놓은 것이다.

자는 건 좋지만 방에서 쾌적하게 잤으면 좋겠다……. 타냐는 그렇게 말하고 싶은 듯 복잡한 표정을 짓고 있었다.

정확히 한 시간 후, 타냐가 또다시 날 깨우러 왔다.

"……보고는 도착했어?"

"아직까지는 딱히 없습니다."

"그래? ……그러고 보니 타냐, 그 후로 라프시몬즈 사제에게 뭔가 소식은 없어?"

"네, 그쪽에도 딱히 별다른 소식은 없습니다. 여전히 그쪽에서 처리를 막고 있는 모양입니다."

"그렇군. 루베리아 백작가를 조사하는 건? 뭔가 진전은 있어?"

"……죄송합니다만, 그쪽도 아직 특별한 진전은 없습니다."

"그래? ……뭔가 미모사의 약혼을 파기할 대의명분이 될 만한 추문이나 부정을 저지른 적이 있으면 좋을 텐데. 계속 조사를 진행해 줘."

역시 루베리아 후작을 상대로 뭔가 계략을 꾸밀 수밖에 없는 걸까?

하지만 그 최종 수단을 선택한다 해도 적을 알지 못하면 어쩔 방도가 없다. 그러니까 먼저 정보 수집을 해야 한다.

모네다와 타냐가 조사해 준 리스트 속에 루베리아 가문의 이름이 있었으니 이 사건이 백일하에 드러나서 죄를 묻게 되면 전부 쉽게 해결될 텐데.

"물론이지요."

"고마워. ……외출 준비를 부탁해."

"알겠습니다."

오늘은 사지타리아 백작을 만나러 가는 날.

그 후 왕실에 보고하기 위해 태후마마께 편지를 썼다.

그리고 아버님께도 모든 것을 숨기지 않고 이야기했다.

아버님께서 "용케 눈치챘구나……."라고 말씀하신 걸 보면 아마도 알고 계셨던 모양이다.

더 이상 자세한 건 묻지 않았으니 어디까지나 추측에 불과하지만.

사실 그 후로 아버님의 건강은 악화되었다.

감기에 걸린 것이다.

고작 감기. 하지만 감기.

원래 중상을 입었던 몸이다……. 세균에 대한 저항력도 저하되어 있을 것이다.

고열이 나고, 기침도 멈추지 않고……. 어쩌면 폐렴에 걸렸을지도 모른다.

나와 이야기하는 것도 거의 힘든 상태다.

그런 아버님께서 "사지타리아 백작을 만나라."라고 말씀하셨다.

그래서 나는 사지타리아 백작을 만나러 가기로 했다.

그와 만나자마자 나는 제일 먼저 사지타리아 백작에게 그 경위를 털어놓았다.

"……역시 대단하군요. 스스로 도달한 겁니까?"

"빈말은 됐습니다. 그래서 사지타리아 백작님은 어떤 대책을 마련하고 계신가요?"

"……아무것도 하지 않고 있습니다."

"아무것도 말인가요?"

나는 무심코 의아함을 숨기지 못하고 표정에 드러내고 말았다.

"정확하게 말하자면 믿을 수 있는 인원을 알프레드 전하께 맡기고 있습니다만."

"어머나……. 그럼 알프레드 전하께서는 이미 이 사태를 파악하고 계신가요?"

"아이리스 영애께 솔직하게 말씀드리자면, 이 사태를 눈치챈 것은 우리가 아닌 알프레드 전하였습니다. 그분은 이미 움직이고 계십니다. 하지만 그래도 늦지 않게 수습하기는 어렵다…… 라고 하시더군요."

확실히 제1 왕자의 예측이 맞다.

이미 일부가 유통되고 있으니까.

지금 상황은 이미 도화선에 불이 붙은 것이나 마찬가지.

남은 건 어느 정도 규모로 폭발할 것인가……? 그걸 어디까지 최소한으로 막아낼 수 있느냐? 그게 승부다.

"그렇다면 더더욱 어째서 당신도, 아버님도……. 아, 그렇군요. 전부 누설되기 때문이군요."

내 말에 사지타리아 백작은 고개를 끄덕였다.

"그렇습니다. 영애께서 눈치대신대로…… 유리 남작 영애가 제2 왕자비가 되고 말았으니까요. 게다가 그녀는 이 나라의 귀족 자제들을 차례차례 유혹하고 있지요. 우리가 조금이라도 움직임을 보이면 그 시점에서 금화 속에 가짜 금화가 섞여 있다고 사람들의 입에 오르내리게 될 겁니다. 그 순간 혼란이 시작되겠죠."

"적이지만 훌륭하네요."

내 말에 사지타리아 백작이 힘없이 미소 지었다.

"영애는 메를리스 님과 꼭 닮으셨군요."

"갑자기 무슨 말씀을……."

"이런 상황에서도 정신적으로는 지지 않는 걸 보면 말이지요. 오히려 점점 눈에 깃든 불꽃이 강하고 격렬해지는 것 같습니다."

확실히 디반을 떠올리면 마음속이 뜨거워진다.

뜨겁고 격렬하게 지고 싶지 않다……. 이기고 싶다는 생각이 들만큼.

마치 열렬한 사랑에 빠진 것처럼.

"그건 그렇고 아이리스 영애께서 눈치챘다시피, 현재 이 나라는 정말로 힘든 상황입니다. 더욱 큰 문제는 현재 알프레드 왕자가 국외에 있다는 것입니다."

"뭐라고요? 제1 왕자는 대체 어째서……."

"태후마마께서 그렇게 명하셨습니다. 영애께만 말씀드리자면 이미 폐하는 오래 버티시지 못할 겁니다. 왕궁 안의 형세는 아직 제2왕자파가 유리한 상황이지요."

"혹시 이런 건가요? 이럴 때 제1 왕자가 나라 안에 있으면 그야말로 마지막 희망마저 무너져 버린다. 그래서 태후마마께서는 일시적으로 제1 왕자를 다른 나라로 피난시켰다……. 그 말씀인가요?"

"태후마마께서 제게 확실하게 말씀하시지는 않았지만 아마도 그럴 겁니다. 루이 공이 습격당한 시점에 결정하신 것이 좋은 증거지요."

"그렇군요. ……백성들에게는 참으로 힘든 상황이네요."

그만 내뱉듯이 말이 튀어나왔다.

태후마마의 그 결정은 체념이다.

사실 이미 어찌할 수 없는 상황까지 와 버리긴 했지만.

"처음에는 제1 왕자도 거절하셨지만 태후마마께 어떤 말을 듣고 결국 떠나셨습니다. ……이건 제 사견입니다만, 이번 일은 이 나라의 고름을 짜낼 절호의 기회이기도 합니다. 제1 왕자가 왕위에 오르려면 철저하게 제2 왕자의 파벌을 무너뜨리지 않으면 안 되지요. 일시적으로 왕도를 떠나 그들이 위에 섰을 때, 칠 생각 아닐까요? 뭐, 그러다 제1 왕자가 최종적으로 패하면 아무 의미도 없습니다만……. 제가 보기엔 어떤 의미로 필요한 조치라고 생각합니다. 참고로 전하께서 어디 계시는지는 저도 모릅니다. 아마 아는 사람은 태후마마와 루이 공뿐일 겁니다."

"아버님, 말씀인가요."

즉 아버님은 모든 걸 알고 계셨다는 뜻이다.

……나한테도 가르쳐 주셨으면 좋았을걸.

그러면 좀 더 빨리 영지를 지킬 대책을 세울 수 있었을 텐데.

아니……. 아버님은 내가 움직이는 걸 두려워했을지도 모른다.

내가 대응책을 세워서 이번 일을 잘 막아 낸다면 미심쩍게 생각하는 자들이 나타날 것이다.

최악의 경우, 공범으로 낙인찍혀 희생양이 될 가능성도 있다.

……하지만 그게 두려워서 움직이지 않을 수는 없다.

나라가 어찌 되든 알 바 아니지만 내 목 하나로 영지와 영지민들을 지킬 수 있다면 망설일 필요 없다.

"귀중한 이야기, 감사합니다. 사지타리아 백작님도 이번 시즌이 끝나면 영지로 돌아가시겠지요?"

"그렇습니다."

"혼란에 빠지는 영지는 하나라도 적은 편이 좋겠죠. 백작님의 수완을 전해 듣기를 멀리 아르메리아 공작령에서 기대하고 있겠습니다."

"이거 참, 아주 큰 숙제를 받고 말았군요."

그렇게 말하며 웃는 사지타리아 백작의 얼굴은 몹시 초췌해 보였다.

† † †

사지타리아 백작과 회담을 마친 후, 눈 깜짝할 사이에 시간이 흘렀다.

모두가 전력으로 움직여 준 덕분에 이미 지폐 제도로 이행을 완료할 수 있었다.

처음에는 다소 혼란도 있었던 모양이지만 예상했던 범주 안에서 끝났다.

내가 영지민들과 양호한 관계를 쌓아 올린 덕분이라고…… 세바스의 보고서에는 그렇게 적혀 있었다.

자만하는 것은 아니지만 나도 그렇게 생각한다.

만약 내가 막 영지를 맡게 된 시기라면 아마도 이렇게까지 순조롭게 일이 진행되지는 않았을 것이다.

여러 가지 일이 일어나고, 그걸 헤쳐 나가고.

여러 가지 개혁과 정책을 펼치고, 그렇게 시간을 쌓고.

지금까지 해 온 일들이 서로 이어지고.

내가 걸어온 길은 헛되지 않았다는, 그런 생각이 들었다.

아즈타 상회는 이미 가격 인상을 시작했다.

다른 상회도 아르메리아 공작령 내부와 외부의 가격을 바꾸는 등 대응을 하고 있다.

"……그보다 괜찮을까요? 상업 길드 분들에게까지 사실을 알려도."

아즈타 상회의 동향을 보고하러 온 세이가 보고를 마치고 마지막으로 그렇게 물었다.

"그들은 상인이야. 그것도 일류 상인."

내 말에 그는 어리둥절한 표정을 지었다.

"혼란이 일어나면 지금까지처럼 장사할 수 없게 될 가능성이 높아. 화폐가 신용을 잃으면 유통이 정체되는 건 쉽게 상상할 수 있으니까. ……그들은 일류 상인들이야. 그러니까 혼란이 일어나지 않았더라면 얻을 수 있었을 금화와 저울질해서 반드시 입을 다무는 쪽을 선택할 거라고 생각했지."

"그렇군요……."

세이는 납득한 듯이 고개를 끄덕였다.

"자, 그럼 아즈타 상회 운영은 아직까진 이대로 괜찮아. 각 점포에 아르메리아 공작가의 호위를 경비로 배치하기도 했고. ……앞으로도 뭔가 보고할 게 있으면 곧장 알려 줘."

"알겠습니다."

마침 그때 타냐가 방으로 들어왔다.

"……아가씨, 국왕이 서거했다고 합니다."

드디어 이때가 왔구나……. 한순간 내 안에서 시간이 멈췄다.

"그래……."

후우 숨을 내쉬며 대답했다.

"혹시 알고 계셨나요……?"

"아니. 그냥 오래 버티지 못할 거라고 들었으니까."

"……그렇군요."

"아마 엘리아 왕비는 당장에라도 장례식을 치르려고 할 거야. 빨리 에드 님을 왕위에 올리고 싶을 테니까. ……타냐."

"네."

"영지로 돌아갈 준비를 해 줘. 장례식에 참석한 후 곧 영지로 돌아갈 거야."

"하지만……."

"이미 사태는 움직이기 시작했어. 더 이상 여기 오래 있어 봤자 소용없어. 내가 왕도에 있으면 그들은 곧 날 공격할 재료를 찾아내서 일을 꾸밀 거야."

"……알겠습니다. 무사히 떠날 수 있도록 준비하겠습니다."

"부탁해. ……그리고 잠시 생각하고 싶으니까 혼자 있게 해 줄래?"

내 말에 두 사람은 고개를 끄덕인 후 방을 나갔다.

그 직후, 무거운 한숨이 흘러나왔다.

책상 위에 손깍지를 끼고 그 손으로 머리를 지탱하며 고개를 숙였다.

……주사위는 던져졌다.

엘리아 왕비와 마엘리아 후작이 권력을 잡는다면.

과연 이 나라는 어떻게 될까?

나는…… 우리 영지는 어떻게 될까?

생각해 봤자 소용없는 일들을 생각하면서도 막연한 불안이 내 안에 피어올랐다.

목에 걸고 있는 회중시계의 존재를 확인하듯 옷 위로 손을 더듬었다.

『왕도가 어떻게 되든 흔들리지 않는 영지로 만들겠습니다.』

문득 옛날에 아버님께 했던 말이 떠올랐다.

"그 말이 진실인지 거짓인지…… 그 진가를 시험받을 때가 온 것뿐이야."

그렇게 스스로를 타이르면서도 나도 모르게 가슴을 힘껏 움켜잡고 있었다.

도망치지 않는다. 지지 않는다. 팽개치지 않는다.

그게 책임을 진다는 것.

그것이 일을 하며 지녀야 할 각오.

……전생의 내가 일에 문제가 발생했을 때마다 스스로에게 들려줬던 말.

바쁘고 충실한 시간을 보내며 차츰 전생을 떠올리지 않게 됐지만 문득 그 기억이 지금 머릿속에 떠올랐다.

"주위가 어떻게 되든 나는 내게 주어진 역할을 해내지 않으면……
안 돼."

결국 내가 해야 할 일은 변함이 없다.

그렇게 생각하자 이상하게도 마음이 가라앉았다.

마음이 진정된 후, 나는 어머님과 베른에게 앞으로의 계획을 이야
기하기 위해 방을 나섰다.

20장
공작 영애, 슬퍼하다

종소리가 울린다…….

주위 일대가 온통 검은색으로 채워져 있었다.

내 예상대로 왕의 장례식은 공표하자마자 곧 거행되었다.

혹시 오래전부터 준비하고 있었던 건 아닐까……? 그런 생각이 들 만큼 장례식 절차는 순조롭게 진행되었다.

관에 매달려 눈물을 흘리는 엘리아 왕비.

왕족들이 그를 둘러싸듯 서 있었다.

물론 약혼녀에 불과한 유리도 왕족들 틈에 끼어 있었다.

그녀는 왕의 유해를 보며 하염없이 눈물을 흘리고 있었다.

에드 님은 그런 그녀를 걱정스럽다는 듯이 바라보며 옆에 바싹 붙어 있었다.

태후마마는 의연한 태도를 무너뜨리지 않았지만, 그 눈동자에는 슬픔이 깃들어 있었다.

제1 왕자의 모습은 보이지 않았다.

아직 다른 나라에 있는 걸까? 아니면…….

그의 행방은 타냐조차 조사할 수 없기 때문에 여전히 오리무중이다.

장례식에 참석한 사람들의 얼굴을 몰래 훔쳐보자 많은 사람이 침통한 표정을 짓고 있었다.

진심으로 왕의 죽음을 애도하는 것일까? 사람들의 눈을 의식해서 슬픈 척하는 것뿐일까? 아니면 나라의 앞날을 걱정하는 것일까?

나는 마치 남의 일처럼 멍하니 그 모습을 바라볼 뿐이었다.

장례식이 끝난 후 나는 곧장 왕도를 떠나 아르메리아 공작령으로 향했다.

왕이 서거했다는 소식을 들은 그날, 어머님과 베른에게는 미리 이야기해 뒀다.

작별 인사도 마쳤다.

아버님의 몸이 아직 좋지 않다는 게 마음이 걸렸지만……

……아니, 마음에 걸리는 건 잔뜩 있다.

미모사도 그렇고, 향후 귀족들의 세력도 그렇고.

뭐…… 미모사의 일은 국장 기간이 끝날 때까지 당분간 사태가 변하지는 않을 테고, 혹시 무슨 일이 생긴다 해도 라프시몬즈 사제가 막아 줄 것이다.

아직 유예가 있는 이상 조사를 계속하고, 그동안 영지에서 작전을 세우면 된다.

향후 귀족들의 세력도에 대해서는 내가 어쩔 방도가 없고…….

어쨌든 더 이상 내가 왕도에 있어 봤자 엘리아 왕비와 유리의 표적만 될 뿐이다.

그래서 나는 서둘러 영지로 돌아왔다.

저택으로 돌아오자 여느 때처럼 고용인이 모두 나와서 나를 맞이해 줬다.

"어서 오십시오, 아가씨."

세바스가 모두를 대표해서 내게 인사했다.

"다녀왔어."

모두를 바라보며 그렇게 말한 후 간단히 인사를 마치고 저택 안으로 들어갔다.

"세바스, 내가 없었던 동안 어땠는지 보고를 부탁해. 그리고 보르사(재무부)와 아비탄테(민생부) 부문장들에게 보고서를 정리하라고 일러 줘. 그리고 모네다에게도 연락해 줘. 내가 없었던 동안 어떤 일들이 있었는지 보고도 듣고 싶고, 앞으로 어떻게 할지 의논도 하고 싶다고 전해 줘."

연달아 쏟아 낸 지시에도 세바스는 침착하게 응했다.

"디더, 돌아오자마자 미안하지만 경비대의 보고를 정리해서 가져다줘. 특히 은행 경비 체제에 문제가 없는지 근황을 살펴보고, 통화를 지폐로 바꾼 후 마을의 치안은 어떤지 그 두 가지를 중점으로 알아봐 줘."

"알았어. 공주님."

"라일은 각지의 인원이나 물자, 설비에 문제가 없는지 확인해 줘. 향후 정세를 생각해 보면 경비 체제 확인은 급선무야. 만약의 경우에 준비가 부족했다는 말 정도로는 끝나지 않을 테니까."

"알겠습니다."

각각 지시를 내리며 걸어서 집무실에 도착했다.

자리에 앉자마자 세바스의 보고서가 차례차례 내 앞에 도착했다.

내가 없는 동안 세바스는 이렇게 서류 형식으로 보고서를 작성해 놓는다.

한꺼번에 말로 보고하는 것보다 이쪽이 내게는 훨씬 편하다.

본인이 오기 전에 전부 읽어 버릴 작정으로 재빨리 서류를 훑어보기 시작했다.

서류를 읽으며 서둘러 대응이 필요한 것과 그렇지 않은 것, 또 확인해야 할 것과 그렇지 않은 것으로 분류했다.

그러는 동안 세바스가 마치 계산이라도 한 것처럼 절묘한 타이밍에 들어왔다.

그의 말에 귀를 기울이기보다는 미리 보고서를 읽으며 떠올린 것들을 확인하고 질문을 던졌다.

세바스의 역할은 각 부서의 총괄과 조정.

즉 그에게 물어보면 대강의 형태를 파악할 수 있다.

집사 역할에 익숙한 것일까, 아니면 그의 기질 때문일까? 그는 각 관계 부서를 조정하는 능력이 매우 뛰어나다.

여러 부문에 걸쳐 진행되는 안건은 그가 윤활유가 되어 주는 덕분에 안심하고 자리를 비울 수 있다.

"……지폐 도입 외에 딱히 큰 문제는 없는 것 같네."

"네. 왕도에 보낸 급한 결재 사항 외에는 별다른 문제없이 진행되고 있습니다. 시행 중인 안건도 딱히 궤도 수정이 필요할만한 문제는 발생하지 않고 있습니다. 굳이 말씀드리자면 지폐 도입 안건을 위해 너무 많은 인원이 투입되었다는 점일까요?"

"그렇군. ……하지만 느긋하게 굴 때가 아니었는걸. 미안하지만 어느 정도 진정될 때까지는 이 상태가 계속될 거야. 조금 이르지만 학생 직무 체험을 모집할까?"

지난 파문 소동 이후, 아르바이트라는 형태로 일정 기간 학생들을 고용하는 제도를 정기적으로 시행하고 있다.

학생들에게도 좋은 경험이 될 테니까.

"그게 좋을 것 같습니다."

"응, 다들 쓰러져 버리면 곤란하니까. ……단, 지폐 도입 쪽 업무는 절대 맡기지 마. 그 부분은 철저하게 주의하도록 해."

"알겠습니다."

후우. 나는 한숨을 내쉬었다.

"그건 그렇고…… 생각했던 것보다 빨리 지폐로 이행할 수 있어서 다행이야."

"네. 모네다가 미리 준비해 둔 덕분이죠. 그의 지나친 의욕이 큰 도움이 됐습니다."

"후후후……. 독단을 나무라긴커녕 오히려 감사해야겠네."

내가 당장에라도 보급할 수 있도록 준비하라고 지시를 내리기 전에 이미 상당수를 제작해 놓았다는 말을 들었을 때에는 솔직히 놀랐다.

내가 승낙할지 어떨지도 알 수 없는 단계에서 말이다.

"뭐, 좋아. 그래서 모네다는 그 직책이 어울리는 거니까."

그는 스스로 생각하고 행동할 수 있는 사람이다.

그건 타냐나 다른 사람들도 마찬가지지만 모네다는 그들과 근본적으로 다르다.

그들은 어떻게 하면 내게 도움이 될까 생각하며 행동하는 데 반해 모네다는 자신의 신념을, 그리고 이상을 형태로 만들기 위해 움직인다.

그 때문에 나와 의견을 대립하는 것도 마다하지 않는다.

은행을 독립된 기관으로 설립하기 위해서는 더할 나위 없는 인재였다.

"일시적으로 영지 내에 혼란이 닥쳤습니다만…… 큰 상회가 앞다퉈서 금화 거래를 중단하고 지폐 거래만 취급한 것이 주효했습니다."

"그렇군. ……보고 고마워. 보르사(재무부)와 아비탄테(민생부) 부문장을 불러 줄래? 의논을 하고 싶으니까 회의실로 와 달라고 전해 줘."

"알겠습니다."

† † †

그 후로 노도 같은 나날이 지났다.

국왕이 세상을 떠났는데도 왕도 쪽에는 별다른 혼란은 없었다.

……하긴 그렇겠지. 스스로 자신의 생각을 비웃었다.

왕은 오랫동안 병석에 누워 있었다. ……그 밑에서 일하는 자들에게는 지금까지와 특별히 달라진 게 없는 셈이다.

엘리아 왕비와 마엘리아 후작의 오만함은 이제 하늘을 찌를 기세라고 한다.

이미 알프레드 왕자 진영에서 요직에 있던 자들은 차례차례 사퇴하고 영지에 칩거 중이다.

그중에는 물론 사지타리아 백작도 끼어 있다.

아버님은 몸 상태를 고려해서 왕도에 머물고 있지만 역시 재상직은 그만뒀다.

……저쪽에서 그걸 이유로 이런저런 트집을 잡기 전에 스스로 그만둔 것이다.

마치 기다리고 있었던 것처럼 마엘리아 후작과 가까이 지내던 자들이 그 후임을 차지했다.

이 나라가 점점 썩어 간다. ……몰락해 간다.

이미 에드 님을 이 나라의 차기 국왕으로 삼아 모든 것이 움직이기 시작하고 있다.

나는 그런 생각에 잠겨 눈앞의 서류에 시선을 떨어뜨렸다.

……다행히도 아직 이 영지에는 아무런 수작도 부리지 않고 있다.

하지만 그것도 언제까지 계속될지.

지금 읽고 있는 것은 인프라 정비 보고서다.

어두운 생각을 멈추고, 또다시 서류에 정신을 집중했다.

머릿속으로 생각했던 것들이 형태가 되어 가는 것은 순수하게 기쁘다.

조금 안정되면 공사 현장을 시찰하러 가고 싶다……. 그런 생각을 하고 있을 때였다.

『몇 달 동안 더위가 계속됐잖아요……. 이 나라는 그다음에 큰 비가 쏟아지는 경우가 많거든요. 특히 서부 쪽은요. 대체로 100년 주기쯤? 해마다 아르메리아 공작령에는 딱히 영향이 없으니까 별 상관은 없지만, 일단 말씀드리는 게 좋을 것 같아서요오.』

문득 레메의 말이 떠올랐다.

……어째서 잊고 있었던 걸까?

"타냐!"

숙녀답지 못하지만 나는 큰 소리로 타냐를 불렀다.

"아가씨! 보고드릴 것이……!"

부르기가 무섭게 타냐가 그렇게 말하며 들어왔다.

"무슨 일이야?"

"수해가 발생했습니다. 먼로 백작의 영지를 포함하여 서부에서 강이 범람해 막대한 피해를 입었다고 합니다."

늦었나……. 나는 주먹을 움켜쥐었다.

바보, 바보……. 기껏 레메가 내게 정보를 줬는데.

이건 방아쇠다.

서부에는 먼로 백작의 영지를 비롯하여 곡창 지대가 펼쳐져 있다.

수확 전의 작물이 잔뜩 여물어 가고 있었던 것이다. 그런데.

시장에 나도는 작물이 줄어든다. 게다가 대부분의 영지에는 비축분이 거의 없다.

왜냐하면 각 영주가 최소한 비축해 두지 않으면 안 되는 물량조차 디반에게 팔아 버렸기 때문이다.

……이제부터 나라는 더욱 어지러워질 것이다.

"타냐! 당장 영지의 비축분을 확인해 줘! 그리고 대략적인 거라도 좋으니까 아비탄테(민생부)에서 각지의 인구 자료를 가져와. 그리고 상업 길드장을 만나야겠어! 연락 부탁해. 세이에게는 아즈타 상회 현지 종업원들의 안부를 확인하라고 전해 줘. 우리 가문의 호위들을 데려가도 되니까."

"알겠습니다."

먼저 아르메리아 공작가의 식료품 수출을 규제하지 않으면 안 된다.

그 문제는 상업 길드 길드장과 이야기를 나눠야 한다.

그리고 아즈타 상회의 피해도 확인해야 한다.

앞으로 해야 할 일들을 머릿속에 떠올렸다.

조금 두통이 느껴졌다.

……하지만 쓰러질 수는 없다.

"누가! 라일과 디더를 불러 줘!"

내 목소리에서 심상치 않은 사태가 발생했음을 감지한 것일까, 저택 고용인들이 다급히 움직이기 시작했다.

"공주님, 무슨 일이야?"

"무슨 일이십니까, 아가씨?"

두 사람 모두 안색을 바꾸며 내 곁으로 달려왔다.

동시에 타냐도 방 안으로 들어왔다.

그 손에는 서류가 들려 있었다. ……아마도 비축분에 대해 정리한 서류일 것이다.

"타냐, 고마워."

나는 재촉하듯 손을 내밀었다. 타냐는 곧 그 서류를 건네줬다.

서류를 받아 든 후 두 사람에게 수해가 발생한 사실을 전했다.

그리고 앞으로 디반의 공작이 미칠 영향도.

"다른 영지에서 이주해 오는 사람들이 늘어날지도 몰라. 하지만 아르메리아 공작령의 비축분도, 땅도 무한한 건 아니야. ……그러니까 영지 경계선 경비를 강화해 줬으면 해."

"알겠습니다."

"그리고 세 사람, 난 너희를 모두 진심으로 믿고 있어. 그러니까 말하는 건데……."

지금부터 전부 털어놓으려고 결심했지만, 한순간 말을 꺼내기가 망설여졌다.

하지만 말하지 않으면 아무것도 시작할 수 없다.

"인구를 감안해서 몇 개월간 버틸 최소한의 식량을…… 묻어 둘 거야."

"묻어 둔단 말씀입니까?"

세 사람은 당혹스러운 표정을 지었다.

"물론 묻어 둔다는 건 비유야. 그저 지금까지 비축했던 곳과는 다른 곳에 보관한다는 뜻. 우리 저택의 어디가 좋을까? ……만약을 위해 비밀 장부도 새로 작성해 둬야 하는데."

"왜 그래야 합니까?"

"나라에서 제공해 달라고 요구할지도 모르니까. 내가 위에 있는 이상 무슨 생트집을 잡을지도 몰라. 어쩌면 조사하러 올지도 모르지. 그러니까 미리 대비해 두려고."

"그렇군요……."

"……이기적인 생각이지만."

그렇게 중얼거리며 자연스레 자조했다.

마지막 그 말은 세 사람에게는 들리지 않았던 모양이다.

"……그럼 시작해 볼까."

나는 세 사람에게 각각 자세한 지시를 내렸다.

그들은 곧 움직여 줬다.

나는 그 뒷모습을 바라보며 또다시 자조했다.

……다른 건 생각하지 마. 나는 신이 아니야.

나는 보잘것없는 인간이다. 그러니까 선택한 거다.

멀리서 도움을 구하는 목소리보다 가까이에 있는 지켜야 할 자들을.

나를 어리광 부리게 만들려고 하는 약한 나.

도망치지 마. 지지 마. 팽개치지 마.

너의 선택에 책임을 져.

나는 그렇게 스스로를 타이르며 서류와 마주했다.

† † †

베른은 왕도를 떠나 먼로 백작령을 향하고 있었다.

그의 아버지 루이가 재상직을 그만둔 것과 동시에 그도 면직되었다.

지금까지 정신없이 바빴던 나날이 거짓말처럼 이제는 시간을 주체할 수 없을 만큼 한가해진 지 오래다.

왕궁은 엘리아 왕비와 마엘리아 후작이 정권을 장악하고 있다.

태후는 식량난 대책에 태만했다는 책임을 물어 또다시 강제로 은거하게 되었다.

언제까지나 낡은 인습이 남아 있어서는 안 된다……. 이 난국을 헤쳐 나가기 위해서는 새로운 왕이 강력하게 나라를 이끌어야 한다……. 그들은 그렇게 주장했다.

어차피 계기는 무엇이든 상관없었을 것이다.

그들에겐 그저 아무것이나 적당한 이유를 갖다 붙이면 된다는 생각밖에 없었을 테니까.

왕도의 치안은 악화 일로를 걷고 있다.

'먹을 것' 은 사람이 살아가기 위해 없어서는 안 되는 요소.

……그런데 그 먹을 것이 없다.

있기는 하지만 많은 자들이 사들이기 위해 뛰어다니고 있다.

다들 앞날에 불안을 느끼고 있기 때문이다…….

그 와중에 '금화 중에 가짜가 섞여 있다.' 라는 소문이 그럴싸하게 퍼지기 시작했다.

당연히 민중들은 패닉을 일으켰다.

거짓말처럼 물가가 치솟고, 먹고 살기 곤란해진 자들이 거리에 넘쳤다.

왕가에서 대책을 마련하려 해도 거듭된 구휼 탓에 이미 왕가의 비축분도 바닥을 보이고 있었다.

……그 결과, 왕도는 눈 깜짝할 사이에 황폐해졌다.

어떤 자는 이 현실에 비탄의 눈물을 흘리고, 어떤 자는 분개했다.

그 비탄과 분노는 거대한 소용돌이가 되어 왕도를 에워쌌다.

크고 작은 말다툼이 싸움으로 번져 그 결과 더욱 많은 사람이 눈물을 흘렸다.

모두가 자신을 추스르기에도 한없이 벅찼다.

그런 백성들을 본 척도 하지 않고 변함없이 지내는 귀족들에 대한 분노는 점점 쌓여만 갈뿐.

그가 먼로 백작령을 향하고 있는 것은 아버지의 지시를 따른 것이었다.

고비를 넘겨 침대에서 몸을 일으킬 수 있게 된 아버지는 제일 먼저 이렇게 말했다.

시간이 남아돌면 국경을 맞대고 있는 먼로 백작 영지를 보고 오라고.

머지않아 트와일국이 공격해 올 그곳의 상태를 보고 와서 보고하라고.

그리고 겸사겸사 귀족들의 모습을 보고 오라고 말했다.

마지막 말에 고개를 갸웃거리긴 했지만 그는 루이의 말대로 먼로 백작령을 향했다.

길을 가는 도중 백성들의 목소리에 귀를 기울였다.

모두가 입만 열면 불안과 불평을 쏟아 냈다.

"아르메리아 공작령은 아무렇지도 않다던데."

"거짓말. 이런 상황에서 그게 말이 돼?"

"진짜래. 소문을 들은 녀석들이 차례차례 이주하고 싶어서 줄을 서고 있다더군."

"하지만 여기서 아르메리아 공작령까지 얼마나 시간이 걸리는 줄 아나? 우리 집에는 재작년에 태어난 아이가 있단 말이야."

그는 그런 대화를 몇 번이나 들었다.

……멀리 떨어진 지역까지 아르메리아 공작령 얘기가 퍼져 있는 것이다.

그 사실에 새삼 아이리스를 다시 존경하게 되는 것과 동시에 걱정이 가슴속을 스치고 지나갔다.

엘리아 왕비가 그 소문을 이용해서 어떤 요구를 할지…….

베른은 그런 생각을 할 때마다 되풀이해서 자신의 무력함을 통감하곤 했다.

그는 세 사람의 호위와 함께 서둘러 먼로 백작령으로 향했다.

휴식도 제대로 취하지 않고 최단 거리를 최단 시간에 달렸다.

그리하여 도착한 먼로 백작령.

그 땅에 들어선 순간, 그는 말을…… 그리고 표정마저 잃었다.

활기가 없는…… 그런 수준이 아니었다.

차라리 왕도의 슬럼이 낫다고 느껴지는 큰길.

막 물이 빠져나간 엉망이 된 도로.

그곳에 누워 있는 피골이 상접한…… 살아 있는지도 확실하지 않은 사람들.

코를 찌르는 썩은 냄새.

"뭐야……? 이건…….".

무심코 흘러나온 중얼거림에 대답은 없었다.

베른은 충동에 떠밀려 달려 나갔다.

"베른 님! 기다리십시오!"

호위의 말도 지금 그의 귀에는 닿지 않았다.

이건 거짓말이야. 그는 정신없이 달렸다.

하지만 어디를 달려도 비슷한 풍경만 펼쳐질 뿐.

아니…… 그 이상의 광경이 그의 시야에 비쳤다.

지옥이 있다면 바로 여기가 아닐까……. 절망이 마음을 점령했다.

"당신…… 귀족인가요?"

홀로 멍하니 허공을 쳐다보던 여성이 그에게 말을 건넸다.

"자비를……. 사흘 동안 흙탕물밖에 못 먹었어요."

여자는 비틀거리며 그에게 다가왔다.

앙상한 몸과 텅 빈 눈동자.

그 생기 없는, 아무것도 비치지 않는 눈동자에 오싹 소름이 끼쳤다.

"저리 꺼져!"

다른 남자가 그 여자를 밀치고 그에게 매달렸다.

"저에게 자비를. 뭐든지 하겠습니다. 먹을 걸 주신다면 당신의 노예가 되겠습니다."

우글우글. 사람들이 몰려와서 뒷걸음질 치는 그에게 매달리려 했다.

처음으로 그에게 다가왔던 여성은 쓰러진 채 꿈쩍도 하지 않았다.

사람들이 그 여성의 몸을 태연하게 짓밟으며 그에게 손을 뻗었다.

"으…… 으아아아아아아아아아아!"

그는 그 광경을 거절하듯 머리를 감싸 쥐며 외쳤다.

그 목소리에 반응한 두 호위가 베른에게 달려왔다.

"다들 물러나라!"

베른은 검을 뽑아 든 호위를 보고 겨우 정신을 차렸다.

"베지 마!"

그리고 외쳤다. 그 말에 호위들은 당황했다.

"베른 님…… 하지만……."

"됐다! ……너희, 식량이 필요한가!"

그 말을 들은 순가, 사람들의 눈에 빛이 번뜩 감돌았다.

"폰!"

이름을 불린 호위는 여전히 당혹스러운 표정이었다.

"하지만 베른 님!"

"됐다, 힘껏 던져라."

그는 짊어지고 있던 자루를 멀리 힘껏 던졌다.

"저 안에 우리가 가져온 식량이 모두 들어 있다."

그렇게 말한 순간, 사람들은 앞다퉈서 달리기 시작했다.

그리고 베른과 두 호위는 그들과 반대 방향으로 달렸다.

영지 경계선까지 달려가서 주위에 아무도 없는 것을 확인한 후 베른을 포함한 세 사람은 바닥에 주저앉았다.

"멋대로 움직여서 미안하다……."

"무사하셔서 다행입니다. 하지만 식량은 괜찮으십니까?"

"하루 정도 먹지 않아도 괜찮다. 휴대 식량이 주머니에 있으니까 넷이서 나눠 먹으면 버틸 수 있겠지. 너희야말로 같이 굶게 돼서 미안하다."

"괜찮습니다. 하지만 저건……."

호위들의 표정이 일제히 어두워졌다.

다들 베른과 마찬가지로 그 지옥 같은 광경을 본 것이다.

당혹스럽고 또 두려웠다.

"……아마 이번 수해가 최대의 원인이겠지만 그것만은 아닐 거다. 그들의 모습을 보면 재해가 발생하기 전부터 문제가 있었을 거야. 아마 영지의 식량 사정은 먼로 백작 때문에 그 이전부터 궁핍해져 있었을 거다."

베른은 냉정하게 중얼거렸다.

"그런……!"

"위에 선 자가 어떤 사람이냐에 따라 이토록 달라지는 것인가……."

그는 으드득 입술을 깨물었다.

냉정한 게 아니었구나. 호위들은 숨을 삼켰다.

심상치 않은 분노가 베른에게서 피어올랐다.

이 지옥을 만들어 낸 먼로 백작가, 그리고 무엇보다도…… 무력한 자신을 향한 분노.

날카롭게 찌르는 듯한 분노가 그 자리를 감쌌다.

부스럭. 수풀이 움직이는 소리가 들렸다.

그 순간, 호위들은 그를 지키듯이 앞에 섰다.

하지만 아무것도 나타나지 않았다.

호위 한 사람이 검을 든 채 수풀로 다가갔다.

"……이, 이건……!"

호위가 수풀을 헤치고 그 눈에 비친 모습에 목소리를 높였다.

"뭐지?"

"어, 어린아이입니다! 아이가 쓰러져 있습니다."

그 말을 들은 순간 베른은 뛰쳐나갔다.

정말로 어리고 앙상하게 마른 소녀가 쓰러져 있었다.

"말에 물을 실어 뒀겠지?"

"네. 말과 함께 모리가 지키고 있습니다."

"그럼 모리에게 가서 물을 가져와라!"

베른은 소녀를 안아 들고 뒤에서 굳어 있는 호위에게 지시를 내렸다.

소녀의 몸은 놀랄 만큼 가벼웠다.

"괜찮으냐!"

베른의 부름에 소녀는 힘없이 눈을 떴다.

하지만 초점이 맞지 않았다.

"이봐…… 이봐!"

필사적으로 불렀지만 소녀는 대답하지 않았다.

살짝 입을 열고 소리 없는 숨을 토해 낼 뿐.

"가져왔습니다!"

"물이다! 먹을 것도 있다!"

먹을 것을 입 앞에 내밀었다. 하지만 소녀의 입은 움직이지 않았다.

베른은 휴대 식량을 잘게 부순 후 물에 섞어서 걸쭉하게 만들었다. 그것을 자신의 입에 머금고 소녀에게 입을 맞췄다.

호위들은 깜짝 놀라서 말리려고 했지만…… 베른의 필사적인 모습을 보고 입을 다물었다.

소녀는 그것을 삼키지 못했다. 그럴 만한 힘이 남아 있지 않은 것이다.

"제발 부탁이야……. 먹어 줘, 먹어 줘!"

베른의 외침에도 허무하게 소녀의 숨은 끊어졌다.

"이봐……! 이봐……!"

몸을 흔들며 말을 걸어 봐도 대답은 없었다.

"베른 님, 그 아이는 이미……."

"왜! 어째서…… 이런 어린아이가 목숨을 잃어야 하는 거냐!"

베른은 호위의 말에 분노하며 외쳤다.

격렬한 감정이 눈물로 변해 눈에서 흘러넘쳤다.

"같은 영지이면서 이 영지를 다스리는 자들은 그토록 호사스럽게 지내고 있는데……."

목소리가 나오지 않았다.

그는 분한 듯이 신음하며 소녀를 힘껏 끌어안았다.

죽지 말라고…… 목숨을 붙잡고 싶은 것처럼.

……그는 밤새도록 그곳에서 움직이지 않았다.

그저 그대로 싸늘해진 소녀의 주검을 끌어안고 있었다.

"베른 님……."

아침 해가 떠오를 무렵, 호위 한 사람이 살피듯이 그에게 말을 건넸다.

베른은 그 목소리에 반응하여 공허한 눈동자로 그들을 바라보았다.

지금까지 아무런 반응도 없었던 그가 겨우 반응다운 반응을 보였다.

"그만 돌아가셔야……."

"……이 소녀를 묻어 준 후에 가고 싶다."

그는 그렇게 말한 후 조용히 움직이기 시작했다.

묵묵히 땅을 파고 소녀를 묻은 후 조용히 기도를 바쳤다.

이윽고 기도를 마치고 뜬 눈에는 결의가 깃들어 있었다.

베른은 단도를 꺼내 그 자리에서 자신의 머리카락을 잘랐다.

"베른 님······!"

호위들이 놀라서 외치는 가운데, 아무것도 비치지 않는 눈동자가 그들을 향했다.

잘라 버린 머리카락이 허공에 사락사락 흩날렸다.

"어제까지의 나는 이 소녀와 함께 죽었다."

베른은 그렇게 중얼거리며 발걸음을 돌린 후 그 자리를 떠나 왕도로 향했다.

돌아가는 길은 무서울 만큼 조용하게, 그리고 빠르게 움직였다.

베른도, 호위들도 그저 갈 길을 서두를 뿐.

왕도에 도착하여 저택으로 돌아간 그는 제일 먼저 아버지 루이를 찾아갔다.

"······얼굴이 많이 달라졌구나."

루이뿐만 아니라 메를리스도 베른의 변한 모습에 숨을 삼켰다.

닿으면 베일 만큼 날카로운 눈빛. 조금 야윈 얼굴.

"무엇을 보고 왔느냐?"

"······이 세상의 지옥을 보고 왔습니다."

베른은 루이의 물음에 조용히····· 그러나 눈동자에 불꽃을 담은 채 대답했다.

그 대답과 태도에 루이는 한숨을 내뱉었다.

"······이걸 갖고 별궁에 다녀오너라."

그 말에 베른은 고개를 갸웃거렸다.

"자신의 무력함을 통감했겠지? 뭔가 하고 싶다고····· 어떻게든 하고 싶다고 진심으로 생각하지 않았느냐? 그래서 나라를 바꾸고 싶다고."

"네."

베른은 루이의 물음에 망설임 없이 대답했다.

"그럼 빨리 가거라."

베른은 그 서류를 받아 들고 막 돌아온 저택을 뒤로했다.

† † †

다른 영지에 소동이 일어나고, 이 영지…… 아르메리아 공작령에도 그 여파가 미치고 있었다.

이 영지로 이주하고 싶다고 희망하는 사람이 끊이지 않았다.

나는 한 번이라도 현장을 보고 확인하고 싶었기에 모두의 반대를 무릅쓰고 영지 경계선 검문소로 향했다.

……아무 말도 할 수 없었다.

『제발 아르메리아 공작령에 들어가게 해 주세요!』

『제발 자비를. 저는…… 물 말고는 아무것도 못 먹고 여기까지 걸어왔습니다.』

『제발 아이들만이라도 도와주세요. 이 아이들을 지킬 수만 있다면 전 어떻게 되든 상관없습니다.』

『순서를 지켜!』

시끄러운 고함 소리가 여기저기서 흘러나왔다.

모두가 너덜너덜한 몰골로 온 힘을 다해 필사적으로 외쳤다.

나는 귀를 막고 싶은 충동을 필사적으로 참았다.

그날부터 나는 거의 잠을 자지 않고 있다.

자려고 하면 아르메리아 공작령으로 이주를 희망하는 자들의 외침이 귓속에 울려 퍼졌다.

그때마다 나는 서류를 마주했다.

……도망치지 마. 지지 마. 팽개치지 마.

그렇게 스스로를 타이르면서.

영지의 혼란을 최소한으로 억누르면서 이주 희망자를 최대한 받아들이도록 지시를 내렸다.

그리고 아즈타 상회의 업무도 처리하지 않으면 안 된다.

재해로 인한 인원 피해는 없었지만 아무래도 이 혼란한 상황에서 가게를 열 수는 없었다.

할 수 없이 다른 영지의 식품을 취급하는 점포는 모두 폐점했다.

뼈아픈 타격이다. ……하지만 어쩔 수 없다.

가게를 쉬는 동안에도 그곳에서 일하는 사람들의 생활은 최소한 보증해야 하기 때문에 그 방면으로도 대응하고 있다.

불야성……. 요즘 사람들은 이 저택을 그렇게 부르는 모양이다.

영지 관리들도 지금은 모두 스스로 나서서 일하고 있다.

대체 얼마 동안이나 집으로 돌아가지 못한 걸까?

한 관리에게 그렇게 묻자 그는 웃었다.

『글쎄요……. 세어 보질 않아서요. 전에 돌아갔을 때 오히려 아내에게 꾸중을 들었습니다. 아이리스 님이 힘들 텐데 우린 신경 쓰지 말고 일하라고. 그분은 우릴 지켜 주고 계신다고……. 빨리 한숨 자고 돌아가라고 하더군요.』

그 말을 듣고 있던 다른 관리들도 웃으며 『우리도.』, 『우리 집도.』라고 동의했다.

그들의 말에 나는 얼굴도 본 적 없는 그들의 가족에게 감사했다.

동시에 힘을 냈다.

눈 밑의 다크서클을 화장으로 숨기게 된 건 언제부터였을까.

이젠 기억도 나지 않는다.

하지만 아무래도 상관없다.

……현실에서 도망치지 마. 자신에게 지지 마. 책임을 팽개치지 마.

서류에 둘러싸여 머리를 감싸 쥐며 중얼거렸다.

모두가 나를 믿고 따라와 주고 있다.

나라가 황폐해지면 피해를 입는 것은 백성들뿐.

나는 용서할 수 없다……. 그 불합리한 현실을.

이 서류 한 장 한 장에, 지시 하나하나에, 그들의 목숨이…… 그리고 밖에서 기다리는…… 아르메니아 공작령에 최후의 희망을 품고 찾아온 미래의 영지민들의 목숨이 걸려 있다.

그러니까 쉴 틈 따위 없다.

"아가씨……."

세바스가 미안한 듯이 내게 말을 걸었다.

분명히 또 뭔가 성가신 일이 생긴 모양이다.

"왕도에서 이런 편지가……."

나는 세바스가 건네준 편지를 읽었다.

읽는 동안 손에 힘이 들어가서 종이를 힘껏 움켜쥐었다.

전부 읽은 후 나는 짜증을 내며 종이를 찢어 버렸다.

"뭐야……! 이 편지!"

분노하며 외쳤다.

움찔. 옆에서 대기하던 시녀가 내 목소리에 겁을 먹은 듯이 반응했다.

"……아, 미안해. 넌 이제 됐으니까 물러가도록 하렴."

내가 그렇게 말하자 시녀는 허둥지둥 방에서 나갔다.

그 모습을 보고 어느 정도 머리가 식었다.

"또 물자 제공 요청? 대체 몇 번째야! 게다가 요청을 거절하면 반란으로 간주하겠다고……? 대체 뭐 하자는 거야!"

편지의 내용을 요약하자면,

『너희 영지에는 물자가 남아 돈다지? 나라에서 써야 되니까 빨리 내놔. 거부하면 반란으로 간주하고 군대를 보내겠다.』

뭐, 이런 느낌이다.

문체는 정중하지만 내용은 큰 차이가 없다.

"벌써 세 번이나 물자를 보냈는데! 이 이상 보내면 우리가 부족하단 말이야!"

그만 거친 말투가 튀어나왔지만 세바스는 나를 나무라지 않았다.

이미 몰래 빼돌린 비밀 장부 분량을 제외하고 대부분의 식량을 왕도로 보냈다.

그 양은 작은 영지라면 한 영지의 생산량에 필적할 정도.

매번 협박하는 듯한 편지를 보내는 바람에 어쩔 수 없이 계속 보내줬다.

앤더슨 후작가의 백부님과 백모님께 편지를 보내어 물어봤는데, 그분들이 식량을 보낸 건 처음 한 번뿐이었다고 한다.

이건 완전히 나를 괴롭히기 위한 수작이야……!

"더 이상은 우리 영지에서도 불가능합니다. 오히려 이대로는 우리 영지민들이 굶주리게 될 겁니다."

비밀 장부를 모르는 세바스의 안색이 창백했다.

"그래. 거부할 수밖에 없어."

"하지만 아가씨……."

"보낼 물자가 없는데 어쩔 수 없잖아. 어차피 보내 봤자 계속 요구할 게 뻔해."

나는 미리 위조해 둔 장부를 첨부해서 더 이상 물자를 보낼 수 없다는 뜻의 편지를 세바스에게 건넸다.

"할아버님과 아버님께도 편지를 보내야겠어. 만약의 일이 벌어질 경우 인접해 있는 영지 중에 그곳만은 적으로 돌리고 싶지 않으니까."

세바스는 굳은 얼굴로 고개를 끄덕였다.

"그리고 보르사(재무부) 관리를 불러줘. 예산을 늘려서 다른 나라에서 구입하는 물자의 양을 늘려야지."

"알겠습니다. 당장 다녀오겠습니다."

……어떤 답변이 올까? 그저 두렵다.

이 소동 덕분에 미모사의 혼인이 더욱 미뤄진 것만이 그나마 다행이다.

일단 라프시몬즈 사제가 막고 있긴 하지만 양쪽 가문 모두 그럴 상황이 아니기도 하고.

그런 생각을 하며 창가에 놓인 아주가 화분을 바라보았다.

이걸 샀던 게 먼 옛날 일처럼 느껴지네…….

찰싹. 스스로 내 뺨을 때렸다.

감상에 젖어 있을 때가 아니다.

나는 또다시 일에 몰두했다.

그로부터 며칠 후……. 생각했던 것보다 빨리 왕도에서 편지가 도착했다.

머뭇머뭇 밀랍으로 봉해져 있는 봉투를 열었다.

"……뭐라고 합니까?"

"여전해. 쓸데없는 소리 하지 말고 물자를 보내라…… 라는군. 우리 영지의 식량과 돈도 무한한 건 아닌데."

이게 최후통첩이라고 적혀 있었다.

거부한 순간 군을 보내겠다고. ……무슨 빚쟁이냐! 그렇게라도 외치고 싶었다.

그보다 더 질이 나쁘다.

"……왕도로 가야겠어. 마침 엘리아 왕비가 귀족들을 모아 회의를 연다고 하니까."

"이 상황에 말입니까?"

세바스의 의문도 당연하다.

왜 이런 상황에 굳이 각 가문의 사람들을 한자리에 모으려고 하는 걸까?

"아마 에드 님의 기반을 굳히기 위해서겠지. 정식으로 왕위에 올랐다고 내외적으로 알리기 위한 선전 같은 거야."

"하지만 아가씨……."

"이대로는 그저 착취당하기만 할뿐이야. 내 눈에는 언젠가 한계가 와도 계속 빼앗기기만 하는 미래밖에 보이지 않아. 그리고 그렇게 되더라도 절대 우릴 돌아봐 주지 않겠지. ……그런 미래, 난 단호하게 거부하겠어."

"그렇군요."

"다만 한 가지 걱정이……. 세바스, 그동안 잘 버틸 수 있겠어?"

"……아가씨께서 어느 정도 대책을 마련해 두지 않으셨습니까? 또 듬직한 관리들도 있으니 괜찮습니다."

"그럼……?"

"아가씨, 부디 걱정 말고 전장으로 가시지요."

"……고마워. 내가 없는 동안 잘 부탁해."

"알겠습니다. 조심해서 다녀오십시오."

그리고 나는 타냐에게 채비하라고 지시한 후 왕도로 향했다.

기동성을 중시해서 최소한의 인원만 데리고.

길을 가는 도중 예전의 파문 소동이 떠올랐다.

그때는 딘에게 도움을 받았었지.

……그때뿐만 아니라 몇 번이나.

하지만 딘은 지금 곁에 없다.

이런 소동이 일어났는데 그는 무사할까……?

애써 생각하지 않으려고 했던 의문이 머릿속에 들끓었다.

그가 무사한지 알 수 있는 방법이 내게는 없다.

그래서 더더욱 걱정되고…… 마음이 아프다.

하지만 현실이 나를 몰아붙여서 그 걱정마저 마음속 깊숙이 쫓아
낸 후 생각하지 않으려고 애썼다.

가끔 그 의문이 슬쩍 고개를 내밀고 불안에 짓눌릴 것 같을 때에는
언제나 이 회중시계를 움켜쥐었다.

……할 수만 있다면 그를 찾으러 뛰쳐나가고 싶다.

하지만 불가능하다. 그럴 수는 없다.

내가 할 수 있는 건…… 그저 그를 기다리는 것뿐.

지금 그를 찾아 움직이면 나는 나를 평생 용서할 수 없을 것이다.

나는 불안을 떨쳐 버리듯 회중시계를 꼬옥 움켜쥐었다.

왕도에 도착했을 때, 나는 변해 버린 모습에 숨을 삼켰다.

왕도가 이토록 황폐해지다니…….

라일과 디더가 주위를 경계했다.

이곳에 오는 길보다 훨씬 위험을 느낀 것일까. 그들의 긴장감이 높
아졌다.

그런 상태로 저택에 도착했다.

변함없는 모습에 안도의 한숨을 내쉬며 제일 먼저 아버님이 계신 곳으로 향했다.

"오랜만입니다, 아버님. 전보다 건강해 보이셔서 다행이에요."

"……오랜만이구나, 아이리스. 메를리스와 모두 덕분에 그럭저럭 좋아졌다……."

그렇게 말하며 미소 짓는 모습은 어딘가 힘이 없어 보였다.

확실히 전보다 야위셨다.

앉아 있는 것도 아직 힘겨워 보였다.

안색이 전보다 나아진 게 그나마 다행일까.

"어머님도 오랜만입니다."

"그래. ……애쓰고 있나 보구나."

"아니에요, 그 정도는……."

어머님의 상냥한 말에 나는 몹시 부끄러워졌다.

"……아이리스, 얘기는 들었다."

하지만 뒤이어 흘러나온 아버님의 말에 나는 곧 머릿속을 전환했다.

"죄송해요, 아버님. 저라는 존재가 계속 가문에 피해를 줘서……."

"무슨 소리냐? ……나는 너에게 영주 대행의 지위를 준 것을 조금도 후회하지 않는다. 그리고 네가 영지를 다스리지 않아도 예전부터 마엘리아 후작가에 아르메리아 공작가는 방해되는 존재였다. 어떠한 형태로든 우리를 제거하려고 움직였을 것이다."

"그래, 아이리스. 마치 네가 필요 없는 존재처럼 말하지 말렴. 너는 우리에게도, 영지민들에게도 무척 소중한 존재란다."

"아버님, 어머님……."

"네 생각대로 마음껏 움직여라. 우리는…… 아니, 영지민들도 너의 결정을 믿는다."

"고맙습니다."

눈시울이 뜨거워졌다.

정말로 어째서인지는 모르겠지만…… 아버님도, 어머님도 항상 내가 원하는 말을 정확하게 해 주신다.

"네가 움직이는 데 함께 움직이지 못하는 이 몸이 원망스럽구나."

나는 미안한 듯이 중얼거리는 아버님을 바라보며 고개를 저었다.

"괜찮아요, 아버님. 그 말씀만으로도 저는 충분해요."

아버님, 어머님과 대화를 나누는 동안 내 마음은 따뜻한 것으로 가득 찼다.

나를 절대적으로 믿어 주고…… 긍정해 주시는 두 분.

그게 얼마나 든든한 일인지.

"몸조리 잘하고 빨리 나으세요, 아버님. 저도 조금 쉬어야 하니까 이만 실례하겠습니다."

그리고 나는 내 방으로 돌아왔다.

그때 타냐가 들어왔다.

"……실례합니다, 아가씨."

"결과는?"

"모네다에게 협력받아서 조사는 이미 끝났습니다. 그리고 사부님을 포함해서 앤더슨 후작가 분들께서도 협력해 주시기로 했습니다."

"그래? 그럼 만약의 사태가 일어나도 조금은 안심할 수 있겠네. 그리고 타냐, 마일로라는 남자와 접촉은 해 봤어?"

내 물음에 그녀는 말없이 고개를 끄덕였다.

"그는 엘리아 왕비의 소집을 어떻게 받아들이고 있지……?"

"애매하게 돌려 말하기는 했지만 이렇게 말했습니다. '승부할 곳을 잘못 선택할 사람이 아니다'라고."

"그렇군……."

그녀의 말에 왠지 딘이 옆에 있을 때 같은…… 그런 안도감이 가슴 속에 퍼져 나갔다.

"기분 탓이겠지……."

나는 살며시 가슴에 손을 댔다. 옷 아래에는 여느 때처럼 회중시계가 걸려 있었다.

"왜 그러신가요, 아가씨?"

"아니, 아무것도 아니야. 교섭하는 상대와는 이제부터 내가 직접 움직이기로 하고……. 타냐, 나머지 편지를 건네줄 상대는 너에게 맡길게."

"알겠습니다. 최상의 결과를 아가씨께 바치겠습니다."

"그래. ……고마워, 타냐."

† † †

그날 라일은 왕도에 도착하자마자 왕궁으로 향했다.

그 옆에는 여느 때처럼 디더가 함께 있었다.

하지만 디더는 전혀 입을 열지 않았다. 그것은 옆에 있는 라일이 너무나도 살벌한 분위기를 풍기고 있기 때문이었다.

그의 표정은 디더조차 지금껏 본 적이 없을 만큼 몹시 험악했다.

건드리면 베이지 않을까 싶을 정도로 평소의 귀공자 같은 분위기는 조금도 찾아볼 수 없었다.

두 사람은 왕궁 입구에서 대기하던 고용인의 안내를 받으며 걸었다.

그들을 기다리고 있었던 사람은 다름 아닌 유리였다.

"어머나. 역시 왔군요, 라일 씨. ……부르지 않은 사람도 한 사람 있지만."

유리는 라일이 나타난 것을 본 순간 눈을 반짝거렸다.

하지만 그 옆의 디더를 발견하고 곧 토라진 표정으로 변했다.

"별문제 없지 않습니까? ……이 녀석이 있어도."

"뭐, 당신이 괜찮다면 난 별로 상관없지만."

그녀는 빈정거리듯이 입술을 일그러뜨렸다.

……이게 천진난만하고 순진한 것만이 장점인 그 여자인가? 디더는 현기증을 느꼈다. 동시에 그녀의 이런 모습을 이미 알고 있었던 듯한 라일의 태도에 의문을 품었다.

"그보다 나를 부른 이유는?"

"어머…… 알고 있으면서. 굳이 내 입으로 말하게 할 셈이야?"

"글쎄요. 모르니까 묻는 겁니다."

"아이참……."

유리는 한숨을 쉬었다. 하지만 조금도 난처한 것처럼 보이지 않았다.

오히려 어딘가 기뻐 보였다.

"단도직입적으로 말할게. 기사단에 들어와요. 그쪽엔 내가 잘 말해 둘 테니까."

"그 얘기는 이미 거절했을 텐데요?"

"알아. 하지만 이번엔 당신도 받아들일 거야."

그녀는 자신만만했다.

"당신이 기사단에 들어오면 나는 당신이 멜레제 백작가의 가주가 되도록 힘을 빌려줄게."

그 말에 제3자인 디더는 충격을 받았다.

이 여자, 대체 무슨 소릴 하는 거야……?

"어떻게 당신이 내 출신을 알고 있는 겁니까?"

라일은 그저 조용히 유리에게 물었다.

"난 앞으로 이 나라의 왕비가 될 사람이야. 원하는 정보는 쉽게 손에 넣을 수 있는 위치지. 때때로 보이는 당신의 태도가 너무 기품 있어서 의아한 마음에 조사해 봤지. 그랬더니 놀라워라. 설마 당신이 전 멜레제 백작의 사생아일 줄이야. 자신의 아버지뻘 되는 남자의 눈에 들어 버린 가엾은 당신 어머니. 게다가 원해서 얻은 총애도 아닌데 정처의 질투로 목숨을 잃었다지. 같은 여자로서 동정해."

디더는 그녀의 말에 침착한 척하는 것조차 잊고 뻐끔뻐끔 입술을 움직이며 소리 없는 소리를 질렀다.

"보아하니 파트너에게도 당신의 과거를 말하지 않은 모양이네."

유리가 재빨리 그런 디더를 발견하고 얼굴을 일그러뜨리며 웃었다.

"증오스럽지? 아무것도 모르는 현 멜레제 백작이. 어머니는 살해당하고, 당신도 죽을 뻔했는데. 그러다 결국 추방당했는데. 그 남자는 아무것도 모르고 편하게 살다가 당신에게 기사단에 들어오라고 권유까지 하다니 말이야. 어머니의 원수를 갚고 싶지 않아? 전 멜레제 백작이 이미 죽은 건 아쉽지만, 그 증오를 현 멜레제 백작에게 복수해서 풀면 돼. ……어때? 솔깃한 얘기지?"

유리의 눈동자에는 광기가 깃들어 있었다. 망설임은 한 조각도 찾아볼 수 없었다.

오히려 그녀야말로 멜레제 백작을 증오하는 것처럼 보였다.

"유감이지만 저에게는 필요 없습니다."

그러나 그는 그 열기에 휩쓸리지 않았다.

그저 조용히 그녀를 응시할 뿐.

"무……슨 소리야?"

그 대답에 유리는 멍한 표정을 지었다.

"필요 없다는 말씀입니다."

"거짓말!"

그의 두 번째 부정에 그녀는 분노로 얼굴을 일그러뜨렸다.

"증오하지 않을 리가 없어! 그래서 당신도 예전에는 기사단에 들어오려고 했던 거잖아? 난 그렇게 들었어. ……설마 그 착해 빠진 멍청한 공작 영애한테 홀리기라도 한 거야?"

유리는 그렇게 말하며 라일에게 달려들었다.

그 격렬함에 옆에 있던 디더가 눈을 크게 떴다.

하지만 정작 본인은…… 라일은 서늘한 태도로 유리를 내려다볼 뿐이었다.

"'멜레제'라는 성은 버렸습니다. ……원래 그 이름을 사용할 자격은 없다고 들었습니다만. 아가씨가 주워 주셨을 때, 나는 한 번 죽었습니다. 죽어서 다시 태어났습니다. 그러니까 멜레제 백작 따원 관심도 없고, 기사단에 들어가고 싶은 마음도 전혀 없습니다."

그는 자신을 붙잡고 있는 그녀의 손을 뿌리치고 싸늘한 눈으로 그녀에게 담담하게 말했다.

"내가 오늘 여기에 온 것은 당신이 어떻게 나의 망령을 알았는지 알고 싶었을 뿐입니다. 태도 때문이라……. 앞으로 조심하도록 하지요."

라일은 이젠 흥미를 잃은 듯 발걸음을 돌렸다.

"기다려! ……어째서……. 과거는 쉽게 버릴 수 없어. 특히 원망이나 증오가 쌓이면 쌓일수록. 당신도 그렇게 생각하지?"

"버릴 수 없죠. 하지만 구애될 필요도 없습니다. 내게는 더욱 소중한 게 생겼으니까 그런 건 아무래도 상관없습니다."

그는 그렇게 말한 후 디디와 같이 방에서 나갔다.

그녀는 그 모습을 악귀 같은 형상으로 지켜보았다.

"……저런, 웬일입니까? 당신이 이토록 이성을 잃은 모습을 보이게 되다니……."

문득 디반이 홀연히 나타나며 말했다. 유리는 그를 노려보았다.

"엿듣지 마."

"엿들은 게 아닙니다. 그들은 제 존재를 눈치챈 것 같던데요. ……물론 기척만으로는 제가 누군지 알 수 없었겠지만."

그는 자신을 노려보는 눈빛에도 굴하지 않고 오히려 즐거운 듯이 웃었다.

"도르센을 없앤 지금, 싸울 수 있는 유능한 자를 끌어들이고 싶다고 하셔서 그를 조사했습니다만……. 과연, 그렇군요. 당신은 멋대로 그를 동족이라고 느꼈던 겁니까?"

"닥쳐……!"

영혼을 긁어내는 듯한, 마음속 밑바닥에서 치밀어 오른 외침.

그 격렬함은 성인 남성조차 두려움에 떨게 할 정도였다.

그러나 그는 미소를 지은 채 성큼성큼 그녀에게 다가갔다.

"닥칠 수 없습니다. ……그런 사사로운 일에 사로잡혀 일일이 동요하면 저도 곤란하니까요. 어머니를 뛰어넘어 이 나라에 복수하겠다고 했던 말은 거짓이었습니까?"

그는 난폭하게 유리의 뺨을 움켜잡은 후, 그녀를 가까이에서 관찰하듯 응시했다.

그 눈동자는 한없이 차갑고 날카로웠다.

"……거짓말이 아니야. 나는 그 남자처럼 멍청한 인간이 아니니까."

"그렇군요. 안심했습니다."

그가 싱긋 웃으며 그녀의 뺨에서 손을 뗐다.

"그건 그렇고, 라일을 이쪽으로 끌어들일 수 없다면…… 도르센을 좀 더 살려 뒀어야 했나? 도르센을 없애느라 꽤나 고생했습니다."

"……도르센은 더 이상 이용 가치가 없었어. 오히려 그 여자에게 감화돼서 쓸데없는 생각을 하게 됐지. 방해만 되는 존재를 살려 둘 필요는 없잖아?"

"……안심했습니다. 당신까지 멍청해지지 않아서."

"그거 농담이야? 하나도 재미없어."

"실례했습니다."

"……뭐, 좋아. 아, 슬슬 의상실에서 사람이 올 시간이야. 이번 회의를 위해 아주 근사한 드레스를 맞춰야지."

"……이번 회의?"

"그래. 에드워드 님이 정식으로 왕위에 오르기 위한 회의."

"즉각 연기하도록 전 왕비에게 진언하십시오."

"뭐? 대체 왜 그래, 디반? 에드워드 님이 이 나라의 왕이 될 아주 좋은 기회잖아?"

"분하게도 아직 제1 왕자를 없애지 못했습니다. 그뿐인가, 아무리 백방으로 뛰어다녀도 종적조차 잡을 수 없는 상황. ……불확정 요소가 너무 많습니다."

"이미 몰락한 제1 왕자가 뭘 할 수 있겠어? 게다가…… 디반, 그건 당신이 해야 할 일을 게을리한 탓이잖아? ……빨리 제1 왕자의 목을 내게 가져와."

"하지만……."

"시끄러워. 나는 이 나라의 왕비야. 나는 당신이 바란 대로 해내고 말았어. 그러니까…… 나한테 이러지 말고, 당신은 당신이 해야 할 일을 하도록 해. 난 이제 당신 도움 따윈 받지 않아도 되니까."

"……알겠습니다."

그는 한순간 딱딱하게 굳은 후…… 곧 그렇게 말하며 웃었다.

하지만 그 웃음은 보는 자의 마음을 싸늘하게 만드는 얼어붙은 미소였다.

유리는 그 한순간의 표정을 눈치채지 못했다.

"그럼 실례합니다."

그는 또다시 예를 표한 후 방에서 나갔다.

"……슬슬 잘라 버려야겠군. 뭐, 좋아. 이미 그녀가 없어도 계획에 지장은 없으니까."

작게 중얼거린 그 한마디는 아무도 없는 공간에 무겁게 울려 퍼졌다.

……한편, 먼저 방에서 나간 두 사람은 말없이 왕궁을 나섰다.

"……야."

이윽고 디더가 결심한 듯 라일에게 말을 걸었다.

"뭐냐?"

"나, 같이 가도 괜찮았던 거냐? 이런 형태로 네 과거를 알게 돼서 좀……."

"상관없어. 너에게 숨길 생각은 없었으니까. 말할 기회가 없었던 것뿐이야. ……너의 과거를 나만 일방적으로 알고 있는 것도 좀……."

그렇게 말하는 라일의 표정에는 조금 전까지의 날카로움은 없었다. 디더가 잘 아는 평소의 그였다.

"헤헤……. 그런가."

디더가 쑥스러운 듯이 웃으며 라일의 등을 퍽 때렸다.

그러자 라일도 웃었다.

"그건 그렇고 네가 귀족님이었단 말이지……. 듣고 보니 그래 보이네. 공주님은 알고 있냐?"

디더가 거리낌 없이 말했다. 지금의 그의 그런 태도가 기분 좋아서 라일은 미소 지었다.

"내가 멜레제 백작의 사생아라는 거 말이냐? 아니면 오늘 그 여자에게 불려 나온 거?"

"당연히 둘 다지."

"그 여자가 날 불렀다는 얘긴 아직 안 했다. 지금 아가씨께 쓸데없는 부담을 드리기 싫어서……."

"그렇군……."

"나의 과거는 당연히 알고 계신다. 나를 주워 왔을 때 가주님께서 조사하셨고……. 나 역시 아가씨가 나를 처음 주웠을 때 반항하면서 얘기했으니까."

"네가 공주님한테 반항을! ……젠장, 보고 싶다!"

라일은 그렇게 말하며 큰 소리로 웃는 디더에게 한숨을 쉬며 말했다.

"부끄러운 과거다."

"근데 어떻게 반항했냐?"

"…… '나는 멜레제 백작의 아들이다', '기사단에 들어가기 위해 살고 있는 거다' ……. 심지어 '아가씨의 소꿉장난에 장단을 맞춰 주긴 싫다' 라는 말도 했지."

"우와……. 네가 진짜 그런 말을 했다고?"

"……그러니까 말했잖아. 부끄러운 과거라고."

"흐응……. 그런 귀족 도련님이 어째서 공주님한테 함락당한 거냐?"

"귀족 도련님이라고 하지 마. ……아가씨가 울었으니까."

"뭐, 흔한 이유네."

"그래, 흔한 이유지. 하지만 그분은 내가 화풀이로 털어놓은 내 과거를 듣고 울었다. ……자신의 힘이 부족해서 미안하다고."

"……뭐?"

"동정하는 줄 알았는데 다섯 살 여자아이가 자신의 힘이 부족하다고 한탄한 거야. 그런 얘길 듣고도 아무것도 해 줄 수 없는 무력함이 원망스럽다고. 그러니까 기다려 달라고. 기사단에 들어가고 싶다면 반드시 힘을 길러서 그 소원을 이뤄 주겠다고 하더군."

라일은 그 시절을 그리워하듯 아련한 눈빛으로 말했다.

"……생각해 보면 처음이었어. 나를 보고 내게 힘이 되어 주고 싶다고 말한 사람은. 어머니는 원해서 낳은 게 아닌 나를 눈엣가시 취급했고, 아버지는 원래 내게 흥미가 없었으니까."

"귀족님도 고생이 많구나. ……그보다 공주님은 그때부터 공주님이었군."

"그래. 내 존재를 인정해 준 그분께 나는 넘어가 버리고 말았지.

기사단에 들어가고 싶다는 생각은 조금도 하지 않게 됐어. 사실은 사부님께서 기사단에 추천해 주겠다고 하신 것도 아가씨가 부탁을 드렸기 때문이라더군."

"뭐? 몰랐어."

"나도 몰랐어. 우리가 사부님께 무술을 배우러 다니게 됐을 때, '두 사람의 실력이 할아버님이 보기에 흡족하다 싶으면 꼭 추천해 주세요.' 라고 말씀드렸다더군. 나중에 사부님께 들었다."

"하지만 넌 기사단을 선택하지 않았지."

디더는 그렇게 말하며 또다시 라일의 등을 가볍게 두드렸다.

"당연하지. ……아가씨의 호위보다 더 보람 있는 일은 없으니까. ……등을 맡길 수 있는 파트너도 있고 말이야."

라일도 보복이라도 하듯 디더의 등을 때렸다.

그 말과 행동에 디더는 쑥스러운 듯이 웃었다.

21장
공작 영애, 승부에 나서다

그로부터 3일 후, 나는 왕궁으로 향했다.

아르메리아 공작가의 가주 대행으로서 이번 귀족 소집에 참가하기 위해서다.

주위 사람들은 모두 남자뿐. 여자는 나 이외에는 아무도 없었다.

나도 오늘은 턱시도 같은 재킷을 걸치고, 같은 원단으로 만든 스커트를 입고 있었다.

특별히 지시가 있었던 건 아니지만 뭐, 기분 문제다.

알현실이 아닌 대회의장.

여러 개의 자리가 일정한 간격으로 중앙을 향해 반원형으로 배치되어 있었다. 마치 의회 같은 구조다.

이곳은 왕국 건국의 흔적이다.

이 나라는 과거 수많은 지방 유력자들을 회유하고, 때로는 정복하여 나라를 세웠다.

그 때문에 건국 당초에는 혼란을 피하기 위해 이곳에서 지방을 다스리는 유력자들이 한자리에 모여 회의하고, 왕이 그 의견을 조정하여 왕국이 나아갈 방향을 결정했다.

나를 발견한 귀족들 몇몇이 수군수군 귓속말을 했다.

어떤 사람은 눈썹을 찡그리고, 어떤 사람은 얕잡아 보고.

……그 노골적인 시선에 솔직히 짜증이 났다.

문득 많은 사람에 둘러싸여 있는 앤더슨 후작가의 가주인 백부님의 모습을 발견했다.

백부님도 나를 발견했는지 나를 향해 웃었다.

불쾌한 기분이 조금 씻겨 내려가는 기분에 나도 미소를 지었다.

자리는 가문의 서열에 따라 미리 정해져 있다.

나는 공작가이기 때문에 가장 앞줄에 앉았다.

옆에 앉은 마엘리아 후작의 존재에 눈썹을 찡그렸다.

여전히 뚱뚱하고 존재감이 대단한 인물이다.

그는 후작가이면서도 공작가와 동등한 자리에…… 불손한 태도로 앉아 있었다.

주위를 둘러보자 이번에는 거의 대부분의 귀족이 참석해 있었다. 직책에서 물러난 사지타리아 백작을 비롯한 알프레드 제1 왕자파 귀족들조차.

유일하게 메시 남작의 모습만 찾아볼 수 없었다.

왕족의 입장을 알리는 시종의 목소리에 실내는 일제히 조용해졌다.

그리고 엘리아 왕비와 에드 님, 유리가 앞쪽의 문에서 나타나 자리에 앉았다.

"오늘 여러분을 부른 것은 다름 아닌…… 이 나라의 왕위에 대해서입니다."

자리에 앉은 후 엘리아 왕비가 엄숙하게 입을 열었다.

"모두 알다시피 지금 이 나라는 혹독한 시련을 겪고 있습니다. 그렇기 때문에 이 나라에는 강렬한 통솔력을 지닌 자가 필요합니다. 그리고 그것은 여기 있는 에드워드 왕자가 아니면 누가 또 있겠습니까?"

질문을 던지는 듯한 어조였지만 내 귀에는 단정적으로 들렸다. 분명 다른 자들에게도 마찬가지일 것이다.

"왕비님의 말씀대로다! 에드워드 님만큼 왕위에 어울리는 자는 없다! 다들 새로운 왕의 탄생을 축하하지 않겠는가!"

마엘리아 후작의 말에 제2왕자파 귀족들이 박수를 치며 일어섰다.

에드 님도 그에 응하듯 자리에서 일어섰다.

"다들 고맙소. 모두의 마음에 응할 수 있도록 훌륭한 왕이 될 것을 이 자리에서 약속하겠소."

나는 엘리아 왕비와 에드 님의 말에 어이없는 표정을 지었다.

"……어처구니없는 촌극이네."

"……어처구니없는 촌극이군."

축복의 목소리가 울려 퍼지는 가운데, 나와 또 한 사람의 목소리가 회장 안에 울렸다.

조용……. 이질적인 그 목소리에 주위가 정적에 감싸이고, 모든 사람이 우리를 주목했다.

"앤더슨 후작! 촌극이라니, 그게 무슨 말입니까?"

나도 똑같은 말을 했지만 엘리아 왕비는 내 존재마저 무시하기로 결심한 모양인지 앤더슨 후작, 다시 말해 백부님을 노려보며 외쳤다.

"무슨 말이기는……. 이 나라의 국법은 장자 상속입니다. 장자가 중대한 병을 앓고 있거나 다른 특별한 사유가 없는 한 그 법은 왕족에게도 적용됩니다. 왕족이 스스로 국법을 어기는 이 결정이 촌극이 아니면 무엇이란 말입니까?"

"이 자리에 없는 자가 왕에 어울린다고 생각하나요? 그야말로 있을 수 없는 일이로군요."

"그건 엘리아 왕비께서 걱정할 일이 아닙니다. 당신에게 왕위 결정권은 없을 터. 폐하께서 서거하신 후 속히 제1 왕자에게 왕권을 상속하는 것. 그것이 왕국법입니다. 즉, 선왕의 왕비인 당신의 허락은 필요 없다는 뜻이죠."

뒤이어 한 말에 엘리아 왕비가 백부님에게서 내게로 시선을 옮겼다.

지긋지긋하다는 듯한, 그리고 진심으로 증오하는 듯한 시선이었다.

"그리고 에드워드 님, 조금 전 당신은 훌륭한 왕이 되겠다고 말씀하셨습니다만…… 이 난국을 어떻게 헤쳐 나갈 생각이신가요?"

"너에게 대답할 의무는 없다."

"아뇨. 대답하셔야 합니다. 앞으로 계속 우리 영지에서 지원 물자를 원하신다면."

"왜 내가 너의 말을 들어야 하지? 나는 차기 국왕이다! 고작 일개 귀족이 그따위 말을 하다니. 무례하다!"

"그, 그래요……! 누가 이 여자를 끌어내라!"

하지만 아무도 움직이지 않았다.

옆에 대기하고 있던 위병들도 마찬가지.

이곳에 있는 위병들을 이미 할아버님의 사람들로 바꿔 놓았다.

백부님의 지시가 없는 한 절대 움직이지 않는다.

이미 제 1선에서 물러나셨다고는 하나 할아버님은 이 나라의 영웅.

그 구심력은 결코 약해지지 않았다.

사실 할아버님을 끌어들일 생각은 없었는데.

"……왕족의 징수로 모은 곡물량 중 40퍼센트는 우리 영지에서 징수한 것입니다만?"

"뭐……? 그래서 무슨……."

"이번 재해의 규모를 생각하면 식량이 부족한 건 어쩔 수 없는 일이죠. 하지만 이렇게 많은 영지가 있는데 어째서 우리 영지의 징수에 의존하고 있는 건가요?"

"너희 영지가 그만큼 크기 때문이다. 공작가로서 왕국에 헌신하는 건 당연한 일 아닌가?"

"무슨 말씀이시죠? 오직 한 영지에 40퍼센트를 부담시키는 게 얼마나 엄청난 일인지…… 그 의미를 모르시진 않겠죠? 이 조사 결과를 들었을 땐 무척 놀랐답니다. 말하자면 우리 영지에서 징수가 끊기면 대체 얼마나 많은 영지민이 굶주리게 되는 걸까요? 특히 왕도는 경작면적이 적기 때문에 당장 위험해질지도 모르죠. 그래서 묻는 거랍니다. 앞으로 어떤 방책을 취하실 건가요?"

후후후 웃으며 말했다. 그리고 제2 왕자파 사람들을 흘낏 바라보았다.

좀 전의 엘리아 왕비와 똑같은 반응을 보이는 사람들도 있었지만, 자신의 영지가 빈곤하다는 자각이 있는 사람들은 어색하게 시선을 피했다.

몇몇 귀족이 내 말에 찬동했다.

그들은 이미 매수되거나 동맹을 맺고 있는 제1 왕자파와 중립파 사람들이었다.

아르메리아 공작령이 보유한 재산과 식량은 다른 영지를 압도한
다.

그것을 교섭 카드로 삼아 내민 것이다.

앤더슨 후작가도 물론 동맹을 맺은 영지 중 하나.

혈연 관계라 해도 서로 지켜야 할 영지민이 있는 것은 마찬가지.

앤더슨 후작령은 무력을, 그리고 아르메리아 공작령은 재력을.

두 영지가 깃발을 내걸고 다른 영지가 그 뒤를 따르는 형태다.

나는 왕도에 도착하자마자 곧바로 여러 가문을 돌아다니고, 타냐
도 여기저기에 편지를 전달하여 간신히 이런 형태를 만들었다.

아르메리아 공작령 북부가 아직 제2 왕자파 영지인 것은 뼈아프지
만, 산으로 가로막혀 있긴 해도 서부와 인접해 있는 앤더슨 후작가,
그리고 그곳과 이어진 영지가 이 동맹에 참가하고 있다.

내 말에 찬동하는 자들이 있다는 게 의외인 것일까. 에드 님은 얼
굴을 살짝 찡그렸다.

"그렇게 되지 않도록 너희 영지에서 가져오고 있지 않나? 더 이상
의 질문은 필요 없다."

"이 이상은 우리 영지도 무리입니다. 영지민들이 궁핍해지니까
요. 저는 영주 대행 권한으로 이제부터 징수를 거부하겠습니다."

"무…… 무슨 헛소리를! 좋다, 계속 왕가에 거역하겠다면 군을 끌
고 가서 보복하겠다!"

"그럴 여유가 왕국에…… 당신을 지지하는 자들에게 남아 있을까
요? 왕이 되려면 자신의 방침을 잘 생각해 보시죠."

"시끄럽다! 이 나라는 나의 것이다! 그래, 지금 여기서 너희를 불
경죄로 체포하고, 각 영지를 몰수하면 전부 해결되겠군!"

그는 자신의 말이 명안이라고 느껴졌는지 눈을 반짝거렸다.

엘리아 왕비와 마엘리아 후작은 곧 그 말에 동의했고, 그 밖에 제2 왕자파 귀족들까지 그에게 찬동했다.

그 순간, 나는 체념했다.

그건 백부님도 마찬가지인 듯했다.

"그럼 우리는 이만 실례하겠습니다. 더 이상 이 회의에 있어 봤 자…… 시간 낭비일 것 같군요."

백부님이 차가운 목소리로 선언했다.

나도 백부님과 함께 일어섰다.

그리고 우리의 행동에 찬동하듯 절반에 가까운 귀족들도 자리에 서 일어섰다.

"여러분, 진정하세요……! 그렇게 무서운 얼굴은 하지 말아요! 지 금 제일 중요한 건 백성들이잖아요?"

유리가 소리 높여 외쳤다.

그 갸륵한 모습이 흐뭇해 보였는지, 에드 님의 눈꼬리가 한껏 내려 갔다.

"우리 백성들을 위해 이야기를 나눠요! 에드워드 님의 형님도 분 명히 이해해 주실 거예요!"

뭘 이해해 줄 거란 말인가……? 나는 내심 고개를 갸웃거렸다.

"이 자리에도 나오지 않으셨는걸요. 분명히 에드워드 님의 형님 은 섬세한 분이실 거예요. 그러니까……."

"유리, 너는 상냥하구나. 그에 비해 니희는……. 유리 말대로 형 님은 옛날부터 제1선을 떠나 계셨다. 그건 제1 왕자라는 자리의 중 압을 견디지 못했기 때문이겠지. 그러니까 나는 형님을 대신해서 이 나라를 짊어질 것이다. 백성들을 지킬 것이다."

"에드워드 님, 백성을 지키는 거라면 왕이 아니라도 할 수 있는 일이 있습니다. 하지만 당신은 아무것도 안 하시지 않았습니까? 당신이 한 일이라고는 그저 아르메리아 공작령에 요구만 했을 뿐."

백부님이 에드 님을 싸늘하게 바라보았다.

"그리고 유리 '남작 영애.' 여기는 영애의 놀이터가 아닙니다. 입을 다물어 주시겠습니까?"

심지어 유리는 아예 쳐다보지도 않았다.

"흑……. 너, 너무해……!"

유리는 그렇게 말하며 눈물을 흘렸다.

"앤더슨 후작! 나의 비에게 잘도 그런 심한 말을……!"

"심한 걸까?"

나는 작게 중얼거렸다.

그 중얼거림에 에드 님이 밉살맞다는 듯이 나를 노려보았다.

"제발 자비를. 저는…… 물 말고는 아무것도 못 먹고 여기까지 걸어왔습니다."

뒤이어 흘러나온 말에 에드 님은 무슨 소릴 하는 거냐며 코웃음을 쳤다.

"제발 아이들만이라도 도와주세요. 이 아이들을 지킬 수만 있다면 전 어떻게 되든 상관없습니다."

……이 말들은 검문소를 시찰할 때 들었던 말.

내 귀에 달라붙어 있는 그들의 목소리.

"다른 영지에서 우리 영지로 모여든 백성들의 목소리입니다. ……백성들을 위해서라고 말씀하셨죠? 이런 비통한 목소리가 만연해질 때까지 당신들은 대체 무엇을 했습니까……!"

내 목소리가 분노로 물들었다.

"우리 영지에서 징수한 물자 중 상당한 양이 왕궁으로, 조금 전 에 드워드 님께 찬동했던 귀족들의 가문으로 들어갔다는 것도 이미 조사했습니다. 방금 심한 말이라고 하셨죠? 하지만 당신들은 아무것도 한 게 없지 않습니까? ……자신의 몸을 지키기 위해 백성들을 버리는 잔혹한 행동을 하고 있지 않습니까?"

"모…… 몰라! 난 그런 거 모른다!"

"에드워드 님의 말씀이 맞아요! 분명히 누군가가 우릴 모함하고 있는 거예요……!"

유리의 외침에 에드 님이 나를 노려보았다.

"그, 그래! 애초에 아이리스 공작 영애가 물자를 보냈다는 증거가 없다! 우릴 모함하기 위해 망언을 하고 있는 것이다!"

그 말에 나는 한숨을 쉬었다.

"……아이리스, 더 이상은 소용없다."

일어서 있던 동맹들 모두 같은 반응이었다.

물자를 주고받을 때에는 당연히 정식 서류도 주고받는다.

……즉, 아르메리아 공작령에서 일정량의 물자를 보냈다는 결정적인 증거가 있는 것이다.

"우리는 이만 실례하겠소."

"기다려라! 아까도 말했지만 이대로 이 자리를 떠나는 것은 혐의를 긍정하는 것으로 간주하고 군대를……."

"그건 곤란해. 네가 생각하는 것만큼 왕가의 힘은 강하지 않으니까. 이 상황에서 저 두 가문에 버림받으면 끝장이다."

일종의 흥분 상태에 빠져 있던 회의장이 느닷없는 난입자로 인해 쥐죽은 듯 조용해졌다.

그 인물은 에드 님의 말을 가로막듯이 말했다.

이 자리에 있는 사람들이 놀란 것은 그가 에드 님의…… 일단은 왕족인 그의 말을 가로막았기 때문이 아니다.

그가 왕족들이 등장했던 앞쪽의 문에서 나타났기 때문이다.

그리고 나는 이 자리에 있는 그 누구보다도 동요하고 있었다.

그가 왕족 전용 문에서 나타난 것보다…… 왜 '그'가 이 자리에 나타났는지 경악했기 때문이다.

왜 딘이 저기 있는 거야!

"너는…… 누구냐?"

에드 님이 멍하니 물었다.

"누구라니, 너무하는군. 절반은 너와 피가 섞인 형인데."

"뭐라고……!"

그 말에 엘리아 왕비와 마엘리아 후작이 자리에서 벌떡 일어섰다.

"내 이름은 알프레드, 알프레드 딘 타스멜리아. 이 나라의 정통 왕위 계승자다!"

그의 목소리가 마치 천둥처럼 울려 퍼졌다.

결코 큰 소리로 외친 것도 아니건만 그 목소리는 회장 구석구석까지 울려 퍼져서 듣는 이들의 넋을 잃게 만들었다. 또한 그를 무조건 따르고 싶어지는 불가사의한 매력이 흘러넘쳤다.

"……아, 당신이 알프레드 왕자라는 증거는 있는 것인가!"

마엘리아 후작이 초조해하며 소리를 질렀다.

"말을 삼가라! 이분은 진짜 알프레드 전하시다! 왕족을 의심하다니…… 당신이야말로 불경죄를 범하고 있다는 것을 알고 있나!"

그를 나무라듯 딘의 뒤에서 나타난 남자가 외쳤다.

그 남자는 바로 루디였다.

……뭐가 뭔지 도무지 영문을 알 수 없다.

"재미있는 얘기, 잘 들었다. '에드워드 왕자 외에 왕위에 어울리는 자는 없다'? 그건 아니지. 이 나라의 차기 국왕은 제1 왕자인 나다. 그건 건국 이래 이 나라의 최상 위법인 왕국법에 명시되어 있는 사실이다! 그 누구도 이 법을 어길 수 없다. 그대들을 왕위 찬탈을 꾀한 반역자로 체포한다."

"무, 무슨……. 어디에 그 증거가……."

"증거가 필요한가? 이 회의 자체가 증거 아닌가? 라프시몬즈 사제, 이 나라의 귀족이 아닌 그대에게 묻겠다. 내가 지금까지 그들이 한 말을 잘못 들은 것인가?"

"아뇨. 저도 전하께서 들으신 것과 똑같은 말을 똑똑히 들었습니다."

"그렇겠지. ……내 죽음을 확인하지 않고 움직이다니, 너무 성급한걸."

"……다들 고작 백작가 출신인 어미에게서 태어난 너를 따를 리 없다!"

엘리아 왕비가 외쳤다.

그 얼굴에 떠오른 것은 분노. 그 눈동자에 떠오른 것은 증오.

내 눈에는 아름답게 화장한 그녀의 가면이 벗겨지는 것처럼 보이기조차 했다.

"당신의 생각은 잘 알겠습니다. 백작 이하의 분이 많은 이곳에서 잘도 그런 말을 하는군요. ……당신들이 계속 이 자리에 있으면 이야기가 진행되지 않습니다. 일단 두 분은 먼저 나가주시지요."

위병들이 딘의 말에 움직였다.

"무슨……! 무례한 것들! 놓아라!"

그들이 아무리 저항해도 위병들을 당해 낼 수는 없었다.

위병들이 그들의 저항 따윈 아랑곳없이 두 사람을 끌고 갔다.

"할아버님! 어머님!"

에드 님이 막으려는 듯이 외쳤지만 이미 그들은 밖으로 끌려간 후였다.

"네놈, 잘도……!"

나머지 위병들이 움직이려고 하는 에드 님을 저지하듯 에드 님과 유리를 에워쌌다.

그녀는 겁에 질린 듯이 떨고 있었다.

나는 술렁거리는 공기를 베어 버리듯 입을 열었다.

"……엘리아 왕비의 말에도 일리가 있습니다. 결코 에드워드 님을 왕으로 인정할 수는 없지만, 당신이 왕위에 오르면 지금까지와 무엇이 달라지는 건가요? 아무래도 알프레드 전하는 저희를 잘라 낼 생각은 없으신가 보군요. 그렇다면 전하의 대책은 무엇인지 여쭙고 싶습니다."

나는 딘에게 물었다.

딘이 한순간 놀란 표정을 지었지만…… 곧 대담하게 웃었다.

내가 가장 좋아하는 얼굴이다. 이 상황과는 어울리지 않는 감정이 내 마음을 점령했다.

"잘라 내다니……. 오히려 당신이 우리를 잘라 버리지는 않을까 조마조마합니다만. ……아까 두 분을 체포하고 영지를 몰수하겠다는 멍청한 소리를 지껄인 동생과 그에 찬동한 어리석은 자들, 잘 생각해 봐라. 구호물자의 40퍼센트를 제공하고도 아르메리아 공작령은 다른 어떤 영지보다 평상시에 가까운 생활을 약속하고 있다. 그 물자량, 자금량은 다른 가문의 추종을 불허하지. 그대들의 영지에서 징수한 구호물자는 따로 아무 대책도 취하지 않는다면, 아르메리아 공작가가 손을 뗀 순간 절반에 가까운 양으로 줄어드는 것이다. 구호물자가 필요하지 않은 영지 또한 아르메리아 공작가에 거점을 둔 상회가 일제히 철수하면 경제적으로 막대한 타격을 입게 된다. 그들은 이익을 얻을 수 있기 때문에 아직 이 나라에서 상업 활동을 하고 있지만…… 이익이 아닌 손해를 보게 된다면 당장 다른 나라로 거래 상대를 바꿔 버리겠지. 아르메리아 공작령에는 항구가 있어서 무역이 활발하게 이루어지고 있으니까. 아직은 주거래 상대로 신규 거래처를 개척하는 것보다 수고가 덜 들기 때문에 이쪽을 상대해 주고 있는 것뿐이다."

"하, 하지만…… 이자들을 체포하고 그 기반을 고스란히 왕국의 것으로 만들면……."

제2 왕자파인 귀족 한 사람이 말했다.

"이래서 멍청하다는 것이다. 군을 움직이겠다고? 군의 수장인 가젤 장군의 친가인 앤더슨 후작가와 아르메리아 공작가는 혈연 관계에다 영지도 이웃하고 있다. 이 두 가문이 손을 잡으면 군을 움직이는 건 불가능하다."

"하지만……."

"끈질기군. 설령 강제로 국가에 귀속시킨다 해도 왕국에 아르메리아 공작령을 통치할 만한 인재는 없다. 영지민들도 따르지 않을 것이다. 그녀는 그만큼 대단한 일을 해낸 것이다."

다른 귀족들이 그의 말에 잔뜩 위축되고 말았다.

"어머나……. 우리 영지를 과분하게 평가해 주셔서 감사합니다. 그렇다면 묻도록 하죠. 이번 일을 어떻게 수습하실 생각이신가요?"

그는 아르메리아 공작가를 옹호해 준 것이다……. 그러니까 이번에는 내 차례다.

그가 활약할 무대를 만들어 주고, 그의 방책을 옹호해야 한다.

그래서 일부러 가차 없이 물었다.

"이미 손을 썼다. 위조 금화는 거의 회수했고, 시장에 유통되고 있는 것은 아주 적은 양뿐. 그것도 발견하는 즉시 왕국에서 무상으로 진짜 금화와 교환해 줄 것을 약속한다. 이걸 대대적으로 알리고, 또한 소문이 퍼지도록 정보 조작도 했다."

"어머, 이미 회수하셨나요. 어떻게 회수하셨죠?"

"……상인에게 비축분을 팔았던 자들은 아마 곧바로 다른 상인과 접촉했을 것이다."

짚이는 구석이 있는 걸까……? 몇몇 귀족의 안색이 변했다.

"전 교황의 수집품을 미끼로 사용했지. 설마 그렇게 쉽게 금화를 내놓을 줄이야. ……백성들을 위해 사용한다면 몰라도 자신들의 욕심을 위해 사용하다니. 기가 막혀서 말도 안 나오더군."

"그렇군요……. 그래서 금화를 회수하신 거군요. 왕국의 재정에도 별 타격이 없고, 무엇보다 전 교황의 물건은 가치가 높죠. 사람들의 마음을 부추기기에는 부족함이 없었겠네요. 그리고 당장 준비할 수 있는 현금은 얼마 전에 손에 넣었던 금화일 가능성이 높죠."

"그래. 위조 금화는 전부 녹여서 불순물을 제거하고 다시 순수한 금화로 제작했다. 그 방법으로 많은 위조 금화를 회수했지만, 그 후에도 그대들의 행동을 전부 감시하고 내 수하들이 아닌 자에게 넘어간 것도 거의 회수했지. 미처 회수하지 못해서 유통된 것도 있지만. 앤더슨 후작, 모두 그대가 공헌해 준 덕분이다. 다시 한번 감사한다."

백부님이 그의 말에 머리를 숙였다.

"하지만 알프레드 전하, 가장 중요한 식료품 문제는 어떻게 하실 건가요?"

"이미 내가 직접 바다를 건너 다른 나라에 가서 교섭을 마쳤다. 처음에는 비축분을 되찾기만 할 생각이었지. 설마 재해가 일어날 줄은 예측하지 못하고 다들 고초를 겪게 해서 미안하다. ……내 도착과 동시에 이 나라에도 물품이 도착했다. 남은 건 각지에 배분하는 것뿐. 이 일은 다릴교를 대표해서 라프시몬즈 사제에게 감사를 표한다. 다릴교는 이번 국가적인 재난을 안타깝게 여겨 자금을 원조해 줬다."

"……과오를 범했는데도 관대한 처분을 내려 주시지 않았습니까? 이 나라의 백성들에게 도움이 되어서 기쁩니다."

라프시몬즈 사제가 그렇게 말하며 머리를 숙였다.

이 기회에 다릴교의 지위를 정식으로 회복시키는 게 그의 목적이었군. 나는 혀를 내둘렀다.

그리고 알프레드 왕자는 그와 다릴교가 밀접한 관계를 맺고 있다는 것을 보여 주면서—머리를 숙이게 함으로써— 자신이 다릴교의 위에 서 있다는 것까지 과시한 셈이다.

라프시몬즈 사제가 그의 의도를 알면서도 머리를 숙인 것은 그게 그가 바라는 '올바른 다릴교'의 모습을 내외적으로 보여 줄 좋은 기회이기 때문일 것이다.

예전에는 귀족들에게 기부를 요구하거나 자선 파티를 열던 다릴교.

그때 모아 둔 돈을 내놓은 걸까?

아마도 전 교황에게서 몰수한 자금도 함께 내놓았을 것이다.

"……전하께서 왕위에 오르면 이 나라는 평안하겠죠. 우리 아르메리아 공작가는 전하를 전력으로 지지하겠습니다."

나는 그렇게 말하며 머리를 숙였다.

이걸로 그는…… 아르메리아 공작가와 앤더슨 후작가가 제1 왕자를 지지한다는 사실을 이 자리에서 모두에게 보여 준 것이다.

그리고 이 두 가문의 유용성은 그가 이미 설명한 대로다.

또한 그는 스스로 자신의 능력을 증명했다.

이번 문제를 해결할 길을 만든 것은 다름 아닌 그.

여기서 그를 거역하는 것은 스스로 구원의 길을 거부하는 것이나 마찬가지.

제2 왕자파가 의지하는 동아줄이었던 엘리아 왕비와 마엘리아 후작은 이미 체포되었다.

"후…… 훌륭한 왕의 탄생이군요."

"그, 그렇군요. 이런 멋진 순간을 지켜보게 돼서 기쁩니다."

지금까지 에드 님을 지지하던 귀족들이 차례차례 딘을 칭송했다.

그 파도는 차츰 커져서 이윽고 회의장 전체에서 박수가 터져 나왔다.

"다들 속지 마!"

조금 전까지 멍하게 있던 에드 님이 노성을 질렀다.

"아까는 얼떨결에 당했지만 이자가 형님이라는 증거는 아무것도 없다! 이자는 앤더슨 후작가의 시종! 가주와 결탁해서 왕위를 찬탈하려 하는 괘씸한 자가 틀림없다."

"누…… 누가!"

유리가 회의장 밖을 향해 외쳤다.

"무슨 일이십니까?"

기사 복장을 한 자들이 안으로 들어왔다.

그들의 모습에 에드 님과 유리는 안도의 숨을 내쉬었다.

"저자들을 체포하라! 왕위를 찬탈하려 드는 괘씸한 자들이다!"

기사들은 그의 외침에도 움직이지 않았다.

"왜 움직이지 않느냐!"

"에드워드 님, 죄송하오나 저기 계신 분은 알프레드 전하 아니십니까? 왕가를 섬기는 저희가 왕가에 검을 겨눌 수는 없습니다."

"무슨 소리냐! 이 녀석이 형님이라는 증거는 어디에 있느냐!"

"증거라기보다는…… 영광스럽게도 별궁에서 얼굴을 뵌 적이 있으니까요."

유리는 에드 님과 기사들의 대화를 멍하니 바라보고 있었다.

"아니야……."

그렇게 중얼거리면서.

"아니야……. 난 그들을 몰라……. 기사단장은 어디 있어!"

"기사단장은 칩거 중이다. 애초에 멜레제 백작은 그저 기사단에 이름만 올리고 있는 자. 그런 자에게 계속 기사단장을 맡길 수는 없지."

딘이 이성을 잃은 유리에게 즐거운 듯이 말했다.

"그런 기사단에 어울리지 않는 자가 몇 명 있더군. 이미 그들은 직무를 그만뒀다. ……어쨌든 그 문제는 이쪽에서 움직일 테니 이 자리에서 얘기할 필요는 더 이상 없겠지. 다음 의제로 넘어갈까?"

대체 무슨 얘기를 하는 걸까? 다들 일제히 고개를 갸웃거렸다.

나도 그중 한 사람이었다.

"그 전에 위병, 에드워드와 유리를 체포하라."

"뭐!"

두 사람이 항의하기 전에 그들을 둘러싸고 있던 위병이 재빨리 그들을 포박했다.

"어째서……!"

에드 님이 위병에게 붙잡힌 채 외쳤다.

"아까 말하지 않았나? 너도 너의 어머니, 조부와 함께 왕위 찬탈을 꾀한 자들 중 한 사람이다. 그렇다면 당연한 조치 아니더냐?"

"하지만 그건 유리와는 관계없지 않습니까!"

"그래. 하지만 그녀는 왕족이 아니다. 그런데도 왕족 전용 문을 통해 이 자리에 모습을 드러내고, 전에는 왕족 예산에서 자금을 사용했지. 그것은 왕족의 이름을 사칭한 것이나 마찬가지. 아니면 그녀가 이미 에드워드와 혼례를 올렸나? 라프시몬즈 사제."

"아뇨, 다릴교에 그런 기록은 일절 없습니다."

"그렇다면 이 여자도 체포해야겠군."

"그건 내가……!"

그래도 에드 님은 유리를 감싸려 했다.

자신의 몸으로 그녀를 막아서면서. ……그렇게까지 그녀를 사랑하는 걸까?

"네가 제대로 처신하지 못한 게 가장 큰 문제지만 책임은 그녀에게도 있다. ……무엇보다도 네가 감싸 준다 한들 그녀에게는 또 다른 죄가 있다. 증거가 모일 때까지 너와는 다른 감옥에 갇히게 될 것이다. ……데려가라."

"잠깐만요! 알프레드 전하! 형님께서 친동생에게 이런 짓을 하다니……. 너무해요! 제발 다시 생각해 주세요!"

유리가 위병들을 뿌리치고 딘에게 다가오려고 애쓰며 말했다.

"평범한 형제라면 그렇게 말할 수도 있겠지만……."

그녀가 딘의 중얼거림에 기대에 찬 눈빛으로 눈동자를 반짝거렸다.

"하지만 우리는 왕족이다. 이 몸에 흐르는 피 한 방울까지 모두 왕국을 위한 것. 왕국에 해가 되는 존재는 잘라 버려야 한다."

"그런……!"

애처롭게 눈물을 흘리는 그녀의 모습은 보호 본능을 자극했다.

몇몇 사람은 자신이 체포되면서도 약혼자의 신변을 걱정하는 그녀에게 동정심을 느끼는 분위기였다.

딘이 유리에게 다가갔다.

그녀는 매달리듯 그를 바라보았다.

이제 와서 그런 눈으로 그를 쳐다보지 말라고 외칠 뻔한 자신이 정말로 싫었다.

"당신 친구는 꽤나 많은 동료를 이 성에 끌어들인 모양이지만…… 모두 당신 친구와 함께 떠났어. 잡혀도 구해 줄 거라고 생각하지 않는 게 좋을 거야."

"무슨……!"

그가 유리의 귓가에 입을 댔다.

그리고 이성을 잃은 그녀의 귓가에 뭔가를 속삭였다. 그 속삭임이 뭔지는 알 수 없었다.

알 수 없지만 유리에게는 중요한 얘기였던 모양이다……. 그가 떨어진 순간, 그녀가 느닷없이 비명을 질렀다.

모두가 그녀의 돌변한 모습에 아연실색했다.

"유리!"

단 한 사람, 에드 님만이 구속을 뿌리치고 그녀에게 달려왔다.

"유리, 괜찮아? 유리."

유리는 에드 님의 부름에도 대답하지 않았다.

텅 빈 눈으로 "거짓말, 거짓말이야."라고 중얼거릴 뿐.

에드 님이 그런 유리를 감싸듯 그녀와 위병들 사이에 섰다.

"유리의 상태가 이상해! 제발 유리를 병원으로 데려가 줘!"

"체포한 후에 데려가면 된다. ……위병."

위병은 그들을 포박하기 위해 또다시 움직였다.

"그만둬! 유리!"

유리는 눈물을 방울방울 흘리고 있었다.

그런 그녀의 손을 잡기 위해 에드 님이 손을 뻗었다.

딘은 싸늘한 눈빛으로 그런 유리를 관찰하며 위병에게 몸짓으로 두 사람을 데려가라고 지시했다.

위병은 그 지시를 따라 움직였다.

"자, 얘기가 잠시 다른 길로 샌 것 같은데…… 다시 본론으로 돌아갈까. 나와라, 베른."

그의 입에서 흘러나온 이름에 제일 놀란 사람은 바로 나였다.

뒷문…… 우리가 들어온 쪽에서 나타난 베른은 회의장 안에 가득 찬 당혹감 따위 아랑곳하지 않고 성큼성큼 딘에게 다가갔다.

그 모습은 정말 베른이냐고 묻고 싶어질 정도였다.

머리를 짧게 자르고, 많이 야위고, 눈 밑에는 미처 감추지 못한 다크서클이 드리워져 있었다.

날카로운 시선과 분위기는 항상 어딘가 무른 구석이 있었던 그와는 조금도 닮은 구석이 없었다.

베른은 딘을 향해 머리를 숙였다.

"그대도 조금 전에 들었겠지? 아르메리아 공작령과 앤더슨 후작령을 몰수하면 된다는 에드워드의 폭언에 찬동했던 어리석은 자들의 많은 목소리를."

딘이 유쾌한 듯이 쿡쿡 웃었다.

반면 베른은 완전히 무표정한 얼굴로 회장 안을 둘러보았다.

그의 날카로운 시선이 회장을 꿰뚫었다.

"현재 백성들의 처지를 안타깝게 여기신다면 지금부터 말씀드릴 방책에도 찬성해 주시겠죠."

베른이 내뱉듯이 말했다.

그 눈동자에는 더욱 힘이 깃들었다.

"그럼 베른을 통해 앞으로 우리의 방침을 전하겠다. 모두 명심하고 들어라!"

딘의 말에 응하듯 베른은 한 걸음 앞으로 나섰다.

그리고 입을 열었다.

그는 차례차례 귀족 가문의 이름을 호명했다.

이름이 호명된 자도, 그렇지 않은 자도, 모두 대체 무슨 말을 하고 싶은 걸까 하고 고개를 갸웃거렸다.

"……이상 호명한 가문은 영지를 몰수하고, 작위를 반납한다."

그러나 마지막 한마디에 모두가 충격을 받았다.

설마 이토록 많은 귀족이 한꺼번에 그런 통보를 받게 될 줄이야. 이런 일은 건국 이래 최초 아닐까.

당연히 회장 안은 욕설과 노성이 울려 퍼졌다.

베른은 그 목소리에 겁을 먹은 듯 고개를 숙였다.

그 모습에 그를 비난하는 목소리는 점점 커졌다.

어떻게 수습할 생각일까……. 그렇게 생각하며 딘을 바라봤지만 그는 그저 미소만 지을 뿐이었다.

그러는 동안 베른이 고개를 들었다.

그의 얼굴을 보고 욕설을 퍼붓던 자들이 차례차례 입을 다물었다.

아니…… 정확하게는 그의 얼굴이 아닌 눈동자를 보고.

그는 그저 무표정하게 회장을 둘러보고 있었다.

그 눈동자에 깃들어 있는 것은 증오와도 닮은 격렬한 분노.

조금 전까지의 노성이 미적지근하게 느껴질 만큼.

『하고 싶은 말은 그것뿐인가?』

베른이 입을 열지 않았는데도 마치 그렇게 묻는 듯한 기분이 들었다.

"……닮았구나, 너희 아버지와."

백부님이 재미있다는 듯이 중얼거렸다.

"조금 전에 호명한 가문은…… 모두 자신의 이익을 위해 법으로 정해져 있는 최소한의 비축분마저 팔아넘긴 자들입니다. 백성들을 생각하지 않는 통치자는 즉각 영지를 반납해야지요."

그는 조용히 말했다.

하지만 조용한 것은 그의 표정뿐. 그 목소리는 그의 눈동자처럼 열기를 띠고 있었다.

"고…… 고작 그 정도를 가지고 선조대대로 이어져 내려온 땅을 나라에 내놓으란 말이냐!"

"고작……? 고작 그 정도 때문에 대체 몇 천 명…… 아니, 몇 만 명의 백성이 목숨을 잃었다고 생각하십니까!"

드디어 그가 일갈을 터뜨렸다. 그 노성은 조금 전 회장 안의 고함 소리를 모두 합친 것보다 박력이 있었다.

"하…… 할 수 없었다. 우리 가문은 오래전부터 빈곤해서……."

"이런 재해가 일어날 줄은 생각도 못 했다! 아까 알프레드 전하도 이번 일은 예측하지 못했다고 말씀하시지 않았나!"

"예측할 수 없는 재해에 대비해서 비축분이 필요한 겁니다. 백보 양보해서 재해가 발생하지 않았다 해도 당신들의 처벌은 변하지 않습니다."

항변하거나 불만을 터뜨리는 자들에게 베른은 담담하게 말했다.

"어째서!"

"방금 말씀드린 대로 왕국법을 어긴 죄. 위조 금화라는 것을 눈치 채지 못한 채 거래하고, 그 금화를 나라에 유통시켜 국가를 혼란에 빠뜨린 죄."

"그건……."

"……무엇보다 휴전 중인 적국과 내통한 죄는 무겁지요."

마지막 말은 그리 큰 소리로 흘러나오지 않았다.

그런데도 모두의 마음에 묵직하게 울려 퍼졌다.

"뭐…… 뭐라고!"

"모르셨습니까? 당신들이 거래한 상인…… 디반은 트와일국의 첩자. 식료품을 대량으로 사들인 것은 고국으로 식량을 보내고, 이 나라의 비축분을 줄이기 위해서였습니다."

"그 증거가 어디 있나!"

"말도 안 되는 소리를……!"

그들은 결코 베른의 말을 인정하지 않았다.

인정한 순간, 그들을 기다리는 것은 비참한 최후일 테니까.

"증거라면 있습니다."

그러나 나는 베른이 조금도 걱정되지 않았다.

예전 파문 소동 때의 내가 겹쳐 보였기 때문이다.

저 얼굴은 뭔가를 쥐고 있을 때의 표정.

"이미 메시 남작이 국경을 서성이던 트와일국의 자들을 체포했습니다. 그들이 이미 트와일국과 디반의 관계를 실토했죠."

그는 나를 비난하고 파혼으로 몰아갈 때와는 무척 많이 달라졌다.

……물론 좋은 방향으로.

"또한 메시 남작을 통해 트와일국으로 흘러갈 예정이었던 물건의 일부를 압수했습니다. 디반이 교묘하게 숨기거나 없앤 것도 있지만, 조금 전에 제가 호명한 가문의 인장이 찍혀 있는 것도 확인했죠. 여러분이 가문의 이름을 자랑스럽게 생각해서 뭐든 가문의 인장을 찍는 분들이라 정말 다행이었습니다. 아무리 디반이라도 전부 없애지 못할 만큼 말이지요. 뭐 인장만은 훌륭하니까 그 마음을 이해하지 못하는 건 아닙니다만."

그는 싱긋 웃었다. ……물론 그 눈동자는 웃고 있지 않았다.

내게는 그 말이,

『너희는 가문의 이름밖에 자랑할 게 없겠지. 결국 그걸로 자신의 목을 조이다니, 구제 불능이군.』

이라고 말하는 것처럼 들렸다.

……분명 그의 내심과도 크게 다르지는 않을 것이다.

"나중에 여러분도 살펴보시기 바랍니다. ……저와 전하는 이미 한 번 보고 틀림없다고 단정했습니다만."

『그리고 어느 남작을 조사해 보도록 해. 왜 시즌 중에도 왕도에 없는지.』

나는 타냐의 보고를 통해 들었던 마일로의 말을 떠올렸다.

물론 그녀는 그쪽도 조사해 줬다.

디반의 상회는 먼로 백작의 영지를 거점으로 삼고 있다.

국내에서 아무리 교묘하게 숨기고 물품을 운반한다 해도 최종적으로 보낼 지역은 정해져 있는 것이다. ……그리고 그곳은 반드시 먼로 백작의 영지나 메시 남작의 영지를 지나지 않으면 안 된다.

그래서 그는 제일 먼저 먼로 백작을 포섭했다.

그리고 덕분에 그곳에서 자유롭게 물품을 보냈던 것이다.

메시 남작은 왕도에 없을 때에는 영지에서 국경 수비를 맡고 있다.

그런데 최근에는 먼로 백작령과 자신의 영지의 경계선을 거점으로 삼아 대부분의 시간을 그곳에서 보내고 있었다.

그리고 수하들을 먼로 백작령과 트와일국 국경에 비밀리에 투입하여 디반의 계략을…… 그리고 국내의 고름을 짜내기 위해 증거 수집에 매진하고 있었던 것이다.

『내 마음속에서 이 나라는 아직도 전쟁 중입니다.』

전에 파티에서 메시 남작이 그렇게 말했던 것을 떠올렸다.

확실히 전쟁이다. ……직접적으로 전투하지 않아도.

딘은…… 에드 님과 왕위 다툼을, 그리고 엘리아 왕비, 마엘리아 후작과 귀족 세력 속에서 진영 다툼을 하고 있었던 것뿐만 아니라.

이미 이 나라를 짊어지고 싸우고 있었단 말인가.

나 같은 것보다 훨씬 무거운 중압감을 짊어지고 있었던 것이다.

……그런데도 나는 언제나 그에게 도움만 받았다.

그렇게 생각하자 이 자리에 어울리지 않게 눈물이 고였다.

딘이 베른의 앞으로 한 걸음 나섰다.

"전하."

베른이 그 행동에 그를 불렀지만, 딘이 웃으며 저지하자 곧 예를 표하며 뒤로 물러섰다.

"귀족이란 고귀한 자. 그것은 고귀하게 태어났기 때문이 아니다. 백성들 위에 서서 백성들을 지키고 이끌기 위해 백성들로부터 고귀한 자로 선택받았기 때문이다. ……그런데 언제부턴가 백성들 위에 서는 그 의미를 잊고, 백성들을 내려다보는 오만하고 무지한 자들이 귀족 행세를 하게 되었지."

그렇게 말하며 딘은 회장 안을 둘러보았다.

"백성이란 나라의 피와 살. 그들을 함부로 여겨 목숨을 잃게 한 것, 그게 바로 국가에 대한 반역이다! 귀족으로서 가문의 이름을 짊어진 자는 결코 해서는 안 되는 일이다!"

딘의 목소리가 또다시 천둥처럼 회장 안에 울려 퍼졌다.

이미 반론도, 변명도 없었다.

"……무엇보다도 적국의 지와 내통한 죄에 귀천은 없다. 모두 나라에 대한 반역으로 간주하고 처벌하겠다. 내 말이 잘못되었나?"

딘이 나타난 후 자리에 앉아 있던 제1 왕자파 사람들이 차례차례 자리에서 일어섰다. 그리고 경의를 담아 머리를 숙였다.

그것은 국왕을 알현할 때 바치는 예.

나도 그들을 따라 숙녀의 예를 표했다.

"베른이 호명한 자들을 포박하라! ……오늘은 이만 폐회한다!"

"후에 전하께서 다시 회의를 열 것입니다. 연락을 드릴 때까지 모두 왕도에 남아 주시기 바랍니다."

† † †

나라를 떠들썩하게 만든 회의로부터 시간이 흘렀다. ……그래 봤자 불과 몇 주일이지만.

하지만 그 몇 주일 동안 왕궁은…… 그리고 왕도는 크게 달라졌다.

딘이 다른 나라를 돌아다니며 구해 온 물자와 귀족들에게서 징수한 물품을 상황에 맞게 분배하고 배급한 덕분에 원래대로는 아니지만 거리의 모습도 제법 좋아졌다.

에드 님의 일파가 왕궁의 실권을 쥐고 있던 기간에 각 귀족들로부터 징수했던 물품은 모조리 그들과 제2 왕자파 귀족들의 주머니로 들어갔다고 한다.

모네다가 조사한 그대로였다.

그 물품들도 또다시 강제로 징수해서 분배했다.

위조 금화가 유통에서 자취를 감춘 것도 큰 효과를 거뒀다.

덕분에 상인들도 또다시 활발하게 움직이기 시작했다.

왕궁 안도 당연히 어마어마한 혼란에 빠졌다.

베른이 호명한 자들은 정식 통보가 내릴 때까지 강제로 칩거 중.

정식 통보를 하려면 죄가 더욱 가산되느냐 마느냐를 조사해야 하기 때문이다.

이미 결정된 처벌을 꼽자면 엘리아 왕비와 마엘리아 후작은 당연히 일족 모두 참수형.

또 먼로 백작도 같은 형벌이 결정되었다.

귀족 작위는 당연히 반납하고, 영지도 몰수당하기 때문에 먼 친척이 이어받을 수도 없다.

왕위 찬탈을 꾀한 것과 적국과 내통한 것은 모두 크나큰 죄다.

이름이 호명된 자들의 직계는 설령 살아남는 것이 허락된다 해도 대부분 수도원에 갇혀 일생을 보내야 한다.

나라의 행정이 혼란에 빠질 줄 알았지만 생각했던 것만큼은 아니었다.

본래 제1 왕자파에 몸담은 자들은 요직에 오르지 않아도 각 분야에서 높은 평가를 얻고 있는 자가 많은데, 그들이 물 만난 물고기처럼 제1 왕자 밑에서 활약해 준 덕분이다.

그날 나는 앤더슨 후작가를 방문했다.

왕도에 있는 앤더슨 후작가의 별저(別邸)는 아르메리아 공작가의 별저와 비교적 가까운 거리에 자리 잡고 있다.

마차를 타고 거리를 바라보는 동안 곧 후작가에 도착했다.

안내를 받아 안으로 들어가자 백부님뿐만 아니라 백모님과 할아버님까지 함께 계셨다.

"……오늘 바쁘신 와중에 시간을 내 주셔서 정말 감사합니다."

"진척 간에 그린 인사는 필요 없다. 자, 거기 앉거라."

내가 머리를 숙이자 백부님은 부드럽게 말씀하셨다.

나는 그 말에 따라 자리에 앉았다.

"이번 일로 할아버님과 백부님께 많은 도움을 받았습니다. 저 개인적으로도…… 그리고 아르메리아 공작가의 영주 대행으로서도 진심으로 감사드립니다. 정말 고맙습니다."

"아니다, 내 이름이 너에게 도움이 됐다면 그보다 기쁜 일이 또 있겠느냐!"

와하하. 할아버님이 여느 때처럼 입을 크게 벌리며 웃었다.

"……승산이 있는, 나쁘지 않은 얘기였다. 네가 그 상황을 타개하려고 스스로 생각한 결과이니 인사는 필요 없다."

백부님이 부드럽게 미소 지었다. 루디와 꼭 닮은 미소였다.

"하여간……. 솔직하게 말하면 될 것을. 이이는 너를…… 그리고 메리 님을 무척 걱정했단다. 하지만 영주로서 쉽게 움직일 수 없었지. 그런데 아이리스 네가 때마침 제안해 준 덕분에 얼른 받아들인 거야."

"……메리는 죽여도 죽지 않을 애라서 걱정 따윈 안 했는데."

"어머나!"

모두의 대화에 그만 마음이 풀려서 나도 함께 웃었다.

"뭐, 아직 완전히 안심해도 되는 건 아니다. 알프레드 왕자…… 그는 과연 앞으로 어떻게 이 나라를 이끌어 나갈까?"

"걱정 말아라. 루디가 자신의 주인으로 정한 사람이다. 그리고 나도 무술을 가르친 적이 있지. 녀석의 근성은 내가 보증하마."

"……그래요. 그는 그의 이상을 현실로 만드는 힘을 갖고 있어요. 그리고 여동생도 멋진 분이죠. 남매로서…… 또 왕족으로서 그를 든든히 받쳐 줄 거예요."

"……레티시아 님을 만난 적이 있느냐?"

백부님이 조금 놀란 듯이 물었다.

아차……. 그만 마음이 풀어져서 쓸데없는 소리를 하고 말았네. 하지만 후회해도 이미 늦었다.

"아, 네에. 어머님을 통해서. 무척 사랑스럽고 멋진 분이셨어요."

내 대답에 납득한 걸까……. 아니면 그렇다고 해 두기로 한 걸까. 백부님은 더 이상 캐묻지 않았다.

"……참, 아이리스. 내가 어떤 얘기를 들었는데, 그 문제로 너에게 묻고 싶은 게 있다만."

"뭐죠?"

할아버님이 보기 드물게 말꼬리를 흐렸다. 나도 바싹 긴장하며 대답했다.

"너 아카시아 왕국의 왕자에게 혼담이 들어왔다지?"

할아버님의 말에 나는 그만 굳어 버리고 말았다.

"……받아들일 거냐?"

그리고 당연히 그 물음에 대답할 수 없었다.

"아버님, 아이리스가 곤란해하지 않습니까? 이 일은 우리가 참견할 문제가 아닙니다."

"미안하다, 그만 걱정이 돼서. 너는 너의 미래를 제일 먼저 생각하거라. 전에 내가 했던 말은 거짓말이 아니란다."

『억지로 시집갈 필요 없다. 너는 네가 하고 싶은 일을 하면서 계속 집에 있으면 된다. 갈 곳이 없으면 나한테 와도 돼.』

나는 예전에 할아버님이 했던 말을 떠올리며 자연스레 미소를 지었다.

"걱정해 주셔서 고맙습니다. 그 문제는 아버님과 잘 의논해서 결정하기로 했어요."

……그래서 조금 마음이 아팠다.

내 머릿속에서는 이미 결정이 내려졌기 때문이다.

그저 내 마음이 따라가지 못하고 있을 뿐.

문득 떠오르는 것은 대회의장에서 봤던 딘의 모습.

보고 싶었다. 보고 싶지 않았다.

내 이성을 뒤흔드는 단 하나의 존재.

……가능한 한 빨리 움직여야 한다. 그렇지 않으면 나는 미련에 사로잡혀 움직일 수 없게 될 것이다.

† † †

그 후로 베른이 선언했던 대로 곧 또다시 회의가 소집되었다.

지난번에 이름이 불리지 않았던 자들만 한자리에 모였다.

나는 이번에도 아버님의 대리로 참석했다.

여전히 여성은 나 하나뿐.

모두가 자리에 앉았다. 얼마 지나지 않아 딘이 안으로 들어왔다.

그 뒤를 따르듯 루디와 베른도 함께 나타났다.

"다시 모여 줘서 고맙다. 오늘은 사전에 통보했던 대로 다시 한번 이후의 내 계획과 방침을 전하기 위해 모여 달라고 한 것이다. 명심하고 듣도록 해라."

딘은 인사를 마친 후 베른에게 시선을 향했다.

베른이 알겠다는 듯이 고개를 끄덕이며 입을 열었다.

모두가 베른을 주목하는 가운데, 나는 동생의 목소리에 귀를 기울이면서도 여전히 딘을 바라보고 있었다.

……멀다.

왕족을 상대로 무척 불경한 생각이지만…… 신분을 따지자면 그가 딘이었을 때보다 오히려 지금이 훨씬 가깝다.

하지만 어째서인지 아르메리아 공작령에 있었을 때보다 한층 멀게 느껴졌다.

……하긴 당연하지.

그도, 나도 피차 짊어진 것이 있다.

같은 방향을 바라보며 같은 길을 걷던 그때와는 달리, 지금 우리는 다른 길을 걷기 시작했다.

이렇게 가까이 있는데도 쓸쓸함에 가슴이 조여들게 될 줄은 생각지도 못했다.

나는 가슴을 지그시 눌렀다.

이번 회의에서 이렇게 될 것은 대충 상상하고 있었다.

……그래서 솔직히 이번에는 참석하고 싶지 않았다.

지난번에는 나름대로 각오했지만 이번에는 그럴 수 없었다.

이 거리를 더욱 뚜렷이 자각하게 될 테니까…….

내가 감상에 젖어 있는 동안에도 베른은 계속해서 말을 이었다.

먼저 몰수한 귀족들의 땅은 전부 왕족 직할 관리지가 된다는 것.

또한 이번에 죄를 저지르지 않은 가문도 추후 다시는 이런 일이 일어나지 않도록 각지에 감시역을 맡을 왕궁의 관료들 몇 명을 파견한다고 한다.

그들에게는 영지 정책에 참견할 권한이 주어진다.

왕국의 정책이 반영되기 쉬워지는 것과 동시에 영주와 왕궁에서 파견된 자들이 서로를 감시하는 환경을 만들어 나가는 것이 목적인 것이다.

아르메리아 공작령에도 곧 관료가 파견될 것이다.

지금까지는 윗사람이 나 혼자였기 때문에 개혁을 강경하게 밀어붙이고, 즉각 대응할 수 있었지만 아무래도 앞으로는 그럴 수 없을 것 같다.

어차피 회의장에서 베른을 본 순간…… 이쯤에서 내 영주 대행 생활도 끝일지도 모른다고 생각했지만.

회의는 담담하게 진행되었다. 반대다운 반대는 나오지 않았다.

그것도 당연하다. ……이 회의에 참석한 자들은 대부분 제1 왕자파.

즉 그의 구상을 대부분 이미 알고 있다는 뜻이다.

그의 구상은 전에 사지타리아 백작이 파티에서 말해 준 덕분에 나도 기억하고 있다.

『그분이라면 해내실 겁니다. 기존의 체재를 바꾸고, 이 나라를 진정한 하나의 왕국으로 만드실 겁니다.』

이번 안건은 다름 아닌…… 바로 왕권 강화를 위한 것이다.

중립파였던 자들도 그걸 알면서도 반론하지 않았다.

제1 왕자파가 대다수를 차지하는 자리에서 반대 의견을 말하기도 어렵겠지만, 무엇보다도 그만큼 큰 사건이 일어났기 때문이다.

반론을 해도 곧 이론으로 무장하고 받아칠 게 뻔하다. ……아마도 베른이.

겉모습이 바뀐 것도 놀랍지만 무엇보다도 그의 내면이 달라졌다.

베른은 오랫동안 왕궁에 몸담고 있던 여우와 너구리들과 대치하며 그들의 호소에 한 걸음도 물러서지 않고 맞서 싸웠다.

그 격렬하고 가차 없는 응수는 이미 왕궁 안에서도 화제가 된 모양이다.

마왕의 혈통은 끊기지 않았다……. 누가 먼저 시작했는지는 몰라도 그런 말이 나돌고 있을 정도다.

한편 나를 몰아세웠을 때와는 달리 새로운 정보가 나타나면 철저히 조사하여 상황에 맞춰 보는 유연한 일면도 보이고 있다고 한다.

정말로 성장했다고 해야 하나, 한 꺼풀 벗었다고 해야 하나.

감개무량한 기분에 잠겨 있을 때, 귀족 측에서 누군가가 첫 번째 발언을 요청했다.

"……한 말씀 드려도 될까요?"

"말씀하시지요, 던글리 후작."

던글리 후작을 보니 생각났는데, 미모사의 약혼은 분명 취소되었을 것이다.

상대는 베른이 호명한 가문 중 하나였으니까.

만에 하나라도 죄에서 벗어나지 못하도록 미리 모네다와 타냐가 조사한 리스트를 베른에게 보냈으니 괜찮을 것이다.

다음에 미모사에게 축하 편지를 써야지.

……파혼을 축하하는 것도 좀 이상하긴 하지만.

"앞으로 시행할 기책에 대해서는 잘 알겠습니다. 제가 묻고 싶은 것은 알프레드 전하의 대관식에 대해서 입니다."

"그건 내가 대답하겠다."

딘이 베른의 말을 가로막으며 입을 열었다.

"모두 알다시피 이번에 우리 왕국은 깊은 상흔을 입었다. 그래서 우선 사태를 수습하기 위해 1년 후에 대관식을 거행할 생각이다."

"……전하의 생각은 타당하십니다. 하지만…… 외람되오나 아직 반대 세력이 남아 있습니다. 그 상징이라 할 수 있는 에드워드 님의 형도 집행되지 않았습니다. 가능한 한 빨리 왕위에 올라 알프레드 전하의 지위가 확고함을 내외적으로 알리는 편이 좋지 않을까요?"

"……던글리 후작의 충언이 옳은 것 같군. 가능한 한 빨리 대관식을 거행하도록 조정하겠다."

그의 말에 던글리 후작은 머리를 숙이며 또다시 자리에 앉았다.

회의는 그대로 끝나고, 귀족들은 다시 해산했다.

이제는 영지로 돌아가도 좋고, 왕도에 남아도 된다.

나는 빨리 영지로 돌아가고 싶지만…… 흠, 어떻게 할까?

그런 생각에 잠겨 있을 때, 왕궁의 고용인이 나를 불렀다.

"……아르메리아 공작 영애 아이리스 님, 알프레드 전하께서 부르십니다."

그 말에 나는 한순간 굳어 버렸다.

공손하게 건네준 편지에는 확실히 딘의 필적과 그의 사인.

설마 이 타이밍에 나를 부를 줄이야…….

"……알겠습니다. 가겠습니다."

편지는 진짜였지만 신중을 기하기 위해 타냐를 데리고 안내인을 따라갔다.

그리하여 도착한 곳은 왕궁 안에서도 가장 깊숙이 위치한 정원이었다.

이미 딘이 자리에 앉아 있었다.

그의 맞은편 자리로 안내받은 나는 그곳에 앉았다.

타냐는 딘의 얼굴을 보고 한순간 놀랐지만…… 곧 그 표정을 거둬들였다.

"어서 오십시오, 아르메리아 공작 영애."

그의 말에 나는 미소를 지었다.

"초대해 주셔서 영광입니다."

"……다시 한번 이름을 밝히지. 나는 알프레드 딘 타스멜리아. 이 나라의 제1 왕자다."

……그것은 결별의 말이었다.

그에게는 그렇지 않을지도 모르지만 내게는 그렇게 들렸다.

"저는 아이리스, 아이리스 라나 아르메리아라고 합니다."

상대의 얼굴을 알고 있다 해도 처음으로 대화를 나눌 때에는 서로 자기소개를 해야 한다.

그리고 신분이 높은 자가 이름을 밝히지 않는 한 신분이 낮은 자는 이름을 말할 수 없고, 알고 있어도 상대의 이름을 부르는 것은 허락받지 못한다.

지금의 딘은 그저 왕족이며…… 나는 그저 귀족이다.

과거의 시간들은 지금 이곳에 존재하지 않는다.

"이번 일로 아르메리아 공작가와 공작령에 큰 폐를 끼쳤다. 이 자리를 빌려 사죄한다."

"황공하옵니다, 전하. 우리 가문은 그저 귀족으로서 본분을 다했을 뿐입니다."

"그대는…… 아니, 아르메리아 공작가는 내가 아는 이들 중에서 가장 귀족다운 귀족이다."

칭찬인지 뭔지는 모르겠지만 그는 그렇게 말하며 미소 지었다.

그 미소에 가슴이 욱신거렸다. 오늘 벌써 몇 번째인지 모른다.

침묵이 우리 사이에 내려앉았다.

언제나 시간이 아까워서 수많은 얘기를 나눴던 그때와는 너무나도 다르다.

그가 손짓으로 옆에 대기하고 있던 고용인들을 물렸다.

"타냐, 너도 잠시 물러가 줘."

나는 꼼짝도 하지 않는 타냐에게 그렇게 말했다.

"하지만……."

그녀는 망설이듯 나와 그를 번갈아 바라보았다.

"괜찮아."

남자와 단둘이 있는 것은 별로 좋지 않지만 여기는 밀실이 아닌 넓은 하늘 아래.

게다가 눈에 보이지 않을 뿐 아마도 많은 자가 가까이에 대기하고 있을 것이다.

"……알겠습니다."

그리하여 이곳에는 나와 그 둘만이 남았다.

"……놀라셨습니까?"

그제야 비로소 그의 말투가 바뀌었다.

"……네, 그래요. 그날 그때, 그곳에 '당신'이 나타나서 정말 놀랐습니다."

모습은 보이지 않아도 누군가가 이곳에 함께 있다.

그래서 그는 주어를 말하지 않았고, 나 또한 애매하게 돌려 말했다.

"하지만 동시에 납득했습니다. 어째서 당신 같은 분이 저 같은 자의 앞에 나타났는지.”

딘이 고도의 교육을 받았다는 것은 누구보다도 내가 잘 알고 있었
다.

상가 출신이라는 것만으로는 설명이 되지 않을 만큼.

그래서 그가 제1 왕자라는 것을 알고 놀라기보다는 오히려 납득했
다.

아마 그는 시찰하러 왔을 것이다.

학원에서 쫓겨난 아가씨가 영주 대행이라는 지위에 올라서 얌전
히 지내기는커녕 온갖 일을 벌이기 시작했으니까.

그가 내 말에 쓴웃음을 지었다.

아무래도 내 추측이 맞아떨어진 모양이다.

“……왜 그러십니까?”

나도 모르게 웃고 있었던 모양이다.

그가 갑작스러운 나의 변화에 살피듯이 물었다.

“아뇨, 아무것도 아니에요. 잠시 생각한 것뿐입니다.”

정말로 아무것도 아니다.

……그가 무슨 의도로 내 앞에 나타났는지.

그런 생각을 하다가…… 결국 아무래도 상관없다는 결론에 도달
했다.

그를 책망하는 것도 아니고, 어이가 없는 것도 아니다.

애초에 그가 자신의 정체를 숨긴 것에 대해서 원망도, 분노도 전혀
없다.

정체도 모른 채 그를 받아들인 것은 다름 아닌 나.

상인 가문의 출신치고는…… 이상한 점이 너무 많았다.

그래도 그를 받아들인 것은 할아버님과 어머님도 알고 있는 신원

이 확실한 사람이었기 때문이다.

……아니, 그건 궤변이다.

어느샌가 그런 건 아무래도 상관없었다.

그가 어떤 사람이든 곁에 있어 주기만 하면 상관없다고 눈을 감아 버렸다.

어째서, 라는 의문을 멀리 던져 버린 것이다.

그래서 그를 책망할 생각은 조금도 없었다.

거기까지 생각한 후 나는 그만 웃어 버리고 말았다.

이렇게 된 지금도 아직 그에게 사로잡혀 있는 나 자신에게.

사랑이란 이 얼마나 성가신 병인가.

"……그러고 보니 전하, 왜 베른이 전하 곁에 있는 건가요?"

기분을 새롭게 다잡기 위해 화제를 바꿨다.

"루이 공의 소개였습니다. 아무래도 그에게 상당히 충격적인 일이 있었는지……. 지금 이 나라의 상태를 바꾸기 위해서라면 어떤 일이라도 하겠다며 제 앞에 나타났습니다. 그렇게 말하는 그는 제가 전부터 알고 있던 그와는 너무나도 달랐습니다."

"그건 저도 놀랐어요. 회의장에서 본 외면도, 내면도 제가 알고 있던 모습과는 전혀 달랐으니까요. 특히 내면은…… 그런 결의를 품기까지 대체 무슨 일이 있었던 걸까요?"

"저도 의문이 들어서 물어봤습니다. 그랬더니 그는 '지옥을 보고 왔습니다.' 라고 말하더군요. 실제로 그가 호명했던 귀족의 영지 중에는 지옥이란 이런 곳일까 싶은 곳도 있으니까요."

"……그렇군요."

"그래서 그는 자신이 귀족인데도…… 아니, 귀족이기 때문에 더더욱 귀족을 증오하고 있는 것처럼 보였습니다. 자기 자신도 포함해서 말이지요. 그 마음을 원동력 삼아 제 밑으로 들어온 후로는 무척 열심히 일해 줬습니다. 왕국 직할로 삼은 후의 행정 시스템 초안도 거의 그가 만들어 냈고, 제 수하들뿐만 아니라 아르메리아 공작가의 사람들까지 동원해서 적극적으로 단죄를 위한 정보를 수집했죠. 잠도 안자고, 쉬지도 않고, 정보와 증거에 어긋나는 점은 없는지 현 상태와 대조해 보고…… 대체 언제 자는지 궁금할 정도라 덕분에 저만 편했지요."

"그렇습니까? 그 아이가 전하께 도움이 되었다니 정말 기쁘군요."

왕도의 저택에서 머물고 있는데도 베른과는 한 번도 마주치지 않았다.

나도 바빴지만…… 그 아이도 그만큼 바빴던 것이다.

베른의 성장은 아르메리아 공작가의 일원으로서 무척 기쁜 일이다.

"저야말로 베른을 제게 맡겨 주셔서 정말 감사합니다. 결판은 났지만 아직 완전히 수습된 것은 아닙니다. 여전히 각지에 크나큰 상흔이 남아 있죠. 아직도 해야 할 일이 아주 많습니다."

"……그래요. 이 나라는 아주 많은 것을 잃었죠."

그가 내 말에 난처한 듯이 웃었다.

"최선을 다했습니다. 할 수 있는 일은 뭐든지 했습니다. ……하지만 저는 듣지 못한 자의 외침조차 이 귀에 들러붙어 있는 기분이 들어서 견딜 수 없었습니다. 잃어버린 것은 이제 돌이킬 수 없다는 것쯤은 알고 있는데."

이게 게임이라면 베드엔딩으로 치부하고 리셋하면 끝.

하지만 이곳은 현실이다.

모든 것을 다시 되돌리는 기적 따윈 존재하지 않는다.

모든 이를 구하고 싶어 하는 것은 신이 아닌 내게는 주제넘은 생각일 것이다.

나는 내가 한 일들을 후회할 생각은 없다.

도망칠 생각도, 내던질 생각도 없다.

하지만 좀 더 뭔가 할 수 있지 않았을까, 하는 새삼스러운 생각이 때때로 내 머릿속에 떠오르곤 한다.

"……결과가 전부다. 최선을 다했다 해도, 할 수 있는 일은 뭐든지 다 했다고 해도, 구하지 못한 자가 있다는 사실은 변함이 없지."

"……그렇죠."

"하지만 그걸 짊어져야 하는 사람은 당신이 아니야. 당신은 정말로 당신이 할 수 있는 최선을 다했어. 비난받아야 할 사람은, 책임을 짊어져야 할 사람은 왕좌에 오를 나다."

그렇게 말하는 그는 슬픔도, 분노도 모두 삼킨 듯한…… 그런 결의에 찬 표정을 짓고 있었다.

말투도 언젠가 살짝 엿봤던 그의 본래 말투로 변해 있었다.

"딘……."

나도 모르게 그의 이름을 부를 뻔했다.

그는 쓴웃음을 지으며 그런 나를 막았다.

마치 더 이상 다가오지 못하게 하려는 것처럼.

"……저도 한 말씀 드려도 되겠습니까?"

그의 말투가 또다시 존댓말로 되돌아왔다.

"어머나……. 전하, 그런 정중한 말투로 대체 무슨 말씀을 하시려는 건가요?"

"국정을 맡을 관리들에게 아르메리아 공작령 고등부에서 배움을 얻을 기회를 주시지 않겠습니까?"

그게 본론인가. 나는 내심 웃었다.

"……영지 운영과 국정은 큰 차이가 있습니다. 학원에서 배운다 해도 그게 과연 국정에 도움이 될지……."

"앞으로 왕국 직할령을 이끌어 나가려면 바로 그 영지 운영을 습득하는 것이 중요합니다. ……그리고 학원에서 배울 수 있는 건 영지 운영뿐만이 아니죠. 다른 학과도 배우면 반드시 도움이 될 겁니다."

"……그렇군요. 하오나 정말 죄송하지만…… 저희 영지도 아직 가르치는 사람이 많이 부족하답니다. 국가의 관리들을 받아들이기는 무척 곤란합니다만."

"모두 받아 달라는 것은 아닙니다. 그쪽 관리들처럼 교대로 배우게 해 주시면 그걸로 충분합니다. ……유학이라는 형식으로 일정 기간 받아 주시는 게 제일 좋을 것 같습니다만."

"그렇군요. 어느 정도의 인원을 어느 정도 기간 동안 가르쳐야 하느냐에 따라 다르겠지만…… 그 문제는 학원장과 의논해 보도록 하죠."

"……감사합니다."

"가능하면 베른에게도 미리 얘기해 주세요. 머지않아 그가 영주로서 영지를 다스리게 될 테니까요."

"……당신은 영주 대행을 그만두실 겁니까?"

"네. ……저도 여인의 몸이고, 머지않아 시집을 가게 될 테니까요."

그것은 의식하지 않고 나온 말이었다.

내 머릿속에서는 이미 결정된 사항. ……단순히 마음이 따라가지 못하고 있는 것뿐.

그래서 자연스레 그런 말이 입 밖으로 흘러나온 것이다.

그가 그 말에 움찔 반응했다.

"……당신은 그 혼담을 받아들일 생각입니까?"

그가 진지한 표정으로 물었다.

나는 그 말에 충격을 받았다. 제1 왕자…… 아니, 이제는 왕위에 오를 것이 확실한 그가 그 얘기를 알고 있는 것은 당연한 일인데도.

나는 왜 스스로 모든 걸 끝내 버리는 듯한 말을 꺼낸 것일까?

"……네."

생각하고 또 생각했지만…… 결국 숨기지 못하고 쥐어짜듯 대답했다.

"그렇군요…….."

내 말에 그는 한 마디로 대답했다.

그에게 그 대답은 긍정도, 부정도 아무것도 아닌…… 그저 단순한 반응에 불과했을지도 모른다.

하지만 내게는 긍정으로 들렸다.

그리고 그 사실에 충격과 비애를 느끼는 내가 있었다.

……어쩌면 이렇게 제멋대로일까.

스스로 그와 나의 인연이 끝났음을 선언해 놓고 멋대로 슬퍼하고…… 화를 내고 있다.

마음속 어딘가에서 그가 나를 붙잡아 줄 거라고 기대했던 것이다.

나를 붙잡고…… 나를 원해 주지 않을까 하고.

그런 어리석은 나 자신이 역겹게 느껴지기조차 했다.

"……왜 그러십니까?"

이 다과회에서 그가 이렇게 묻는 것은 두 번째였다.

제1 왕자와의 다과회인데 내가 정신을 똑바로 차리지 못하고 있다는 증거다.

"실례했습니다. ……전하, 하실 말씀은 그뿐인가요?"

"아……."

"죄송합니다. 요즘 몸이 좋지 않아서…… 이만 실례하고 싶습니다."

나는 억지로 그렇게 말한 후 자리에서 일어섰다.

그리고 인사를 한 후 그대로 도망치듯 그 자리를 떠났다.

……어째서. 나는 스스로를 책망했다.

에드 님 때 배우지 않았나.

사랑은 사람을 어리석게 만든다.

점점 애태우고, 빠져들고.

……그리고 상대도 그렇게 되기를 바란다. 나만큼이나…… 아니, 그 이상으로.

나라는 존재에 물들어 숨도 쉴 수 없을 만큼 빠져들기를.

그렇게 바라고 만다. 바라고 말았다.

상대의 의사는 생각도 하지 않고.

지금도 그렇다. 멋대로 기대하고, 생각대로 되지 않으면 화를 내고.

……마치 장난감을 얻지 못해 떼를 쓰는 어린아이처럼.

어느샌가 타냐가 내 뒤를 따라 걷고 있었다.

자리에서 일어났을 때부터 내 뒤를 쫓아온 모양이다.

그녀는 아무 말 없이 나를 따라오고 있었다.

왕궁 깊숙한 곳에서 비교적 입구 근처에 도착했을 때 나는 걸음을 멈췄다. 마음은 답답하고 무거운 감정에 점령당했는데도 가슴 언저리가 유난히 가볍게 느껴졌다.

나는 살며시 가슴 언저리에 손을 댔다.

……없다!

파티에 참석하느라 가슴이 파인 드레스를 입을 때를 제외하면 늘 걸고 있던 회중시계가 사라진 것이다.

그 사실에 핏기가 싸악 가셨다.

"아가씨?"

멈춰 서서 안색이 변해 버린 나를 본 타냐가 말을 건넸다.

"……타냐, 미안하지만 아까 그곳에 회중시계를 놓고 왔어. 가져다줄래?"

"하지만……."

"부탁이야. 절대 잃어버리고 싶지 않은 물건이야. 하지만 난 그곳으로 돌아갈 수 없어……. 이 근처에서 기다리고 있을게. 부탁해."

나답지 않게 약한 모습을 보였다는 자각은 있다.

하지만…… 내게는 그만큼 소중한 물건이다. 이렇게 된 지금까지도.

"……알겠습니다. 아가씨, 여기서 기다리세요."

내 곁에서 떨어지고 싶지 않을 그녀는 잠시 갈등하는 눈치였지만…… 이윽고 부탁을 들어줬다.

"응."

나는 그녀의 뒷모습을 바라보았다. 그리고 얌전히 그 자리에서 기다렸다.

무심코 가슴 언저리로 손을 뻗었다. 이미 이 동작은 습관이 되고 말았다.

……정말로 새삼스럽다.

그 회중시계를 되찾아서 뭘 어쩌려고? ……오히려 이제는 그 시계와 관련된 행복한 추억을 떠올려 봤자 괴로울 뿐일 텐데.

멍하니 복도와 마주한 정원을 바라보았다.

그때, 누군가가 다가오는 기척이 느껴졌다.

꽤 일찍 왔네, 라고 생각하며 돌아보자 그곳에 서 있는 것은 딘이었다.

'어째서……?'라는 의문을 던지기 전에 그가 내 손을 잡고 걷기 시작했다.

그로서는 보기 드문 거침없는 행동에 나는 머릿속이 혼란스러워서 지금 이 상황을 파악할 수 없었다.

가까운 빈 방에 들어간 후 그가 내 손을 놓았다.

"딘!"

뒤늦게 비난하듯 이름을 부르자 그가 내게 손을 내밀었다.

"이걸……."

그 손에 놓여 있는 것은 조금 전 타냐에게 가져와 달라고 부탁했던 회중시계였다.

"……주워 주셨군요. 고맙습니다."

나는 황급히 그 시계를 받아 들고 새삼 그를 바라보았다.

이제야 겨우 내가 조금 전에 그의 이름을 예전처럼 불렀다는 사실을 떠올렸다.

"……죄송합니다. 그만 전하의 호의를 오해한 것 같군요."

그렇게 말한 순간, 그는 난처한 듯하면서도 슬픈 듯한 미소를 지었다.

"이제 이건 필요 없다는 의사 표시인 줄 알았어……."

그렇게 말하는 그의 목소리는 지독히 힘이 없었다.

"전하……."

"당신은…… 정말로 그 얘기를 받아들일 생각이야?"

처음에는 무슨 말인지 이해하지 못했다.

하지만 조금 전의 질문과 같은 뜻이라는 것을 떠올린 나는 그의 눈을 바라보았다.

그 눈도, 표정도 역시 목소리와 마찬가지로 힘이 없었다.

이런 그를 보는 것은 처음이었다.

나는 자연스레 그의 뺨에 손을 대고 있었다.

불경이라는 말은 내 머릿속에서 깨끗이 사라져 있었다.

"……미안해. 이상한 질문을 했군……."

그가 내 손에 자신의 손을 겹쳤다.

"아뇨…… 아니에요……."

내 진의를 듣기 위해 또다시 물어봐 줬다.

그것뿐이지만 그걸로 충분했다.

눈은 입보다 많은 것을 말한다.

그가 아무 말도 하지 않는 것은 갈등하고 있기 때문이다.

"왕위를 계승할 자로서 당신의 결혼을 축하하지 않으면 안 되겠지. 나라의 이익을 생각하면 바라지도 않은 행운이야."

그렇게 말하는 모습은 마치 스스로에게 변명을 하는 것만 같았다.

"그런데도……."

더 이상의 말은 필요 없었다. 오히려…… 더 이상 말하게 해서는 안 된다고 이성이 외쳤다.

나의 연심은 이 사람에게 무거운 짐밖에 되지 않는다.

첫째, 그의 말대로 아카시아 왕국의 왕족과의 혼인은 아르메리아 공작령…… 나아가서 이 나라에 이익이 된다.

저쪽의 제안을 거절할 이유는 현재 아무것도 없다.

그리고 내가 남아 봤자 뭘 하겠는가?

나는 과거에 에드 님의 약혼자였다.

지금은 국가 반역죄로 구속된 그의 전 약혼자.

오래전에 파혼하긴 했지만 그 과거는 영원히 내게 꼬리표처럼 붙어 있다.

그 와중에 제1 왕자인 그와 혼인하게 된다면…… 반드시 반발하는 귀족이 나타날 것이다.

그의 측근도 반대하겠지.

……그중 한 사람인 루디는 내가 그에게 시집가는 것이 공작가의 영향력을 생각하면 당연한 일이라고 받아들일지도 모르지만.

왕좌에 오르는 것이 확정된 그에게 나를 선택하는 것은 리스크밖에 되지 않는다.

그의 곁에는 이미 베른이 있다.

그런데 흠이 있는 내가 그의 약혼녀가 된다면…… 결국 마엘리아 후작가 같은 존재가 될지도 모른다.

아르메리아 공작가가 바라지 않아도 그렇게 보일 것이다.

즉, 귀족의 힘으로 왕족을 어떻게든 조종할 수 있다고.

결국 왕족의 약체화를 드러내는 결과밖에 되지 않을 것이다.

그렇지 않아도 지금 귀족들은 혼란에 빠져 있고, 상황은 아직 혼돈을 벗어나지 못했다.

그런 와중에 굳이 분쟁의 씨앗을 뿌릴 수는 없다.

굳이 나처럼 흠이 있는 자가 아니라 그에게 어울리는…… 또 정치적으로도 필요한 상대가 달리 있을 것이다.

……알고 있었다. 알고 있다. 하지만 이해하고 싶지 않았다.

……도저히.

"……딘."

나는 그에게 물어보듯 속삭였다.

그는 떨어뜨리고 있던 시선을 내 시선과 맞췄다.

"당신은 이미 나의 것이지?"

그렇게 묻자 그는 한순간 놀란 듯이 눈을 크게 떴다. ……그리고 웃었다.

"응, 그래."

그 말에 온몸이 환희로 떨렸다.

이제 충분하다. 그의 마음이 나와 같다는 걸 알았으니까.

"……당신은 나라의 톱니바퀴. 그리고 나도. 하지만 결코 맞물릴 수 없는 건 아니야. 길이 갈라졌다 해도 계속 같은 방향을 바라보고 있어. 그렇다면 나는 어디든지 갈 수 있어. 뭐든지 할 수 있어."

나는 그렇게 말하며 그에게서 떨어졌다.

"전하의 마음은 정말 감사합니다. 그 마음을 버팀목 삼아 저는 영지를 위해…… 나아가 나라를 위해 이 몸을 바치겠습니다."

그러니까 이번에야말로 결별하자. 내 멋대로인 마음과 내 멋대로.

이건 독선이다. ……하지만 더 이상 그가 저런 표정을 짓게 만들고 싶지 않다.

딘은 아무 말도 하지 않았다.

"그럼 이만 실례하겠습니다."

그리고 나는 그의 곁을 떠났다.

방에서 나와 원래 있던 곳으로 돌아가자 이미 타냐가 기다리고 있었다.

"타냐."

"……아가씨!"

내가 없어져서 초조했던 걸까……. 그녀가 보기 드물게 큰 소리로 외쳤다.

"자리를 떠나서 미안해."

"무사하시다면 그걸로 됐습니다. 저야말로 죄송합니다. 아가씨께서 명령하신 물건을 찾지 못했습니다. 아가씨를 마차까지 모셔다드린 후 다시 찾아보겠습니다."

"괜찮아. 타냐. 사실은 그 후에 옷 아래를 찾아봤더니 옷에 걸려 있지 뭐야. 미안해."

"아뇨……. 아가씨가 원하는 걸 찾았다면 그걸로 됐습니다."

"고마워. ……타냐, 너는 내가 어디로 가든 따라와 줄 거야?"

"물론이지요."

"그래?"

언젠가 나는 이 선택을 후회할까?

분명 후회하겠지.

그때 이렇게 했더라면, 저렇게 했더라면. 분명 그때 고르지 않았던 선택지와 미래를 생각하겠지.

하지만 지금 내게 가장 골라야 하는 선택지는 이것.

그렇게 믿고 나아갈 뿐이다.

지금 막 달콤한 꿈과 작별을 마쳤으니까.

……그 후 마차를 타고 타냐와 함께 저택으로 돌아왔다.

이상하게도 마음이 잔잔했다.

저택으로 돌아오자 어째서인지 찌릿찌릿 살갗을 찌르는 듯한 긴장감이 느껴졌다.

이제부터 말씀드리려는 내용에 내가 긴장하고 있는 걸까.

나는 고개를 갸웃거리며 아버님을 찾아갔다.

"……아이리스, 마침 잘 왔다."

어머님의 엄숙한 목소리와 분위기에 나는 심상치 않은 일이 일어났음을 감지하고 숨을 삼켰다.

"무슨 일이죠?"

"……드디어 트와일국이 군사를 일으켰단다. 전쟁이 시작되는 거야."

어머님의 말에 내 머릿속은 새하얗게 물들었다.

† † †

체포된 귀족들을 수감하는 귀빈용 감옥.

유리는 그곳에 갇혀 있었다.

그녀는 멍하니 창살이 박힌 창문 너머 밖을 바라보고 있었다.

때때로 중얼중얼 혼잣말을 중얼거리며.

"……왠지 성의 분위기가 소란스럽네. 거기 당신, 무슨 일인지 살펴보고 와요."

유리가 지시를 내린 곳에는 아무도 없었다.

애초에 식사와 몸단장을 할 때를 제외하면 이 방에는 그녀 외에는 아무도 없다.

"……아, 그렇구나! 계획이 진행된 거야."

대답은 없었지만 그녀는 이상하게 생각하지 않았다.

이미 유리는 가상의 시녀에게 지시를 내렸고, 그 가상의 시녀는 그녀의 지시에 따라 이 자리를 떠났다고머릿속에서 변환되었기 때문이다.

"디반, 역시 날 맞이하러 왔구나. ……그래, 그런 거였어. 그가 날 버릴 리 없어. 그 제1 왕자, 괜히 이상한 말을 해서는…….."

그녀는 안심한 듯이 웃었다.

『너는 마치 인형 같군. 디반이 만들어 낸.』

그…… 제1 왕자는 그녀를 그렇게 비웃었다.

『인형사에게 버려진 가엾은 인형. 디반은 이미 왕도에서 철수했다. 동료들을 데리고.』

그 말에 그녀는 회의장에서 이성을 잃고 흐트러졌다.

디반이 왕도를 떠났다고……? 나를 버리고!

하지만 이제 그런 건 상관없어.

왜냐하면…….

"어차피 이 나라는 이제 곧 멸망할 테니까. 그러니까 이 나라의 왕비 자리에 집착하지 않아도 되는데……. 난 정말 바보야."

그녀는 키득키득 웃었다.

"자아, 빨리 나를 데리러 와. 디반."

그 중얼거림은 누구의 귀에도 닿지 않았다.

후기

4권입니다. 설마 여기까지 책을 낼 수 있게 될 줄이야……. 독자 여러분께 정말 아무리 감사해도 부족할 지경입니다.

이 작품을 Web에 연재하기 시작한 것은 약 2년 전.

벌써 2년이라……. 글을 쓰기 시작한 무렵이 그립기도 하고, 눈 깜짝할 사이에 흐르는 시간이 놀랍기도 합니다. .

스무 살을 넘기면 하루의 속도가 아이일 때에 비해 순식간에 지나가는 것처럼 느껴진다……. 어디선가 들은 말인데 새삼 정말 그렇다고 절실하게 느끼는 요즘입니다.

그건 그렇고 친구에게 "보통 어떤 타이밍에 스토리를 떠올리니?"라는 질문을 받았습니다.

대답은 잠들기 전입니다. 잠들기 전에 머릿속에 팍 떠오르는 장면을 메모해 뒀다가 그걸 이어 붙이거나 좀 더 세세하게 다듬어서 이야기를 만든답니다.

다만 잠들기 전에 메모하기 때문일까요, 가끔 나중에 읽으면 무슨 소린지 알 수 없는 언어가 나열되어 있을 때도 있습니다.

해독 작업을 시도해 봤지만 힌트고 뭐고 아무것도 없기 때문에 완전히 항복입니다. 암호 해독을 동경하지만 암호는 원래 받는 사람이 풀 수 있도록 만들어진 거라는 사실을 깊이 실감했습니다.

그건 그렇고 메모 중에는 이야기의 흐름을 생각하면 본편에는 넣기 어려운 설정이나 일상 묘사도 잔뜩 있습니다. 그걸 세상에 내보낼 수 있게 된 것은 여기까지 이야기를 이어올 수 있었기 때문에…… 응원해 주시는 여러분이 있기 때문입니다.

정말 고맙습니다.

자, 그럼 이 자리를 빌려 잠시 감사 인사를.

후타바 하즈키 씨, 멋진 일러스트 고맙습니다.

언제나 제가 상상한 것 이상을 그려 주시는 후타바 씨의 그림을 보고 있으면 머릿속에서 등장인물들이 마구 움직여서 글을 쓰고 싶다는 생각이 강하게 든답니다.

우메미야 스키 씨, 멋진 만화 고맙습니다.

이번에 소설 4권과 만화 2권이 동시에 발매된다는 얘기를 들었을 때부터 발매일을 무척 기대하고 있습니다. 제가 쓴 소설이 만화가 되다니…… 감개무량합니다.

담당님, 늘 멋진 조언을 해 주셔서 고맙습니다.

제 주위에 있는 가족, 친구들…… 언제나 응원해 줘서 고맙습니다.

그리고 마지막으로 독자 여러분.

이 책을 읽어 주셔서 정말 감사합니다.

여러분의 존재와 응원이 있기에 여기까지 계속할 수 있었습니다.

정말 고맙습니다. 다음 권에서 다시 만날 수 있도록 성심성의껏 열심히 노력하겠습니다.

레이아

공작 영애의 소양 4

원작: 레이아 만화: 우메미야 스키 캐릭터 원안: 후타바 하즈키

**한 번 추방당한 사교계
악역이라는 낙인이 찍힌 공작 영애 드디어 반격 개시—?!**

**여성향 게임의 악역 영애로
전생하여 공작가 영지를 다스리게 된 나
느닷없이 날아온 건국 기념 파티 초대장을 계기로
왕위 계승권을 둘러싸고 흔들리는 사교계로 돌아가게 되는데?!**

루체
LUCE

이번에는 절대 방해하지 않을게요!

원작: 소라타니 레이나 **만화:** 하루카와 하루

질투로 인해 죄를 저지르고
투옥된 공작 영애 비올렛.
감옥 안에서 그녀는 생각한다.
'조금은 다른 삶의 방식이 있었다면.'
그 순간, 1년 전으로 시간이 되감겨 있었다.
비올렛은 결심한다. 이번만은 틀리지 않겠어.
누구도 방해하지 않고 눈에 띄지 않게 살아가겠어…!!
하지만 그녀의 생각과는 달리 연이어 사건이 발생하고?!

악역 영애의 타임 슬립 러브 코미디!!

루체
LUCE

공작 영애의 소양 4

2023년 09월 26일 제1판 인쇄
2023년 10월 31일 제1판 발행

지음 레이아
일러스트 후타바 하즈키
옮김 김진수

발행 영상출판미디어(주)
등록번호 제 2002-000003호
주소 07551 서울특별시 강서구 양천로 570(등촌동, NH서울타워) 19층
전화 02-337-0610

ISBN 979-11-380-3324-4
ISBN 979-11-380-3143-1(세트)

KOUSYAKU REIJOU NO TASHINAMI Vol.4
ⓒReia, Haduki Futaba 2017
First published in Japan in 2017 by KADOKAWA CORPORATION, Tokyo.
Korean translation rights arranged with KADOKAWA CORPORATION, Tokyo.

이 작품의 한국어판 저작권은 일본 KADOKAWA CORPORATION과 독점계약한 영상출판미디어(주)에 있습니다.
저작권 법에 의해 보호를 받는 저작물이므로 무단전재 및 복제를 금합니다.